我常常在想，我們之間所有的差一點和可惜，
到底是因為那些你總說不出口的喜歡，
還是因為我的不夠勇敢。

你是我最想擁有的以後

紫稀——著

You Are
the Future
I
Desired

楔子

我和于誠之間的故事，要從一次回家路上在火車月台上的偶遇說起。

那一天，是我最不幸的一天，卻也是我最幸運的一天。

不幸的是，我從幸福中被喚醒；幸運的是，我認識了于誠。

由於忙著籌備園遊會，那天我沒有搭乘平常習慣的火車班次回家，而且很不走運地，我想搭的車次當著我的面關上車門，距離我踏上月台只差五秒。

剛剛的一路衝刺讓本就鮮少運動的我氣喘如牛，卻仍只能憤恨瞪著列車逐漸駛離。眼角餘光瞄到身旁有個人似乎也同樣來不及趕上列車，我轉頭望向他，正巧與他看向我的視線交會。

對方是個跟我同校的男生，制服上的學號表明他和我同屆，都是高一生。他個子很高，初步研判至少有一百八十公分吧，反正是我這個身高一百七的人都需要微微抬頭看他的高度。

「嗨。」沒想到他居然率先跟我打了招呼。

「嗨。」我禮貌性地也回了一句，心裡暗道不妙，希望不要是一貫的搭訕套路。

他的眼神裡略帶一抹困惑，過了一會又轉爲恍然大悟，最後竟像是有些尷尬。我正想著這人怎麼這麼有趣？短短一分鐘內一句話都沒說，就能讓我看出他的內心活動。

他突如其來的一句話，反而換我尷尬了：「妳不認得我嗎？我跟妳同班。」

同班？我們班有這個人嗎？

「呃，我……」我很努力地想湊出幾個班上男生的名字，卻發現自己只記得幾個比較熟悉的女生。

「好了，妳不用勉強了，看樣子是不認得。」他看出我的窘迫，笑了出來。

「對不起，我有點臉盲，其實還沒記住班上大部分的同學。」我討好似的朝他擠出一個大大的微笑。

「不記得名字就算了，連長相都沒印象就有點太過分了吧？」他嘴上這麼說，但表情看起來沒有很介意。

「我們以前沒怎麼互動過嘛，以後我就記得了。」說完，我趕緊加了一句以表誠意，「所以要來一下遲來的自我介紹嗎？」

他又笑了，像是好氣又好笑：「我叫做于誠恩，希望明天在教室見到時妳會記得，許珂恩同學。」

啊，原來人家記得我的名字。我這才想起，開學那天全班就都輪流做過自我介紹了。

「我一定會記得你的，于誠恩同學。」我故意學他，並笑著對他說：「畢竟我們的名字裡都有『恩』嘛！」

他先是愣了一下，接著也和我相視而笑。

下一班火車到站後，于誠恩先我一步跨上列車，我跟在他身後，他卻突然停在車門邊。

「你怎麼不往裡面走啊？停在門邊很危——」我探頭往車廂裡看，頓時明白了他停下的原因，換我僵在原地。

林易成，我的男朋友，他說今天晚上補習班加課，可此時他正和另一個女孩親密地並肩坐在車廂最角落的座位。

從我的角度能清楚看見那兩人牽在一起的手，讓我無法欺騙自己這只是誤會。

腦中閃過無數種我應該有的反應，像是走過去大鬧一場、哭著痛罵他是渣男、給他們一人各一巴掌……然而實際上我只是呆立在原地。

于誠恩冷不防轉過身拉著我的手，在車門關閉的前一刻帶我離開車廂。

直至此時，我才遲來地意識到，他應該知道易成是我的男朋友。

我和一個幾乎不認識的同班同學，一起目睹了我被劈腿的現場。

我叫許珂恩，你叫于誠恩，我們的名字裡都有個「恩」字。

今天是最糟的一天，但你出現得剛好。

第一章

于誠恩拉著我的手，直到走到月台上的長椅旁才鬆開。我不發一語，逕自坐下。察覺到于誠恩似乎準備離開，我下意識拉住他的制服下襬，抬頭對上他略帶驚訝的眉眼：「你可不可以陪我一下？在這裡待一下就好。」

他愣了幾秒，很快露出一抹微笑：「我沒有要走啊，只是去旁邊買點喝的。」像是要證明自己所言非虛，他指了指就在十步之外的投幣式販賣機。

「喔，那我要喝麥香奶茶。」我回話回得很順口，毫不客氣。

他挑了挑眉：「雖然我本來就打算買妳的份，但妳也太篤定我會買飲料給妳了吧？」

「你不是都說了嗎？你本來就打算買我的份，我一開始也這樣覺得。」

「妳給我的感覺怎麼跟初印象不太一樣？」

我沒心情想到底自己此刻給人的感覺是怎樣、給人的初印象又是怎樣，不耐煩地瞪了他一眼：「不要吵，不要隨便惹失戀的女生知道嗎？」

說完，我和他頓時陷入了沉默，空氣中瀰漫著尷尬。

我意識到自己好像對一個剛認識的人有點太凶了，可我覺得我很有理啊！我不但失戀，還是被劈腿的那種，現在我最委屈，想喝一罐麥香奶茶不行嗎？這人爲什麼這麼不懂得憐香惜玉！

越想越生氣，然後我就被氣哭了。

「我還不夠可憐嗎？雖然不清楚你為什麼會知道那個人是我男友，但我知道你就是知道！你就不能讓一讓我、安慰安慰我嗎？我現在又要傷心又要覺得丟臉，很忙欸！」我邊哭邊不講道理地把氣撒在他身上。

「我沒有不買給妳喝的意思啊，妳先不要哭啦。」于誠恩這下慌了，連忙從背包裡掏出面紙給我。

看到他手忙腳亂的樣子，我差點笑出來，不過我忍住了，換上可憐巴巴的語氣：「我想喝麥香奶茶。」

「好好好，妳先擦擦眼淚，我去買。」他無奈地走向販賣機，嘴裡碎碎念，「到底是為了失戀哭，還是為了麥香奶茶哭啊？」

其實他錯了，我之所以會哭，可能更多是因為他沒有讓著我。

于誠啊于誠，或許你錯就錯在從一開始就讓我養成了壞習慣吧。也或許是，我從認識之初就吃定你總是會讓著我。

遞給我奶茶的同時，于誠恩也在長椅的另一端坐下。

「謝謝。」我接過奶茶，插入吸管喝了幾口，想藉由補充糖分蓋過心中的酸澀。

于誠恩沒有說話，就只是認眞地陪著我，直到我受不了，主動開口：「你怎麼不問我還好嗎？」

「想也知道妳現在不好，幹麼問這種多餘的問題。」他看向我，淡淡一笑。

我不否認他說得有道理，他問了我也不會感覺比較好，但沒問就是讓人怪不爽的。

「你怎麼知道那個人是我男友？」我直勾勾地望著他。

他將目光轉向月台，「有幾次搭火車看過你們，而且班上同學都知道妳有男朋友吧。」

「欸？為什麼？」

他轉過頭：「妳忘了嗎？開學第一天，輪到妳上台自我介紹時，喬書宇……就是我們班的體育股長，說了妳可能也不記得，反正他當時問妳喜歡什麼類型的男生，妳直接回他一句『我有男朋友了，抱歉』。」

「眞的嗎？我不記得了。」我不好意思地笑了笑，「我都不曉得我原來這麼高調。」

「妳一直都滿高調的啊，我們這屆應該很多人都知道妳。」

「為什麼？因為我長得漂亮嗎？」

我很感謝我的父母，給我一張世俗公認為賞心悅目的臉，還有怎麼吃都吃不胖的體質，讓我從小到大都被歸類為美女。

這樣講聽起來好像有點臭美，但這種顯而易見的事，故作謙虛反而更假，與其面對稱讚時總是說「沒有啦」，還不如直接謝過對方的讚美。畢竟外貌本來就是我最大的優點，為什麼要刻意否認呢？就像那些頭腦很好的人，大家不也常常誇獎他們很聰明嗎？

「妳還眞不客氣。」于誠恩被我逗笑了。

「本來就是啊，這種你知我知的事，何必假謙虛？」

「妳這樣說也沒錯啦，不過妳這種個性在女生圈裡不太吃香吧？」

他還眞是一語中的。

有些長得好看的女生，不僅男生喜歡，也符合女生的審美；也有那種男生第一眼不會覺得特別好看，卻很受女生歡迎的長相，這種多半是耐看型的正妹。

至於我，則是傳說中的「女二臉」。

女生在看劇時，多半會對劇裡的女二恨得牙癢癢，甚至從女二甫登場就毫無理由地認定她一定會使壞。如果要用一句話來概括，就是——這女的一看就是綠茶婊！

哦，對了，國中時一個不認識的學姊就這麼說過我。

所以當身邊的人成長到開始會在意外表的年齡後，我就慢慢認知到，自己的長相屬於比起女生更討男生喜歡的類型，也因此我的一些無心之舉時常被人過度解讀。

「反正不管我是什麼個性，都會有人覺得我很婊，我已經習慣了。」我微微一笑，「容易引起注意就容易被人討厭啊。」

「妳倒是看得滿開的。」

「也不是，人總會找出適應方式嘛。」我話鋒一轉，故意跟他開玩笑，「欸，那你是不是也覺得我長得很漂亮呀？」

他愣了一下，支吾其詞：「呃，以大眾眼光來說，妳確實算我們這屆比較……呃……引人注目的女生。」

見他努力尋找適當的措辭，我忍不住笑出來：「哈哈哈，逗你玩的啦，你不用緊張，我沒有撩你喔。」

「我當然知道。」他突然就打住話了。

是啊，我可是有男朋友的人呢，怎麼可能撩他。或者，更準確來說，是「暫時」還有男朋友的人。

「你說，明明我這麼可愛，爲什麼他還會劈腿？」我努力揚起嘴角，「而且我剛剛看到了，那個女生穿著我們學校的制服。」

這可能是方才那一幕不堪的場景中，最令我費解的一件事。

「他是我的國中同學，我們從國二時就在一起了，還是他先向我告白的呢。」其實于誠恩沒有問我，但我就自顧自地說起我和易成之間的故事。

他沒有打斷我，就只是聽著。

「雖然我們考上不同高中，不過我覺得都在同一座城市，影響應該不大。」我說話的聲音很輕，也沒管他到底有沒有聽清楚，「只是從每天見面，變成可能幾天見一次，怎麼說也算不上遠距離吧。」

到底是哪裡出問題了呢？爲什麼前幾天見面時還說捨不得和我分開的男友，會被我撞見他在火車上牽著另一個女生的手？

我看不出那個女生哪裡比我好，更諷刺的是，她跟我還是同校。

「如果他是跟他現在的同班同學日久生情，我可能會好受一點，至少我還能告訴自己，是遠距離惹的禍。」

情侶由於生活圈不同而分手是常有的事。

「我以爲，我們不會像一般人那樣。」我以爲我們的愛情會是特別的。

我沒有再說下去，因爲好像也沒其他可說的。

交往過程中那些甜蜜的往事，在這個節骨眼已不再重要。至於我們的感情到底出了什麼問題、從何時開始易成的心裡不再只有我，我不清楚，于誠恩更不可能知道。

「其實有時候沒有太多的理由，就只是沒那麼喜歡了。」于誠恩側過頭看了我一眼，確認我沒有在哭，才繼續說下去，「剩下的都只是藉口而已。」

「那爲什麼我沒有變，他卻變了？我做得到，爲什麼他做不到？」

「這只能說明你們不在同一個頻率上。而且國高中時期的愛情，不就是這樣嗎？」

我突然對他感到有些好奇：「欸，你們男生不是神經都很大條嗎？怎麼感覺你很……細膩？」

「妳這是性別刻板印象。」于誠恩微微皺眉，「況且也還好吧，我不覺得我說了什麼很深奧的東西。」

事實上我也不是天真得以爲年少時的感情能持續到天荒地老，但當我說出想一直跟易成在一起時，我的確是真心的。

眞心想跟這個人在一起，很久很久。

可是他呢？

每通電話掛斷前、每次分別前的那句喜歡，到底有幾分是眞的？

「回去吧，今天謝謝你陪我。」我站起身，望向時刻表，確認下一班列車到站的時間。

于誠恩和我都沒有再開口，直到上火車後，他才問我在哪站下車？

我只搭一站就下車了，他則是比我再多搭一站。

「與其自己悶著頭想半天，不如直接問他吧。」于誠恩突然天外飛來一句。

「啊？」我抬頭對上他的眼，才發現他正專注地看著我。

他稍稍收斂了目光，「我是說妳應該找妳男友談談，妳完全有底氣可以攤牌。」這個道理我一直明白，就像剛剛，我大可以直接上前當面給他們難看。

「老實說我很害怕。」我低頭看著自己的鞋子，強忍淚意，「我怕我們將近兩年的感情就這麼結束了，我還沒做好心理準備，而且我更怕他選擇的人不是我。」

如果易成選擇護著那個女孩，而不是我，我不知道自己該用什麼表情面對。

要是我忍不住哭了，他還會心疼我嗎？還是我應該大方地祝福他，讓他對我產生多點愧疚？可是他會愧疚嗎？

這些恐懼讓我當時只能愣在原地，不敢採取任何行動。

「如果他選擇了妳，妳就會原諒他嗎？」

我因為于誠恩的問題愣了一下，沒想太久就給出回應：「我可能會想聽他的解釋，看能不能讓自己好受點，也決定我們還能不能當朋友，但無論如何應該沒辦法繼續在一起了。」

沾上汙點的愛情，再也沒辦法像以前一樣純粹了。

「那不就對了嗎，不管他選不選擇妳，他都不是妳的選擇了，妳根本沒什麼好怕的啊。」

看著于誠恩認真的表情，我頓時覺得，自己好像真的什麼都不用怕。

「被你說得好像我剛才在想的事很傻。」我忍不住笑。

「妳只要拿出說自己很漂亮時的自信就夠了，哪需要想這麼複雜。」

我竟然遲來地感到有些不好意思，輕輕捶了他一拳，「我現在才發現你這麼欠揍。」

一站很快就到了，我背起書包慢慢往車門邊移動。趁著車門打開前，我回頭看向于誠恩，而他也看著我。

「雖然今天不是一個好日子，但很高興認識你，于誠恩同學。」我笑咪咪地對他說。

于誠恩臉上漾起一抹溫暖的笑容。

「明天見。」他說。

回到家後，我的世界回歸安靜，靜到讓人感覺有些寂寞。

我從來就不喜歡獨處，喜歡身邊有人陪，偏偏平時總會有人的家裡，現在只剩我一人。

我拿起手機，很想找誰聊聊，卻又不知該從何說起，我忽然想起了于誠恩，如果是他，就不用解釋那麼多了。不過我們沒有交換聯繫方式，明天一定要記得跟他要手機號碼，我暗暗提醒自己。

剛剛在火車上于誠恩的建議言猶在耳，他說得沒錯，我這麼好、長得這麼漂亮、個性這麼可愛，這段感情我至今問心無愧，失去我是林易成的損失，我有什麼好怕的？

於是，我按下了撥號鍵，電話沒有響很久就被接起。

「寶貝想我啦？」

如果不是親眼目睹，我恐怕不會相信對我依然如此親暱的人會背叛我。

我實在很佩服林易成，可以一邊對我說甜言蜜語，一邊把愛情分給別的女生。

「怎麼啦？都不說話？」他的聲音將我拉回現實，提醒我該給出適當的反應。

「心情不是很好。」我幽幽回道。

我沒有馬上揭穿他，心裡突然有了不一樣的想法。

不知道是我太遲鈍，還是他掩飾得太好，即使我努力回想這段時間他有沒有哪裡不一樣，依舊想不出個所以然來。

他始終待我如初，每天的噓寒問暖、睡前的視訊電話、週末的約會都不曾落下，他對我的好、分給我的時間都沒有改變。然而他確實變了，這讓我頓時覺得他好陌生，我好像不認識這個我喜歡了兩年的男孩。

即使現在質問他，他也能找到方法搪塞過去，或者說服我那都是誤會。

「怎麼了？誰惹妳生氣了？」易成溫柔的聲音讓我一度很想相信今晚所見只是一場夢。

我悄悄做了個深呼吸：「沒有啦，最近不是在籌備園遊會嗎？辦活動就容易起口角啊，比較煩。」

儘管我也不能肯定，到底是我眞的認爲該找人商量再採取行動，還是我尙未做好失去他的準備。

✦

「他太混蛋了吧！」果不其然，茜茜聽完我昨天戲劇化的遭遇，氣憤得只差沒有拍桌。

「噓！妳小聲一點啦。」我趕忙摀住她的大嘴巴，「我不想這件事變成大家茶餘飯後的八卦。」

早自習前的空檔，我和茜茜、曉萍在教室走廊上聊天，雖然到校的人還不算多，但茜茜再繼續這麼大嗓門，我被劈腿的事很快就要傳遍整層樓了。

她不好意思地吐吐舌，做出將嘴巴拉鍊拉上的動作。

「珂恩，妳還好嗎？遇到這種事，怎麼沒找我們陪妳？」曉萍向來心思最細膩，她的第一反應不像茜茜那樣義憤填膺，而是擔心我的感受。

身為我的好友，茜茜和曉萍當然都知道易成是我男朋友，也見過他幾次。

「說來有點尷尬，妳們認識于誠恩嗎？」

「當然！」茜茜一下子就察覺到不對勁，狐疑地看著我：「等等，妳該不會不記得他是我們班的吧？」

「說實話，昨天之前是真的不記得。」

「真是敗給妳了！」茜茜一臉無奈。

「妳昨天遇到于誠恩了？」曉萍準確抓到我話裡的重點。

我點點頭，告訴她們昨天于誠恩碰巧和我一同目睹了易成的劈腿現場。

「結果妳找林易成談了嗎？」茜茜追問。

「原本是想談的，但話到嘴邊又忍住了。」我嘆了口氣，對自己的窩囊感到無力，「總覺得問了他也不會承認，這樣下去只會變成我在無理取鬧，要是我問不出什麼就提分手，不就像是我亂懷疑他才結束這段感情嗎？」

「所以妳希望他跟妳認錯嗎？」茜茜用手環住我的肩，試圖給予我一些力量。

「我希望他跟我說真話，我想知道我們的感情到底怎麼了。」

儘管于誠恩說，有時候一個人會變心，最可能的理由就只是不像當初那樣喜歡了，我還是很固執地想聽易成親口告訴我。

「既然這樣，妳應該要當面揭穿他，以免他不認帳。」

「我也有同樣的想法，可又不確定這麼做是對是錯。」所以我昨天才沒有在電話中質問易成。

「這麼做是不是有點不太留情面了？」曉萍持反對意見。

「對付劈腿渣男還要留什麼情面？而且搞不好那個女生不知道自己當了小三，妳還可以幫她認清渣男。妳不是說她是我們學校的學生嗎？女生和女生就應該聯合起來教訓渣男！」茜茜只差沒在頭上綁布條表示支持了。

「萬一她其實知道呢？」

「那就更欠教訓了！妳就一起洗那對狗男女的臉！」

我擺出最委屈、最容易勾起同情心的表情，對著茜茜和曉萍說：「所以，妳們誰要陪我去執行這項艱難的任務？」

「當然沒——不對！有問題！」茜茜像突然想起什麼似的皺眉，「平日放學我都要去補習班。」

「珂恩，我很想陪妳，可是我家有門禁，沒辦法在外面待太晚。」曉萍滿臉愧疚。

這種事最適合參與的人選一定是茜茜，一來這本來就是她的主意，二來個性文靜的曉萍在這種時候用處不大。

我瞪了茜茜一眼：「說好的女生和女生就該聯合起來呢？」

「別生氣嘛，珂恩。」她討好似的搖搖我的手，「妳別擔心，說不過妳就當場哭給他們看，我保證全列車上的乘客都會站在妳那邊。」

我不想理她，哼了一聲轉過頭去，正好看見剛走進教室的于誠恩。

於是，我揚起愉快的微笑：「沒關係，我找到最合適的戰友人選了。」

一直等到午休時間，我才找到機會詢問于誠恩。

原本是想找他去教室外面說話比較不引人注目，沒想到我才走近他的座位，他鄰座的男同學就倒抽了一大口氣，導致附近的人都注意到我們了，眞是謝囉！

于誠恩側過頭白了他一眼，「喬書宇，你會不會太浮誇了？」

「喂，你什麼時候跟許珂恩這麼熟了？」儘管喬書宇放低了音量，我還是聽見了。

我正想開開玩笑，于誠恩卻搶著解釋：「昨天在火車站遇到她。過了一個學期，這位同學還不記得我跟她同班。」

聞言，我只能乾笑，於是爲了報復，我故意大聲說：「那于誠恩我就先借走囉。」然後在眾目睽睽下，我拉著于誠恩走出教室。

快速向于誠恩解釋過我的計畫後，他一臉不解。

「不是你讓我直接跟男友談談嗎？所以我才想這麼做啊。」

「是沒錯，可我的意思是……」他皺著眉，像是想解釋最後又放棄，「妳昨天沒問他嗎？」

「齁，你理解能力很差欸，我剛剛不是跟你說過了，他一定不會承認，還不如當面抓個正著。」

「爲什麼妳昨天不這麼做？」

我撇撇嘴，不到三秒就決定推卸責任：「你把我拉下車了啊。」

「那是因爲妳看起來快哭了，整個人傻站在那裡。」他面露無奈，就跟昨天去買飲料給我時的表情一模一樣。

「對啊，既然如此，你就再幫我一次，陪我壯膽。」

他還沒放棄抵抗：「找妳那兩個好朋友不是更好嗎？」

這個人還挺觀察入微的嘛，連我在班上和茜茜、曉萍關係最好都知道。

「茜茜要去補習班，曉萍有門禁。」

他沒再回應，低著頭彷彿在思索該如何做最後的掙扎。

我突然發現于誠恩這個人脾氣眞的滿好的，他其實大可以不用管我。

想到這裡，我忍不住笑場了。

「妳幹麼？」他抬頭看我。

「你人很好耶，就算你拒絕我，我也不能怎麼樣。」

「所以妳在耍我嗎？」

儘管他看起來不像在生氣，我仍小心答道：「沒有啦，我是眞的想找你陪我，但這跟我覺得你人很好不衝突呀。」

沒過多久，果然如我所料，人太好的于誠恩還是答應了：「既然妳都這麼說了，我就好人做到底，陪妳碰碰運氣吧。」

「耶！謝謝你！我就說你人很好吧。」我高興地鼓掌，過了兩秒才想到不對，「碰碰運氣是什麼意思？」

「別再發我好人卡了，好嗎？」他語氣帶點無可奈何，「妳根本不知道他們會在什麼時間、什麼地點同時出現不是嗎？這個計畫一開始就有bug。」

對耶，被他一說我才驚覺這個問題，我想了一下便提議：「我賭他們還會一起搭車，而且是跟昨天差不多時間的班次。反正我們也要搭火車回家，就不信碰不到他們。」

他笑了出來：「妳這麼閒嗎？而且一班火車這麼多節車廂，妳怎麼知道他們會在哪個車廂出現？」

聽起來很有道理。

「那怎麼辦嘛！」我現在很後悔，昨天沒有直接採取行動。

「妳不是說那個女生是我們學校的嗎？他們很有可能是補習班同學。」

我眼睛一亮：「他跟我說昨天晚上補習班加課，你的意思是，等補習班加課那天，我們再去搭那班車？」

「妳到底多執著於要去火車上堵人啊？」于誠恩很嫌棄我的智商，「妳總知道他在哪間補習班，也知道他的補習時間吧？直接去補習班附近堵人不是比較快嗎？」

我點點頭，然而被質疑智商讓我頗爲不滿：「可是我要怎麼確認他們會不會一起上下課？」

「妳有去過那間補習班嗎？」

「沒有，上高中以後，我和他一般都在假日見面。」

「既然他假日是妳的，那他和那個女生能相處的時間只剩下補習班下課後。當然，不保證妳一定能堵到人，至少……」他很故意地補上一句，「機率比在火車上大。」

我瞪了他一眼，隨後想到是我要麻煩人家，姿態應該放低一點，趕緊換上一抹討好的微笑：「那你要說話算話，好人做到底喔。」

「既然都說是碰運氣了，妳訂個截止時間吧。」見我沒聽懂，他便解釋，「當面抓包劈腿需要碰運氣，可提分手不需要，妳不能用碰運氣來逃避妳眞正該做的事。」

我瞬間領悟了他的意思，也對於被于誠恩看穿我隱藏的部分心思感到有些窘迫。

或許我內心深處還是想藉由再次親眼目睹來說服自己，我所喜歡的那個易成已經消失，而我確實該捨棄那些不該再有的眷戀了。

「就這個禮拜吧，如果這個禮拜都沒有碰上他們，我會直接找他問清楚。」

接下來幾天，于誠恩就如他所承諾的，在易成補習班有課的日子都陪我去碰運氣。

那間補習班剛好就位在平時于誠恩下車的車站，所以他說自己其實沒差，就是晚點回家而已。

但考慮到他人好的程度，他可能是刻意這麼說，讓我不會太過意不去。

由於還要等三個小時補習班才下課，我認爲與其四處亂晃，不如在附近找間咖啡館坐坐，還能順便寫作業。我也不是眞的那麼不知道好歹，爲表感謝，我自願買單。

「有個善解人意又可愛的同學跟你一起討論作業，還有免費的飲料喝，你其實也不虧吧？」我得寸進尺地向他邀功。

于誠恩不僅不領情，還嘲笑我：「得了吧妳，要不是某人的碰運氣計畫，我們也沒必要一放學就趕來這裡蹲點。」

我完全無法反駁。

第一次在補習班上課前蹲點沒能堵到人，于誠恩安慰我：「他們兩個不同校，到補習班的時間不一樣，不如等下課再過來看看。」

就算非常嫌棄我漏洞百出的計畫，于誠恩依然信守承諾，甚至還幾次幫忙提出了修正方案。

這幾天放學我們都一起行動，先搭火車到補習班所在的那一站，找間咖啡館打發時間，等到接近補習班的表定下課時間再過去守株待兔。

現在想想，這個計畫眞的是很碰運氣，能提出這種計畫的我也是夠天才，願意配合的于誠恩更是超越天才的境界。

「我當時一定是腦子進水，才想出這個計畫。」我邊喝著最愛的榛果拿鐵，邊盯著正在低頭解數學題的于誠恩。

今天是我們第三次過來碰運氣了。

于誠恩頭也沒抬：「妳現在才知道嗎？」

「但我覺得你更神奇，你一直都知道這個計畫有問題，幹麼不直接拒絕我？」

「因爲妳拜託我了，而且我答應妳了，反正也就一個禮拜，我就當助人爲樂。」

望著他專注解題的神情，我腦中突然冒出一個想法：「欸，于誠恩。」

「嗯？」他依舊沒有抬頭。

「你該不會喜歡上我了吧？」

這時他總算停下筆，抬起頭看我：「許珂恩，妳到底多自戀？」

「不是啊，我只是以防萬一嘛。」

除了他人太好以外，我實在找不出于誠恩這麼幫我的理由，況且我也不想造成誤會，讓他以爲我是在刻意給他機會。

「我不清楚妳是不是有過什麼不好的經驗，讓妳產生一種只要男生對妳好就是對妳有意思的錯覺。」他認眞地注視著我，眼神裡並沒有嘲諷的意味，「願意幫同學出一口氣不是很正常的事嗎？」

見我一愣一愣的，于誠恩沒有再多說，繼續低頭鑽研作業。

過了好一陣子，我才終於找到適當的言詞回應：「抱歉，以前遇過幾次我沒想太多就接受對方的幫助，結果被誤以爲我是在搞曖昧，所以我可能有點小題大作了。」

他沉默了幾秒鐘，再次抬頭對我說：「那妳可以放心，我沒有喜歡妳。」

「的確比較放心了，但怎麼感覺自尊心有點受傷呀。」我撇撇嘴。

「妳希望我喜歡妳是嗎？」于誠恩笑了，不過眼神就像是……在看一個傻子一樣。

「並沒有。」不曉得怎麼解釋，所以我簡單答道。

我也說不上來那是種什麼樣的感覺，好像鬆了一口氣，又不太習慣。

或許我眞有點自戀吧？甚至已經習慣外表爲我帶來的各種便利，儘管有時也不免引起誤會，然而不得不承認我是有些享受吃外貌紅利。

「才認識不到一個禮拜，我對妳沒什麼特別的想法，雖然不否認妳的長相確實是……」他停頓了好一會才把話說完，「滿賞心悅目的。」

我不禁笑了出來。

他好像有些不好意思，慌亂地解釋：「我的意思是，比起一見鐘情，我比較看重相處起來的感覺，所以妳可以放心，我不是要追妳才幫妳的，我……」

「好啦，我懂。」我笑著打斷他的語無倫次，「這樣說開了也好，我可以放心地繼續麻煩你了。」

不用擔心我是否給了對方錯誤的希望，更不用揣測對方的每一次善意是否別有用心。

「如果可以，我倒是希望妳別太麻煩我啦。」于誠恩這才露出安心的微笑。

「欸，于誠恩。」我斂起笑，直視著他。

「嗯？」

「我們做好朋友吧。」

我其實很少跟哪個男生走得很近，但我總覺得，如果是于誠恩，他應該會懂我。

「爲什麼？」他一臉饒富興味的樣子，像是我說了什麼有趣的話。

如果是他，應該能懂我是眞的想跟他做朋友，不會誤解我是在搞曖昧，也不會對我現在的行爲抱有錯誤的期待。

「可能因爲我們的名字裡都有『恩』吧！」我彎起眼睛，對他綻出歡快的笑容。

于誠恩沒有說好或者不好，只是笑著說：「這個梗妳要玩多久？」

但我瞬間就懂他這是答應了，「不過我不喜歡跟別人一樣，所以我決定以後不叫你于誠恩了。」

他愣了一下，露出無奈的神情：「妳又想幹麼？」

「以後我就叫你于誠吧！」我任性地說著，「這樣『恩』這個字就專屬於我了。」

「……喂。」

從此我就吃定了于誠，他總是這樣，對於我的所作所爲感到無奈，卻不會制止我。于誠可能不知道，每次想起我和他，我最想留住的一定是當時的我們。而他從來都沒讓我知道，當時的他，究竟心裡是怎麼想的。

我和于誠一直在咖啡館待到將近九點，才收拾東西往易成上課的補習班走去。我們……不，準確來說只有我，就躲在補習班大樓門口前的柱子後方，這個位置正好能看見進出大樓的所有人，可又不會被他們看到我鬼鬼祟祟的樣子。

之所以只有我，是因爲于誠吐槽這樣很滑稽，他說反正易成也不認得他，便大大方方地站到柱子前滑手機。

我原本想指責他不夠義氣，但想到他可以在前面幫忙把風，也就沒有反對。

如果今天再不成功，就只剩下明天了。

前兩次失敗得很莫名，不知道是我們不夠專心，還是易成提早離開，總之沒在門口看見他的身影。

我想了一下，用于誠能聽見的音量說：「欸，于誠。」

「嗯？」他應和了一聲，沒有回頭。

「事不過三，今天就當最後一次吧。」

他終於轉過頭，「明天不是還有一次嗎？既然開始了，怎麼不有始有終？」

「我突然覺得有點累，明明做錯事的是他，我幹麼這樣折騰自己？」我笑了笑，「而且你應該很清楚，我會想進行這個荒謬的計畫，有很大一部分原因是我還沒做好心理準備結束這段感情。但這幾天下來，我認爲我已經準備好了。」

不知道是不是試圖抓易成劈腿的過程實在有點好笑，我心中的氣憤和悲傷都淡去不少。也可能是于誠的陪伴給了我底氣，讓我不會感覺自己是在孤軍奮戰。

于誠安靜地聽完，只說了一個字：「好。」

有時候，莫非定律就是這樣，當你很想找到一樣東西時，永遠都找不到，一旦放棄尋找，它馬上就出現了。

當我決定今天再等不到就放棄時，我要等的人出現了，也看到了我該看到的畫面。

其實是于誠先發現的，在易成和那個女孩走出大樓時，他說：「他們來了。」

一眼望去，就能瞧見他們牽在一起的手。

這一次，我沒有像上次那樣愣在原地，我直接走過去跟在他們身後，前進了幾步才冷靜地開口：「林易成。」

女孩下意識回頭看我，再看向她身旁的易成，眼中盡是困惑。易成則是立刻停下腳步，僵在原地，我精準地捕捉到他緩緩放開那女孩的手。

我瞬間掌握了情況，沒有猶豫地走到他們兩人面前。

「怎麼了？」那個女生開始有些不安。

我這才看清楚她的長相，看起來就是清秀型的路人臉，無論怎麼看，我在容貌上應該都不輸給她。

易成的表情很難看，好不容易才擠出一句話：「妳怎麼在這？妳不是說妳回家了嗎？」

「我想見你就來找你啦。」我笑嘻嘻地說，「不過沒想到驚喜突然變驚嚇了，對嗎？」

「妳在說什麼？」易成還沒接話，旁邊的路人臉女生便搶著刷存在感，只是她的音量卻隨著我轉向她的視線而減弱，搞得我都有點好奇，此刻我臉上是什麼表情。

「妳怎麼不問我是誰啊？」見她欲言又止，我馬上就懂了，「啊，妳知道我是誰。」

「妳是二班的許珂恩。」她小聲說。

看來她是在學校知道我的，但不知道我跟易成的關係。

「芷紜，妳先回去，我們有事要說。」易成突然打斷我跟她的對話。

我苦澀一笑。該不該爲了他口中的「我們」依然是我和他，而感到開心呢？

「爲什麼？你們是什麼關係？」那個叫芷紜的女生有點慌了。

反觀易成這時平靜了下來，語氣帶上不耐煩：「妳先回去就是了。」

「看在都是同校同學的份上，這個問題我可以回答妳。」我對她說，並看了易成一眼，他沒有要阻止我的意思。「我是林易成的女朋友。」

那名女孩一臉震驚地看看我，又看看易成，發現他竟然沒有否認，她頓時都快哭了。

我很好心地再補上一句：「意思就是，妳是我們感情中的第三者。」

她聽了之後，眼淚立刻就掉下來了。

「看來妳不知情，所以我就沒打算教訓妳了，我只想跟我男朋友談談。」

「易成，她說的是眞的嗎？」那個女生還在垂死掙扎，像是想聽他解釋這都是誤會一場。

眞傻，就跟我一樣。

易成不置可否，只是又說了一次：「妳先回去。」

我突然同情心氾濫，想讓這個跟我一樣傻的女生徹底死心：「我跟林易成從國中在一起到現在已經快兩年了，不管他跟妳說過什麼鬼話，妳就是小三沒錯。以前妳不知情，就當妳被鬼遮眼，既然現在知道了，那妳應該很清楚該怎麼做。」

她緊咬著下唇，臉上都是淚。看了我和易成一眼後，她轉身小跑著離開。

此時易成上前拉住我的手，「珂恩，妳聽我說。」

「嗯，我就是想聽你說。」不用照鏡子，我也明白自己臉上的笑容有多勉強，但我仍然努力揚起唇角，「你可以告訴我，你到底怎麼了嗎？我們到底怎麼了？」

我想知道。

全部的全部，我都想知道。

「許珂恩，跟我做朋友吧？」

「為什麼？」

「妳一定不會後悔的。」

林易成不是第一個主動靠近我的男生，卻是最能引起我興趣的一個。

我始終記得，當時他臉上洋溢著自信又囂張的笑容。

「許珂恩，以後放學我們一起回家吧。」

「你有病啊？你家跟我家不是反方向嗎？」

「我沒跟妳說過，從今天開始我家就在妳家那個方向嗎？」

我也還記得，那個總帶著不容我拒絕的霸道，擅自在我生活中建立起與他有關的習慣的林易成。

更記得，那個儘管口中從沒表態接受，卻也沒拒絕過林易成的許珂恩。

「許珂恩，做我的女朋友吧？」

「爲什麼？」

「妳知道的啊，我喜歡妳。」

「你怎麼不問問我喜不喜歡你？」

「不需要啊，我知道的。」

當時我笑了。

易成說，那是他見過最好看的笑容。

「珂恩，我會讓妳一直都笑得這麼好看，跟我在一起好嗎？」

我喜歡他專注凝視著我的眼神，以及沉溺在其中的自己。

那些往事在我腦海中一幕幕重現，也沒問過我到底想不想回憶。

而此時的林易成，雙手握著我兩隻手的手腕，神情複雜，「是我的錯，是我對不起妳。」

我很慶幸他並沒有用剛牽過別的女生的手牽我，否則我會覺得噁心。

「珂恩，妳相信我，我還是很喜歡妳，眞的。」

我不禁笑了出來，這話聽起來實在很荒唐，荒唐得很好笑。

分手的理由有千萬種，但通常只會有一種是眞的，就是不喜歡了。可是這個背著我劈腿的男人，居然跟我說他還是很喜歡我？

開什麼玩笑？

「我只是覺得很寂寞。」

我忍不住打斷他：「寂寞？我們每天視訊、每週見一次面，你跟我說你很寂寞？」

「以前天天能見到妳，牽著妳的手一起上下學，我們的生活都是彼此，也只有彼此。」

他的眉頭緊蹙，「現在呢？我們就只是對方生活中的一個小片段而已，各自有了不同的生活圈。我都不知道我不在妳身邊的時候，會不會有其他男生喜歡妳，像我以前那樣追妳。」

「這件事不是從我們要去念不同高中時就知道了嗎？而且誰說只是片段？對我來說，你就是我生活中最重要的一部分，從來沒有變過。」說著說著，我的視線開始染上一層霧氣。

「是，所以我那時候不就希望妳能跟我念同一所高中嗎？但妳選擇了妳喜歡的學校，而不是我！」

我爲他的這句話感到震驚。我的考試成績比易成好，第一志願確實能塡他現在讀的高中，不過兩所高中都在同一座城市，我認爲選擇自己較喜歡的學校無傷大雅。

沒想到他心裡一直認爲我該選擇他，並非想就讀的學校，也很在意我沒有選擇他。

「所以呢？你因爲不安，不願意相信我根本沒怎麼搭理過班上的男生，然後決定在有人追我之前，自己先去追別人？你可眞行啊，林易成。」我語帶嘲諷，「你知道我最不能接受的是什麼嗎？你要是劈腿你們學校的女生，我還能騙自己這一切是遠距離造成的，然而對方卻是我們學校的女生。」

「她是我的補習班同學，我沒有追她，只是自然而然……」他低下頭，不敢直視我的眼睛。

「你剛剛說你還是很喜歡我，那她呢？你喜歡她嗎？」

林易成略微抬起頭看我，思考了幾秒才回答：「說完全沒有是騙人的，但就是感覺還不錯而已，跟對妳的感情不一樣。」

「你說你還是很喜歡我，也比較喜歡我，可是你居然劈腿另一個只是感覺還不錯的女生。」我笑了，在彎起眼睛的剎那，一直強忍著的眼淚終於流了下來。

我不懂，爲什麼他的愛情可以分給兩個人？他是什麼時候變了，爲什麼我從未發現他的改變，他依然待我如初，卻還是背叛了我。

原來背叛根本不需要感情轉淡，一個近在眼前的第三者就可以做到。

林易成突然把我拉進懷裡，緊緊抱住我，反覆說著對不起。

我沒有推開他，只是不斷哭泣，把淚水都留在他的制服襯衫上。

「珂恩，是我對不起妳，我很後悔。」他的聲音帶著些許顫抖和哽咽，「妳願意再給我一次機會嗎？」

後面這句話，令我頓時清醒過來。我狠下心推開他，也推開我心底殘餘的眷戀。

「機會？我給你機會能改變什麼嗎？我們還是不同校，生活圈還是不一樣，難道我去報名你的補習班就能解決？」我眼眶含淚，「距離確實是問題，但我們之間最大的問題是，你對我的喜歡並沒有多到能讓你耐得住寂寞。我難道就不想你、不想每天跟你在一起？可是我有找別人塡補我的寂寞嗎？」

他沒有反駁我，他很清楚我是對的。

「是，你是喜歡我，不過你更喜歡你自己。」我深吸一口氣，把早就該說的話說出口，

「我們分手吧，林易成。」

說完，我直視著他的雙眸，最後一次深深凝視著這個我曾經很喜歡、現在或許還是很喜歡的男孩，然後轉身離開，並在心底不斷告誡自己：不准回頭！

我要他從今天起，一想到我，就會想起我毅然決然離他而去的背影。

我以爲我們的愛情會是特別的，可我們終究像一般情侶一樣，笑著開始，哭著結束。

「珂恩，我會讓妳一直都笑得這麼好看，跟我在一起好嗎？」

林易成，你最後還是食言了。

然而我的瀟灑帥氣也就差不多維持三分鐘而已，等確定自己離開了林易成的視線範圍後，我就哭了。

一路哭著走到火車站，不管不顧路人詫異的目光，哭得稀里嘩啦。

失戀的人最大，我又沒有妨礙到他們，憑什麼我連想哭就哭的權利都沒有？

從發現自己被劈腿以來，我的表現算冷靜，但這並不代表我比一般人堅強，表面上的平靜是我努力裝出來的，直到方才提出分手的那一刻，一直壓在心底的傷心才眞正化爲眼淚傾洩而出。

不知道自己哭了多久，一隻遞面紙的手冷不防出現在我低垂的視線裡，我抬起頭環顧四周，不無自嘲地想，就算那麼專注於哭泣，我還是很聰明地走到了正確的月台。

「謝謝。」我接過面紙擤鼻涕，順道打量那隻手的主人。

一個陌生男孩正對著我燦笑：「學姊，妳怎麼啦？哭得這麼慘。」

「誰是你學姊。」看他身上的制服，明明只是個國中生，而且也不是我國中母校的學生。

「你們學校是我的第一志願啊，我馬上就會變成妳的學弟，先預習一下。」他嬉皮笑臉地說。

可惜他今天遇到的是心情極度不好、看到開心的人會更不開心的許珂恩，於是我凶巴巴地回他一句：「會不會考上還很難說，話不要說得太早。」

他看起來一點也不介意，反而笑得更開心了。這人是被虐狂嗎？

「要不要來打賭？萬一我眞的考上你們學校呢？」

「無聊！」我瞪了他一眼。

「那就這麼說定啦。」他笑嘻嘻地把整包面紙塞到我手裡，「下學期學校見，學姊。」

說完，他跟我揮揮手，往月台邊的樓梯走去。

說也奇怪，這場莫名其妙的對話，居然成功將我氾濫成災的眼淚按下暫停鍵，我坐在長椅上愣怔出神。

「就這麼走啦？」

過了一會，于誠的聲音從旁邊傳來。

我側過頭，對著在長椅另一端坐下的于誠露出歉然的微笑：「抱歉，我剛剛思緒很亂，就把你忘在那裡了。」

「沒事。」他伸出手，遞給我一瓶奶茶。

上週第一次意外抓包林易成劈腿時，陪著我的也是于誠。當時我把震驚和難過的情緒都發洩在他身上，還因爲一罐麥香奶茶就哭了，所以這次他才會先買好奶茶給我吧。

「你又不像我還要搭一站火車才能回家，怎麼跑來貢獻進站票？」雖然有猜到原因，不過我還是故意這麼問他。

于誠眼神中閃過一絲困窘，很快又神色自若，「怕妳又像上次那樣淚灑月台啊，而且我不是答應過妳了嗎？好人做到底。」

我輕笑出聲，沒再說話。

我們之間充斥著沉默，卻不會令人感到不自在或尷尬。

火車進站了，然而我完全沒有起身的打算，只是靜靜地望著列車停下來，然後再度開走。

伴隨著列車駛離的風，于誠主動開口：「這麼晚了，妳不回家嗎？」

「于誠。」我沒有回答他，只喚了他的名字，準確來說是被我改過的名字。

他嘆了口氣，表情無奈，「妳眞打算這樣叫我啊？」

我不理他，逕自說：「其實我現在滿平靜的，也沒有遺憾了，對於這段感情，我覺得自己盡力了。」

盡了全力愛他，也竭盡所能讓他知道我愛他。

「那不是很好嗎？問心無愧了，也好好說再見了。」于誠好像漸漸習慣我總是這樣自說自話，開始能跟上我跳躍式的話題。

「怎麼說呢？我心裡的感覺很複雜……愛情好脆弱啊。」

大人們總說我們這個年紀還不懂得愛，可是只要眞眞切切付出過感情，結束之後還是會感到疼痛。

我和林易成之間有過許多幸福甜蜜的回憶，他曾讓我感受到自己被深愛著，我也曾付出自己的一片眞心。然而不到兩年，這段戀情就因爲遠距離而破碎了。

「這只是妳人生中其中一段愛情，不表示所有的愛情都是如此。」于誠一臉認眞地回應我。

「于誠。」

「嗯？」

「你交過女朋友嗎？」

他先是有點錯愕，隨後故作平靜地回答：「沒有。」

我盯著他微紅的耳根，「那你曾經很喜歡過誰嗎？」

「當然有。」他瞪了我一眼，彷彿我說了什麼瞧不起他的話似的。

「是我們班的人嗎？」我感到好奇。

「不是。」

「國中同學？」

「嗯。」

「你沒有告訴她嗎？」

于誠笑了，「許珂恩，不是每一種喜歡都需要說出口。」

我歪著頭打量他，「但我覺得喜歡就會想跟對方在一起，就會想告訴對方呀。」

「看妳想要的是哪種在一起吧。」他不置可否。

其實他說得也沒錯，從前我認爲喜歡一個人就是要和對方在一起，可現在我發現，兩個人剛在一起時，對彼此的喜歡會是最濃烈的，再往後走，情感的濃度好像就只能持平，甚至淡去。

當晚睡前，我突然明白了一件事。

愛情結束時，最可怕的不是失去那個人，也不是面對不再有那個人的未來，而是一時間還無法改變的習慣。

越是微小的習慣，越是深入骨髓。

好比說，我剛剛差點一如往常在睡前發送晚安訊息給林易成。

那個瞬間，我意識到從今以後，睡前不會再有他的晚安訊息，早上醒來也不再是用和他說早安來開啓新的一天，而這將我徹底壓垮。

我可以不要一段有汙點的感情，我可以走得瀟灑，然而我不知道如何獨自面對那些我暫時還改不掉的與他有關的習慣。

隔天，我什麼都還沒說，茜茜和曉萍就從我腫得像核桃的眼睛猜到昨晚發生了什麼事。

「妳跟妳男朋友……」茜茜支支吾吾，想問又不敢問。

我擠出微笑，不想讓她們擔心，「現在是前男友了。」

「珂恩，妳還好嗎？」曉萍臉上仍舊掛著擔憂。

「坦白說，不太好。」我不想逞強，感覺自己現在連逞強的力氣都沒有了，「還需要時間恢復，畢竟是喜歡了這麼久的人。」

「所以妳眞的當場抓包他劈腿？」茜茜終究壓抑不住好奇心，直接發問。

我這才想起這星期都忙著蹲點，一直沒空好好跟她們聊細節，索性連同昨晚的事詳細說了一遍。

「哇，場面一定很精彩！齁，妳男朋……我是說前男友怎麼不跟我上同家補習班啦，這樣我就可以共襄盛舉了！」

「妳們等我一下。」我捕捉到于誠恩正準備走進教室的身影，向茜茜、曉萍打了聲招呼，便從書包裡拿出一瓶豆漿，走向他。

他看見我先是一愣，接著笑了出來：「妳的眼睛怎麼像被人打腫了？」

「還笑！我不介意讓你的眼睛也體會一下喔。」

他明明知道是怎麼一回事還要點破？白目！

我把豆漿遞給他，「就當還你昨天的奶茶了。」

他沒有拒絕，笑著接過，「妳欠我的可不只一瓶奶茶。」

我很快意會過來，他說的是我們認識那天，我訛他的那罐麥香奶茶。

「是是是，下次還你。」我在心裡罵他小氣鬼，並走回座位。

「珂恩，妳……妳跟于誠恩怎麼突然變這麼熟了？」曉萍問我。

「一定是因爲這次的抓姦計畫吧？你們兩個一起經歷了大風大浪，難怪變熟的速度飛快。」我還沒來得及回應，茜茜搶先發言。

「大風大浪？妳會不會形容得太誇張了。」我笑著說，「會變熟很大一部分確實是因爲這個莫名其妙的計畫沒錯，剩下的部分……可能是我們個性還滿合的吧？」

「哦？這樣聽起來有點戲欸。」茜茜的八卦魂被點燃，「妳要不要考慮用一段新的戀情走出情傷？」

我斷然拒絕：「不要，而且于誠恩不是我的菜。」

「那妳的菜是什麼類型？」

「我喜歡單眼皮帥哥，偏韓系歐爸的那種，于誠恩是雙眼皮。」我說的是實話。

「就因爲他不是單眼皮？」儘管茜茜覺得我開出的條件很荒謬，卻也不再試圖把我和于誠恩湊對。

我注意到曉萍似乎有點沉默，瞥了她一眼，她一臉若有所思，一察覺到我的目光，便立刻露出微笑，加入我們的話題。

✦

林易成在我心上劃下的那道傷口，讓我感覺自己變了。

現在的我好像變得更怕寂寞了，只要一個人待著，或是有了可以靜下來的時間，我就會想哭。

原來我在歷經失戀之後竟是如此的脆弱，我的勇氣好像在帥氣提出分手的那一刻就用盡了。

也是在這個時候，我才意識到自己的交友圈有多狹小。我在每個求學階段要好的朋友屈指可數，一旦茜茜和曉萍沒空，我就陷入找不到人陪的窘境。

平日白天在學校還好，該做的事很多，身邊也有很多同學，沒有空胡思亂想，眞正讓我害怕的是，回家後得面對那一屋子的寂靜。

如果家裡有人還好，偏偏爸媽下班時間不固定，我只得自己另尋出路。

剛開始我嘗試在放學後去市立圖書館念書，想著雖然旁邊都是陌生人，至少我不會是一個人。況且既然情場失意，那麼起碼可以努力在課業上稍稍得意吧。

可惜這個作法沒什麼成效，我依然感到很寂寞。

更糟糕的是，某次我因爲心情低落而跑出圖書館，蹲在街邊哭泣時，居然還被小混混搭訕。

「所以，這一次是要拜託我放學後跟妳去市立圖書館念書？」于誠很機靈地作出結論。

是的，上述那堆心聲，都是我拿來說服于誠的說詞。

儘管那些說詞都是千眞萬確，但我不否認我有把自己說得再可憐一點，甚至還小小哽咽了一下。

「對啊，茜茜要補習，曉萍家裡又管得嚴，我只能問你了。」我使勁裝可憐，「陪我到我爸媽回家就好了，你就當作是參加讀書會嘛，一放學就先把功課做完，還有同學可以交流討論，是不是聽起來很認眞上進？」

「我明明可以先玩遊戲再寫功課的，才高一幹麼這麼奮發圖強？」他不以爲然道。

這人一定是故意的！我只能換個方法對付他，用最楚楚可憐的眼神注視著他：「于誠，你說我們是不是好朋友？」

「妳要幹麼？」他彷彿察覺到了一絲危機。

「你先回答！」

他無奈答道：「是是是。」

我滿意地點了點頭，強忍住笑意，「那你是不是應該幫好朋友走出情傷？是不是應該保護柔弱可愛的好朋友免於被小混混騷擾？」

「……我就知道。」于誠小聲地咕噥。

「你說是不是啊？」我進一步逼問他。

想當然耳，最後的結果是未來一個月的放學後，于誠都會和我一起去市立圖書館奮發圖強。

託林易成那個渣男的福，我的期中考成績大幅進步，簡直是因禍得福。

至於我的情傷，也在期中考後不知不覺痊癒。

或許該感謝萬能的時間醫生，也或許該感謝讓我轉移注意力的課業，更或許該感謝于誠的陪伴。

短短一個多月過去，于誠迅速成為我在班上的第三個好朋友。

所以眞要說起來的話，于誠應該是林易成送給我的最後一份禮物吧。

也是最好的一份。

第二章

隨著天氣越漸炎熱，高一生活也進入尾聲，無論有多不捨，升上高二注定得重新分班。

升上高二也意味著再過一年就得面對大學升學考試，爲了不讓我們過於懈怠，依慣例所有高二生都必須在八月參加暑期輔導，說白了，就是提前一個月開學的意思。

今天是八月一號，也是我成爲高二生的第一天，即將見到未來兩年的同班同學。

校方早在幾週前就已經公告分班名單，只能說……我簡直是出運了，曉萍和于誠都和我同班！

因此在走進二年七班時，我步履輕快，整個人都神清氣爽。

一從那堆陌生面孔裡找到曉萍，我立刻笑盈盈地走向她。

「黑板上不是寫著要照學號坐嗎？」她故意開玩笑問我是不是走錯位子了。

「就不能讓我們自己選位子嗎？我想坐妳旁邊啦。」我撒嬌似的說，只是才和曉萍聊沒幾句，就被人突然打斷。

「可以借過一下嗎？」發話的是一位高個女生，臉有點臭。

我自知理虧，馬上讓出通道，並對她說：「不好意思。」

那個女生不發一語地大步走過，完全沒正眼看我們。

「珂恩，妳先回座吧，也快打鐘了。」曉萍看了她的背影一眼。
這個小插曲並沒有影響到我的好心情，我笑著對曉萍說：「我下課再來找妳！」
「好。」
走到座位的途中，于誠恰好走進教室，同時鐘聲也響了，所以我們只是笑著打過招呼，便各自回座。
每次重新分班，都要經歷一次自我介紹。果然，班導在第一堂課就要求全班按照學號順序，輪流站起來自我介紹。
「大家好，我是許珂恩，以前是一年二班的，以後請大家多多指教。」
我的自我介紹一向簡短又沒什麼創意，就怕說多了別人覺得冗長，而我也習慣了每次自我介紹時，眾人朝我投來的視線。
我很不會記人，完全不指望自己能在一次自我介紹後記住所有同學的名字，索性放空，只在其他人自我介紹完後機械性地鼓掌。
「大家好，我叫做尤芷紜。」
尤芷紜？這名字怎麼聽起來這麼耳熟？
我定睛一看，那個站起來自我介紹的女生正好和我對上視線，卻在下一秒轉頭看向另一側。
我察覺有異，很快想起她就是介入我和林易成之間的女生。
其實我沒怎麼記住她的臉，只是對這個名字有點印象。

看來我眞的是出運了，不僅和兩個好朋友同班，還「幸運」地跟小三同班。

我冷不防轉頭望向坐在我右後方的于誠，他微微皺眉，想必他也認出了尤芷紜。

他立刻會意過來，用唇型無聲地問我：「還好嗎？」

我聳聳肩，微微一笑。

我不知道這抹笑看在于誠眼裡，會是什麼樣的表情。

待全班都做完自我介紹後，班導仁慈地表示，既然現在仍算是暑假，就讓大家輕鬆一點，讓我們自由選擇座位。

我當然開開心心地去找曉萍一起坐，也叫于誠和他旁邊的同學坐到我們後面。

據于誠所言，那位同學其實高一也跟我們同班，于誠很慶幸我沒有當著人家的面太明顯地表現出我根本不記得對方。

除了跟我冤家路窄的尤芷紜外，我也察覺到班上有幾個女生似乎對我有著隱隱的敵意，爲首的就是方才開口要我讓路的臭臉女生。

儘管不知道原因，但這種事我不是第一次碰上了，過去的經驗教會我，很多時候，別人不喜歡自己其實並不需要多具體的理由。

尤其當我發現這群女生沒過多久就跟尤芷紜變熟之後，我便明白，日後若是能與她們井水不犯河水，那已經是最好的情況了。

不過我不是很在乎，反正我身邊有曉萍和于誠，我無所畏懼。

而也正因爲只有曉萍和于誠，我才無所畏懼。

幸好無論是尤芷紜，還是那個臭臉小團體，在暑期輔導開始後一週，都沒有鬧出什麼事來。

尤芷紜似乎有意無意地避開我，每次與我視線相接，她都會立刻躲開，就像動物遇到天敵那樣。

「想也知道她是在心虛。」茜茜聽完後，不以爲然地表示。

儘管不同班了，我、曉萍和茜茜每週還是會選一天一起吃午餐。

得知尤芷紜和我同班後，茜茜就預言她和臭臉小團體遲早會搞事：「和她走得很近的那幾個女的，看起來就不是什麼善類，妳要小心她們。」

曉萍的反應比較冷靜：「也可能她只是不知道怎麼面對珂恩。」

「那那幾個女的是怎麼回事？我偶爾去找妳們，都能瞄到她們在那邊看看看，不知道是在看什麼看。」茜茜回嘴。

「或許是幫朋友打抱不平吧？就像我和妳會站在珂恩這邊一樣。」曉萍想了想，又問了一句，「珂恩，妳確定妳之前不認識她們嗎？」

「我努力回想過好幾次，眞的沒有任何印象。」我搖了搖頭，「而且我不覺得被討厭就一定會有原因，也可能她們對我有刻板印象，所以先入爲主討厭我。」

這種事我也不是沒遇過，只是當這樣的人和尤芷紜這種和我有過舊怨的人聯合起來，可能眞的會生出什麼意想不到的風波。

「算了，想這麼多也沒用，只能見招拆招了，至少妳身邊還有曉萍和于誠，我不用擔心妳會被她們欺負。」茜茜說。

我挽著曉萍的手臂，親暱地靠在她的肩上，「是啊，有曉萍在，我怕什麼？」

曉萍笑了笑，茜茜則是哇哇大叫以示抗議：「喂！妳們怎麼可以排擠我！」

我笑著望向我這兩個摯友，有她們在，我又何必擔心自己會孤軍奮戰呢？

因爲是暑期輔導，這個月的課表比平時少一節課，茜茜補習班的暑期課程也比較鬆，我們幾個時常會在放學後一起去吃飯、逛街，假日偶爾還能約出去玩。

有時候我也會拉上于誠，但他說他一個男生跟我們三個女生玩很奇怪，看起來像是我們的好姊妹，如果他的朋友沒空同行，他通常會拒絕加入。

從此之後，我常常故意叫于誠「好姊妹」，他氣得每次都充耳不聞，我則在一旁笑得很樂不可支。

✦

暑期輔導結束前夕，我突然接到林易成久違的訊息，我本來以爲我和他不會再有任何交集。

「妳最近還好嗎？」

提出這樣的問題問前任，對方到底想得到什麼樣的回答？

我若是說我過得很好，會不會很刻意，甚至讓他覺得我是在假裝自己過得很好？

可如果說我過得不太好，不就像在表示，離開他並不是個正確的決定？

分析了半天我也沒想明白怎麼回答最好，所以就回了一句：「不用你管。」

我原本以爲讓林易成碰一鼻子灰，他就不會再煩我，然而我大概還是低估了他的臉皮厚度。

「妳還是很恨我吧？我想了很久，覺得應該好好跟妳道歉。」

「對不起，明明說過要讓妳一直笑得很幸福，最後卻還是讓妳哭了。」

「對不起，在感到寂寞的時候應該要跟妳說的，我是怕只有我單方面太依賴妳，才做出了無法挽回的錯事。」

「可能這些在妳看來都像是藉口吧？其他的妳都可以不用理會，但至少收下我的道歉好嗎？我們也有過很多幸福的回憶不是嗎？我不想到最後只留下遺憾。」

這個人到底在說什麼啊？他這些話讓我前段時間的傷心突然變得好廉價。

我收下或是不收下他的道歉，有意義嗎？

這不會改變他對我的傷害，也不會改變我們的愛情已經結束的事實。

我發現我是眞的放下林易成了，不過很顯然他還沒有放下我，所以才會傳那些訊息過來。

對於過去那段感情，我是眞的沒有遺憾了，也問心無愧。

心中有愧因而感到遺憾的人，是他。

我輕笑一聲，迅速打好了回覆，沒有字斟句酌，沒有猶豫。

「可以啊，我接受你的道歉，因爲我並不覺得遺憾。」

林易成，你是瞎了狗眼才會失去我這麼好的人。

「珂恩，謝謝妳。」

看到他在訊息裡還是像以前那樣喚著我的名字，我很不適應這樣的親暱，而後他又傳了新的訊息過來。

「我沒有別的意思，只是最近常常想到妳，也很想念以前的我們。假如那時候我沒有做出錯誤的選擇，我們現在是不是還在一起？」

一股荒謬感在我心底油然而生，突然想起前不久我在班上聽到尤芷紜和臭臉小團體的人對話。

「芷紜，這是妳男朋友嗎？」

「對啊。」

聽見關鍵字的我沒忍住，眼角餘光瞄過去，正好捕捉到尤芷紜對著手機螢幕甜甜一笑。

「他穿的好像是N高的制服耶，你們怎麼認識的啊？」

「我們是補習班同學。」說著，尤芷紜有意無意朝我瞥了過來。

瞬間我就明白了，那段話是刻意說給我聽的。

當時尤芷紜是在暗示我，她跟林易成還在一起。我不知道是林易成用了什麼甜言蜜語哄她，還是她戀愛腦到壓根不在乎林易成腳踏兩條船，總而言之，結果就是小三扶正了。

最可笑的是，她沾沾自喜地想讓我知道，在這段三個人的感情裡是她贏了，但她搶來的那個人卻對我說，他很想我。

這一切眞的是太荒謬又太有趣了。

我曾以爲尤芷紜跟我一樣都是受害者，也曾以爲她避著我，是因爲自覺對不起我。現在回想起來，我發現自己還是小看她了，正如同她小看了林易成一樣。

我滿意地關掉與林易成的對話視窗，已讀不回。

我不是什麼聖母，更沒有心胸寬大到能以德報怨，我只是不想再去管他們之間的事。而且我很清楚，得不到的永遠在騷動，我的存在會成爲他們感情中的一根刺。

這就是我對他們最好的報復。

我不是沒想過我和尤芷紜之間遲早會有衝突，只是沒想到會來得這麼快，更沒想到居然會以那樣的方式到來。

事情發生當天，剛開學沒多久，時値炎熱的九月中旬，天氣格外悶熱，儘管有風，卻是令人不適的熱風，吹拂過來反倒令人更感煩躁。

尤芷紜一進到教室就趴在桌上，整個早自習都沒有抬起頭，但從她一聳一聳的肩膀和隱隱能聽見的啜泣聲，全班都知道她在哭。

我無趣地收回視線，她十之八九是和林易成吵架了，不過她有必要這麼浮誇嗎？

我偷偷拿出手機，發訊息跟于誠吐槽：「她以爲她在試鏡話劇社嗎？眞矯情！」

「她搞不好在等妳安慰她喔。」于誠打趣我。

我轉頭瞪了他一眼，他馬上擺出無辜的表情。

下課鐘一響，臭臉三人組果不其然湊到尤芷紜身旁，上演一齣安慰好姊妹的戲碼，眞是了無新意。

直到這時我都還傻乎乎地托著腮，百般無聊地旁觀一切，完全沒察覺到自己早已被推上舞台，被迫共同參與這場鬧劇。

體育課時，在老師宣布自由活動後，女生們大多坐在操場邊的石階偷懶乘涼，那處位置正好有樹蔭遮蔽陽光，還能觀看班上男生打籃球打發時間。

我也是其中之一，我對看男生打球沒興趣，只是不想頂著大太陽做運動。

當我正猶豫著要不要拿出手機看小說時，突然有人站到了我的面前。

「許珂恩。」對方冷冷發話。

我抬起頭，來者是臭臉小團體中的頭頭，叫什麼小惠的，我從來沒能記住她的全名，反正也不重要。

「有什麼事嗎？」我還是給了她一個禮貌的微笑。

「雖然芷紜叫我不要這麼衝動，但我實在看不慣自己的好朋友被欺負。」她邊說邊回過頭望了一眼。

我順著她的視線看過去，尤芷紜低著頭站在不遠處，看不清她臉上的表情。

「所以我就單刀直入問了，妳到底想怎樣？」

「啊？」我不明就裡，反應不過來這是在演哪一齣，「什麼叫我想怎樣？」

我才想問她到底是想怎樣。

她一臉不耐煩：「啊什麼啊？都有本事勾引別人的男朋友了，還裝什麼傻？」

她說話的音量不低，附近的同學紛紛將注意力放在我身上。

「誰勾引別人男朋友了？」我直視著她，不躲不避。

「妳。」她好像打從心底覺得自己是在主持公道，態度十分理直氣壯，「妳有沒有介入芷紜跟她男朋友的感情，妳自己很清楚。」

聽到這麼荒謬的質問，我忍不住笑了出來。

她更生氣了：「妳笑什麼笑？做出這種事都不覺得丟臉嗎？」

我斂起笑，緩緩站起身，不讓她繼續俯視我。

「我爲什麼要覺得丟臉？當小三的人又不是我。」我冷哼一聲，看向臉色漸漸變得慘白的尤芷紜，「被介入感情的那方，是我好嗎，妳的好朋友沒告訴妳嗎？」

小惠明顯一愣，「妳在亂講什麼啊？」

看來尤芷紜的說法與事實有很大的落差啊。

尤芷紜快步走了過來，著急地搶在我之前開口：「我和易成是在你們分手後才在一起的！」

「分手後？妳現在眞打算——」

「是妳！是妳在分手後不甘心，想破壞前男友和他現任女友的感情！」尤芷紜激動地大聲嚷嚷著莫須有的指控。

平時看起來有些怯懦的尤芷紜，今天不知道從哪裡借來了信心，當著眾人的面抹黑我，企圖把我塑造成討人厭的前女友。

「妳可眞會睜眼說瞎話啊，我的確小看妳了，尤芷紜。」我冷冷地對她說。

「我說的都是事實。」她顫抖著舉起手機，「如果妳沒有打算介入我和易成的感情，那爲什麼會有這段對話？」

手機螢幕裡出現的照片，是我和林易成的對話視窗。林易成沒必要讓尤芷紜看見那段對話，一定是尤芷紜偷看他的手機。

「既然妳都看見對話了，那妳應該也看得到我回應的內容完全沒有問題，而且妳不是更該去質問妳親愛的男朋友，爲什麼要說那些話嗎？」我的態度從容不迫，甚至還能對她微笑，因爲她眞的蠢得讓我覺得有點好笑。

「如、如果不是妳先跟他說了什麼，他會那樣說嗎？他本來就比較容易心軟……」尤芷紜說著說著，居然還現場表演何謂十秒落淚。

但我發誓，我瞥見她狠狠捏了一下大腿。

然而，這段表演非常有效，她的臭臉朋友們馬上再度湧現盲目的正義感，開始妄加罪名在我身上。

「聊天記錄是可以刪除的，搞不好妳前面跟芷紜男友說了什麼又讓他刪掉了。」

「對啊，妳不覺得跟前男友藕斷絲連很差勁嗎？」

我冷笑，「她男友是白痴嗎？我讓他刪他就刪？」

四周旁觀這齣戲碼的同學立場不一，有人信了她們的鬼話，也有人認爲我說得有道理。

哭了一陣，尤芷紜忽然抬起頭，臉上猶帶淚痕，「有人可以作證我說的都是眞的。」

我一愣，誰可以爲這種莫須有的事作證啊？

「許珂恩的好朋友。」尤芷紜環顧四周，斬釘截鐵的語氣帶著得意，「王曉萍。」

我頓時就領悟了，從頭到尾，這場戲就不是演給我看的，而是演給眾人看的。

我轉頭看向從剛剛就坐在我身邊、始終不發一語的曉萍，她臉上沒有慌張，也沒有茫然，我完全看不懂她此刻的表情。

我突然懂了為何尤芷紜今天會滿口謊言卻格外有底氣。

我在心底祈禱，千萬不要是我想的那樣，千萬不要是曉萍……

曉萍咬著唇，飛快朝籃球場看了一眼，只見她眼底最後一絲猶疑逐漸淡去，她閉上眼，深吸一口氣。再睜開眼時，曉萍直視著我，語氣鏗鏘有力：「對，我可以證明，尤芷紜說的都是眞的。」

如尤芷紜所願，形勢瞬間逆轉了。

原先站在我這一方的聲音頓時消失了，批評我的議論聲浪逐漸增加，我並不怎麼在意，我早就習慣人類的盲從了。

我在意的是眼前這個格外陌生的曉萍。

爲什麼她非但沒有幫我說話，還幫著尤芷紜說謊，和她們一起傷害我？

不用想也知道一定是尤芷紜去找曉萍串供，問題是曉萍爲什麼要答應？她被威脅了嗎？她們拿什麼威脅她？

尤芷紜繼續她的表演，嗓音帶著哽咽：「和男友的前女友同班是有些尷尬，就算我們不可能當朋友，妳也沒有必要這樣對待同學啊。我不敢直接找妳對質，只能向妳的朋友旁敲側擊，幸好曉萍是個明事理的人，可妳連她的勸告都不願意聽，我眞的不知道該怎麼辦了。」

說著說著，尤芷紜又一次掩面哭泣。

我打從心底覺得，她跟臭臉小團體眞是天作之合。尤芷紜是如此擅長扮演受害者的角色，臭臉小團體則很擅長扮演幫好友出氣的正義人士。

看吧，臭臉小團體的頭頭小惠跳出來幫腔了。

「王曉萍，妳就把事情講清楚，我倒要看看許珂恩可以裝傻到什麼時候！」

比起憤怒或是傷心，我的心情更多是茫然和不解，爲什麼曉萍會這麼對我？

「珂恩，我知道妳一直很不甘心前男友交了新女友，也知道妳因此記恨尤芷紜，作爲朋友，我很遺憾始終沒能說服妳放下。」曉萍平靜開口，「只是分手了不就該好聚好散嗎？妳這次做得有點過分了。」

她這副語重心長的模樣，成功替我坐實了可恨前女友的位子，沒有人懷疑她的說詞，畢竟誰會去陷害自己的好朋友啊？

是啊，什麼樣的人會去陷害自己的好朋友？

「曉萍，妳爲什麼要說這種謊？」我聽到自己的聲音有些沙啞。

曉萍並未動搖，依舊堅定地把戲演完，「珂恩，收手吧，破壞前任的感情是不對的。就因爲是朋友，我才不該繼續包庇妳。」

「是尤芷紜讓妳幫著她說謊嗎？妳明明比誰都了解事情的眞相，也比誰都清楚被劈腿的人是我！爲什麼要背叛我？」我幾近絕望地對她說。

曉萍眼中閃過一抹猶豫，卻又很快隱去，「尤芷紜和林易成在一起的時候，你們不是早就分手了嗎？前男友交新的女朋友，這不叫劈腿。」

聽著好友如此扭曲事實，我一時難掩激動，上前抓著曉萍的肩膀質問她：「妳能不能對我說一句眞話？我到底哪裡對不起妳了？讓妳要說謊陷害我？」

「珂恩，妳冷靜點。」曉萍看起來有些慌張，然而我已經分不出這是她演技精湛，還是眞實情感流露了。

我幾乎快要被氣哭了，「我們不是好朋友嗎？爲什麼妳——」

「許珂恩妳夠了沒啊！」臭臉小團體的頭頭小惠忽然衝過來推了我一把，我沒有防備，便被推倒在地。「怎麼有妳這麼賤的人？做出這種事，還想讓朋友包庇妳？妳不要臉，王曉萍可還要！」

說眞的，我其實滿感謝臭臉女的，她這一推，徹底把我給推醒了。

我在這邊激動個什麼勁？曉萍很明顯是共謀，我是有多傻才會覺得自己能從她口中聽到眞話或解釋？想到這裡，我忍不住笑了出來。

剛剛的我確實太可笑了，居然還對曉萍抱有一絲期望。

不過，這一笑卻激怒了臭臉小團體。

「妳還有臉笑？」

「我覺得好笑爲什麼不能笑？」

「哪裡好笑了！」

「我覺得啊，妳們幾個都應該加入話劇社。」我仍舊笑吟吟地坐在地上，目光逐一掃視過臭臉小團體、尤芷紜和曉萍，「這番演技用在我身上眞的是浪費了。」

「妳！」

「怎樣？」我還是對她們揚起微笑。

越是這種時候，越不能讓她們這種人得逞，她們想看我崩潰，我就偏不！

「跟芷紜道歉。」小惠冷下臉說。

「我從來就沒對不起她，爲什麼要道歉？」

「妳——」

「妳們鬧夠了吧。」于誠的聲音突然響起，他和班上一群男生都被這陣騷動吸引過來了。

于誠伸出手將我從地上拉起來。

「于誠恩你別多管閒事，這是我們跟許珂恩的私事。」

「如果妳們眞認爲這是私事，那就沒必要當眾搞成這樣。」他冷冷地說。

儘管于誠此時面無表情，但有眼睛的人都能看出他的惱怒。

他轉過頭對我說：「妳沒發現自己受傷了嗎？」

順著他的視線，我才注意到我的膝蓋破皮了，手臂上也有擦傷。

我莞爾，「現在發現了。」

「我帶妳去保健室。」他沒多說什麼，扶著我離開。

我安靜地跟著他走，把這齣鬧劇和所有的圍觀群眾統統拋在身後。

保健室裡，我坐在椅子上一言不發，于誠也安靜地陪在我身邊，直到保健室老師替我擦完藥。

「好了，妳可以在這裡休息一下，下節上課前要回去喔。」說完，老師就回到角落的辦公座位。

起初，我跟于誠只是無聲地看著對方，像是在進行一場角力，誰先開口誰就輸了。

「人家推妳，妳不會反擊？就傻傻站在那邊給人推？」一如既往，還是于誠輸了。

我笑了笑，「太突然了，我沒反應過來嘛……你都看到了？」

「看到後半場吧。」

「那你不會過來幫我喔？就這樣讓朋友被人欺負？」我故意這麼問。

他也清楚我是故意的，「妳們女生之間的事，我能怎麼幫？」

「也是。」我揚起嘴角，心中有些酸澀，「但你得一直站在我這邊啊。」

他望著我一陣才說：「好。」

我們又沉默了好一會，一樣還是他先開口：「痛嗎？」

他大概只是要問我的傷口痛不痛吧，可這兩個字卻將我一直忍著的眼淚給逼了出來。

「痛。」伴隨著不斷滴落的淚水，我說，「眞的很痛。」

「我知道。」于誠說。

走回教室的路上要經過一排高二教室，我隱隱察覺到不少其他班的學生朝我投來目光，並交頭接耳、議論紛紛。

我轉頭對于誠說：「都還沒過一節課，事情就已經傳開了？」

「妳以爲手機是幹麼用的？」

「這麼無聊的事有什麼好傳的？」我小聲咕噥。

「妳太低估大家對妳的好奇心了。」

我嘆了一口氣：「唉，欲戴王冠必承其重啊。」

「那妳別戴啊。」于誠看了我一眼，似乎沒懂我的幽默。

「本來就不是我想戴的，能否摘下來更不是我能決定的。」這一次，我浮誇地撥了一下頭髮。

他總算懂了，有些無語，「看來妳恢復得很快啊，還能開玩笑。」

「不然能怎麼辦？反正都這樣了，不如抬頭挺胸面對。」

我能想像謠言裡的我會有多不堪，但至少于誠一定會站在我這邊，茜茜也是。只要他們還相信我，我就不需要垂頭喪氣。

那天體育課發生的爭執，幾乎傳遍了整個高二，而我身上的標籤也從「這屆最漂亮的女生」變成「介入前男友新戀情的許珂恩」。

臭臉小團體時常當眾對我冷嘲熱諷，儘管不是班上所有的同學都站在尤芷紜那邊，然而那些看不慣臭臉小團體的人大都選擇多一事不如少一事，寧可視而不見，也不會逆風站出來爲我說話，除了于誠。

我私下告誡于誠，不要太常介入女生間的紛爭，況且如果他總是幫我說話，搞不好會造成反效果，讓一些本就對我沒有太多好感的女生更討厭我。

我太清楚女生群體中的生存法則，受異性歡迎，還跟異性很要好，只會激起同性的反感。

雖然我沒打算讓大家都喜歡我，卻也不打算刻意疏遠于誠，只是覺得沒必要在風口浪尖上惹來過多敵意。所以面對臭臉小團體幼稚的挑釁，我大多時候都懶得理會，偶爾心情好才會回嘴，氣一氣她們。

自從體育課那天起，曉萍便加入了尤芷紜和她的臭臉小團體，再也沒和我說過一句話，偏偏她還和我座位相鄰，導致我們之間的氣氛格外尷尬。

後來還是于誠救了我，他主動向班導提議：「從暑輔到現在我們班都沒換過座位，是不是換一下比較好？」

班導同意之後，曉萍果斷地坐到尤芷紜隔壁，我都懷疑她是不是故意要氣我。還沒來得及煩惱誰會是我的新鄰居，于誠已經主動選了我旁邊的座位，他可能早就看出我的交友圈有多貧乏。

本來就不容易交到同性朋友的我，在發現自己和曉萍、于誠同班後，一直都很放心地和他們兩個爲伍，沒想過要去結交其他新朋友。到這時才想去結交新朋友已爲時太晚，大家早就有各自的小圈圈了。

就算于誠把他在班上比較要好的幾個朋友介紹給我認識，可他這個直男交的朋友當然也都是男生，我只能和他們保持不遠也不近的距離，可以聊上幾句，偶爾一起開開玩笑。但我還是很感謝于誠的好意，至少分組時我才不至於落單。

「妳知道現在外面把妳傳得多難聽嗎？」

茜茜在聽說這件事後，第一時間就來找我。

「我能想像，所以還是不要告訴我原話了。」我無奈地笑了笑。

「妳還好嗎？」她拍了拍我的肩膀，試圖安慰我，「沒想到會發生這種事，更沒想到曉萍她會……」

茜茜沒有把話說完，可能是因爲還處在震驚的情緒裡，也可能是跟我一樣，暫時還沒辦法說曾經這麼要好的朋友的壞話。

「妳有跟曉萍聯絡嗎？」我心底還有一絲期盼，曉萍或許會跟茜茜說點什麼。

茜茜搖搖頭，「我馬上就傳訊息問她了，她只回了一句『反正妳本來就跟珂恩比較好，妳也只會站在她那邊吧』，之後就再也不回我了。」

我頓時有點難過，「曉萍她一直都是這麼想的嗎？」

曉萍性格偏內向，很多時候她都是笑著在旁邊聽我和茜茜說話。我不否認，比起她，我確實跟茜茜更熟悉親密一點，不過我從沒想過要把她排除在外，也始終視她為重要的好朋友。

「我突然發現我根本不了解曉萍，她到底為什麼要這樣對我？總不可能是因為她覺得我們兩個比較要好吧。」

「齁！我們當面問她，讓她把話說清楚！不然在這邊揣測半天也沒用。」茜茜用力拍了下手心，很快制定好接下來的計畫。

我忍不住懷疑她是不是對正面對決有什麼執念，之前讓我當面抓包劈腿，這次又想直接堵人問話。

茜茜找了個理由將曉萍騙到他們班教室旁的走廊，我再抓準時機走過去。

這個計畫簡單卻有效，當曉萍見到我走近時，像是知道躲避不了這場談話，只是平靜地站在原地。

「果然茜茜就是幫著珂恩的啊。」曉萍露出意味不明的微笑。

「不是幫誰的問題，妳不需要這麼陰陽怪氣，如果今天是珂恩那樣對妳，我也會為妳做一樣的事。」茜茜的臉色頓時變了。

這是我第一次看見茜茜動怒，她是眞的生氣了。

「好歹朋友一場，就算妳以後都不想再理我們，至少應該把話說清楚吧。」茜茜說。

曉萍斂起笑，面無表情地開口：「好啊，那就把所有事都說清楚啊。」

「現在可以告訴我，妳爲什麼要這麼做了嗎？」我的喉嚨有些乾澀，儘管事情已經過去好幾天，我還是覺得很難受。

曉萍先是看著我好一會，才緩緩出聲：「許珂恩妳知道嗎？妳是一個很自私的人。」

我沒有回嘴，安靜地聽著她對我的指控，我想聽清楚她眞實的想法，也想看清楚眞實的她。

「妳從來沒有在意過我的想法。」曉萍深吸了一口氣，「我喜歡于誠恩，一直都很喜歡，在妳認識他之前……從國中時，我就喜歡他了。」

最關鍵的一塊拼圖拼上了。

「妳喜歡于誠恩？我根本就不知道這件事好嗎？妳沒跟我說過，我甚至不知道你們國中就認識了！」我忍不住說。

茜茜看起來也很詫異：「我也不知道這件事。」

曉萍視線落向遠處，彷彿陷入了回憶，「他不認識我，但我知道他。」

她沒有明說自己怎麼喜歡上于誠的，好似那是她珍藏的祕密，不打算跟任何人分享。

「我努力考上他要去念的高中，看到分班名單的瞬間我還哭了，直到開學見到他，我才發現他連我是誰都不知道。不過沒關係，喜歡他本來就是我自己的事，我沒想過要他給我什麼回應，能每天看到他，我就很開心了。」

曉萍的暗戀聽起來好卑微，卑微得我完全無法理解。

「可是，妳和他突然就熟悉起來了。」曉萍猛然看向我，眼神充滿忿忿不平，「我只能眼睜睜看著你們越走越近，看著妳做到了我一直夢寐以求卻沒能做到的事。這次他總算認識我了，可那都是因爲妳的緣故。從此對于誠恩來說，我就只是『許珂恩的好朋友』，再也沒有機會當王曉萍了。」

聽到這裡，我忍不住了，張口反駁她：「這些事妳不說，我們怎麼會知道？又怎麼能要求我和妳喜歡的人保持一段讓妳心裡舒服的距離？而且我跟于誠是好朋友，就只是好朋友！無論我事先知不知情，我都沒有搶走妳喜歡的人好嗎？」

「妳就是有！」曉萍突然就哭了，臉上盡是憤恨，「我一直都注視著他，知道他對妳有多好，妳所有的任性他都全盤接受，這樣他眼裡不就只會有妳嗎？哪有可能再看見我！」

看著這樣胡亂怪罪別人的曉萍，我也有點生氣了，「他看不見妳是因爲妳從來就沒有努力讓他看見！妳只是躲在角落偷偷注意他，這有什麼用？這樣他就會認識妳、喜歡妳嗎？就算他是因爲我才認識妳又怎樣？這不是靠近他的好機會嗎？妳爲什麼不主動爭取喜歡的人？如果妳不敢，妳跟我說我也會幫妳啊！」

就爲了一個男生，她決定陷害我。

我根本沒打算跟她搶于誠，如果她早點跟我說，我也很樂意撮合他們。

然而，她卻將好不容易拿出來的勇氣，用來對付我。

「誰要妳幫了！」曉萍瞪著我，「妳知道嗎？就是因爲這樣我才討厭妳。」

「什麼?」

「妳會讓身邊的人都變得討厭自己。」曉萍的語氣竟帶了幾分淒涼。

我不是很懂她這句話的涵義,卻莫名一時語塞。

沒過幾秒,她很快換了語氣,冷硬道:「所以我一點也不後悔跟尤芷紜合作,妳落入這種處境,我只能說是大快人心。」

「妳這麼討厭我,甚至不惜聯合別人陷害我,就只爲了于誠恩嗎?」如果曉萍只爲了這個理由就做出這種事,我會爲把她當好朋友的自己感到不值。

「我不想明明討厭妳,還得裝作若無其事,更不想在妳旁邊繼續當妳的陪襯。」曉萍不置可否,「這讓我覺得噁心。」

「妳到底在說什麼啊!妳自己心態有問題,爲什麼都怪到別人身上?妳沒勇氣表白,反倒有勇氣傷害朋友?」原本一直在旁邊安靜聽著的茜茜,終於忍無可忍。

「看吧?我有說錯嗎?妳就是站在珂恩那邊的。」相比茜茜的激動,曉萍很冷靜,「不僅是愛情,就連友情也一樣。比起我,妳和珂恩本來就比較要好不是嗎?所以我也只是離開了一個本就不屬於我的小團體。」

「妳這個人——」

我制止了茜茜,「再說什麼都沒用,她早就那樣想了,也一直都那樣想,只不過沒跟我們說而已。」

這樣的誤解已經在曉萍心中根深蒂固,就算我們說破了嘴也不可能說開。

「曉萍,我從來就沒覺得妳是我的陪襯。」我定定地看著曉萍,「況且我一點都不對妳感到抱歉，唯獨有些遺憾，但同時我也很開心，至少這一次妳對我們說了實話，我總算覺得自己比較了解妳一點。」

曉萍沉默以對，我也沒有別的話想對她說了，於是我對茜茜說了一句：「走吧。」說完，我頭也不回地走向走廊盡頭的樓梯口。

「妳眞的不用總覺得自己最委屈，而且表達委屈的方式也絕對不該是這樣，我眞是瞎了眼才會跟妳當好朋友。」茜茜忿忿地對曉萍說完，便快步追上我，並伸手勾著我的手臂，像是在告訴我，她會一直站在我這邊。

從這一刻起，我們兩個和曉萍，可以說是徹底決裂了。

才剛走到樓梯口，我便看見站在角落的于誠。

「都聽到啦？」我自然地揚起微笑。

他點了點頭，好像想說什麼，最後卻作罷。

于誠沉默地跟著我們一起下樓，直到走出校門，他才忽然停下腳步，「我——」

我打斷他的話：「你可不要跟我說對不起，那句話是有錯的人才需要說的。」

他愣了一下，露出如釋重負的笑容，「誰說我要講這個了。」

「那你原本要講哪個？」我故意問。

「忘了。」他彆扭地別過頭。

「喂，你們把我當空氣啊？」茜茜沒好氣地插話，「現在知道爲什麼曉萍會生氣了吧。」

她原本只是想開玩笑，不料這個玩笑卻讓我們三個都僵住了。

我很勉強地彎了彎嘴角，「或許眞的是我太沒顧慮到她的感受了。」

「我調侃一下而已啦，妳別放在心上。」茜茜有些焦急地解釋，「不過說實話，你們兩個有時候確實會有種讓人很難介入的氛圍耶。」

見于誠的表情變得有些不自然，我趕緊打圓場：「妳想多了啦，這就是和異性成爲好友的缺點啊，容易被誤會。如果茜茜妳是男的，搞不好別人還會以爲我們在一起了呢。」

「也是。」她不好意思地笑了笑，「好啦，我要去等公車了，你們不是都搭火車回家嗎？快去車站吧。」

茜茜拒絕了我想陪她等車的提議，在道別時對著于誠恩說：「欸，你要記得在班上替我保護好我們家珂恩啊，我畢竟跟你們不同班，很難幫她什麼。」

我既感動又有些汗顏，怎麼感覺她像是把我託付給了于誠。

「什麼啦，我沒有這麼弱好不好，才不會讓別人欺負我。」我嚷嚷道。

茜茜沒再說什麼，揮揮手就瀟灑地走往對街的公車站牌。

我和于誠安靜地並肩走向火車站，他在想什麼我不清楚，但沿途我一直在想著我和他相識以來的點點滴滴。

要說曉萍的心意毫無徵兆可循，其實也不完全是那樣，只是過去我從未細想，總認爲要是眞有什麼，曉萍會跟我說的，卻沒想到其實曉萍可能在等我主動察覺。

「許珂恩。」于誠突然叫我。

「怎麼了？」我側過頭看他。

他依舊注視著前方：「其實……我確實是覺得有點抱歉。」

「幹麼要覺得抱歉？」

「妳跟王曉萍會變成這樣，甚至是妳會落得現在這種處境，我也許多少要負點責任吧。」

我就猜到他會這麼想。

「如果你早點知道這件事，你會跟曉萍在一起嗎？」

于誠略爲詫異地扭頭看我：「當然不會。」

我笑出聲，「你回答得這麼快，若曉萍聽到該有多傷心啊。」

「國中時，我確實對她沒什麼印象，也不明白她怎麼會……喜歡我。」于誠看起來很尬尬，「我只知道我們國中同校，但那也是她在高一開學自我介紹中提到……」

換言之，如果不是因爲我的緣故，以曉萍被動的個性，于誠確實可能直到高一過完都不會認識她，頂多就是知道有她這個人。

「我無法理解，曉萍爲什麼喜歡一個人喜歡得這麼卑微。」我嘆了一口氣，「主動採取行動獲得成功的機率，怎麼想都比被動等待大啊。」

于誠並不認同我的想法，「每個人個性都不同，不是所有人在面對感情的時候，都能跟妳一樣勇敢主動。」

我撇撇嘴，我知道他說得是對的。

「那你呢？」我問。

「什麼？」

「是你的話，你會怎麼做？」

我突然有點好奇于誠面對感情時會是什麼樣子。

思考了好一會他才回答：「可能不會像王曉萍一樣只是默默注意對方，不過我也沒辦法做到妳那種程度吧。」

我沒有立刻接話，也同樣想了一會才出聲：「曉萍可能也沒完全說錯吧，我確實是一個比較自我的人，過於理所當然地認定別人應該和我有同樣的想法。」

我開始反省自己是不是不該指責曉萍不夠勇敢。

「妳不用太把她的氣話放在心上，要是眞覺得過意不去，下次多替別人想想就好了。」

他的意思是，曉萍說那些話純粹是想傷害我，我不用過度在意。

于誠總能透過三言兩語就將我心中的結打開，因此我很喜歡和他對話，也很喜歡和他當朋友。

「所以啊，你也不用對我感到抱歉。」我停下腳步，笑著對他說，「就算沒有曉萍插一腳，尤芷紜她們遲早還是會找我麻煩的。」

他沒有繼續向前走，只是望著我。

「而且我想了想，就算我早點知道曉萍的心意，我也沒辦法不和你做朋友或是疏遠你，最後應該還是會惹曉萍生氣吧。」

「是嗎？」這一次，于誠笑了。

我也跟著笑了，伸手拉了拉他的衣服，俏皮地對他眨眨眼，「要是你還覺得抱歉，那就請我吃晚餐吧！」

他挑眉，「妳不是說我不用對妳感到抱歉嗎？所以我不覺得抱歉啊。」

這個人！才坦率沒幾秒就變回去了！

我瞪著他，他卻逕自邁開步伐往前走，把我丟在原地，氣得我差點沒拿東西丟他。

走出一小段距離後，于誠突然回過頭對我說：「走啊，不是要吃飯？」

我忍不住再次笑了出來。

于誠始終是那個于誠，那個人太好又不願承認，以致於顯得有點笨拙的于誠。

然而他永遠都是那個最好的于誠。

「我想吃鐵板燒。」我踏著輕快的腳步，笑嘻嘻地走向他。

「我可沒有要請客喔。」

「是是是。」

想都不用想，那頓晚餐最後當然還是于誠付錢。

第三章

口袋中的手機輕輕震動了幾下，我掏出手機看了一眼，是林易成傳來訊息。

「妳還記得以前我們班的學藝股長嗎？我最近才發現她跟我參加了同個社團，感覺她比以前開朗很多。」

最近我和林易成恢復了聯繫，嚴格來說，是他常常主動傳訊息給我，而他傳十句，我大概只會回個一句。

但光是這樣就足以讓他更加不依不饒地找我閒話家常。

我是故意的沒錯，我知道只要我有回覆，他就會認爲自己被允許繼續這麼做。

雖然我不明白林易成持續傳訊息給我是爲了什麼，難道眞的如他所說，對我戀戀不捨？還是他就只是無法專注在一段戀情上？

不過，就算沒想明白也無所謂，我知道自己在做什麼就好。

沒錯，我就是想報復尤芷紜。

一開始，我對林易成傳來的曖昧訊息置之不理，她卻安排了一齣好戲，誣陷我介入她和林易成的感情。既然她都替我安好罪名了，那我就配合她安排的劇本，讓她「美夢成眞」，她應該感謝我才對。

哼，氣死她算了，她活該。

「許珂恩，外找。」

聽到同學叫我，我抬頭看向教室門口，現在是下課時間，有不少人聚集在走廊上，但我沒看到認識的人啊。

該不會是找我表白吧？

儘管不耐，我還是起身走向門口。

「嗨，學姊。」一個男孩對我露出燦爛的笑容。

「你好。」我瞄了一眼他運動服上的學號，是一年級生。我禮貌地向他點了點頭，「有什麼事嗎？」

其實我想說的是：我們認識嗎？

「學姊，妳不記得我啦？」他語氣中帶了點失望。

「我應該要記得你嗎？」

這個學弟的身高好像比于誠還要高，皮膚是小麥色，應該是陽光運動型的男孩，他本來就是單眼皮小眼睛，一笑起來就變瞇瞇眼。

即便再多看幾眼，我還是沒認出來他到底是誰。

「妳這樣我很傷心欸。」

這人是想裝熟，還是想故弄玄虛啊？

「你可能認錯人了。」我有些不耐，準備結束這段對話。

「等一下啦。」他突然拉住我的手腕，可能是看到我錯愕的表情，又有點不好意思地放開手，「我是想跟妳說，比起哭的時候，學姊妳還是笑起來比較好看。」

我愣住了，他看過我哭的樣子？

看著眼前這張笑臉，一段記憶驀地湧上心頭。

「學姊，妳怎麼啦？哭得這麼慘。」

「誰是你學姊。」

「你們學校是我的第一志願啊，我馬上就會變成妳學弟，先預習一下。」

是我和林易成分手那天，在車站遞面紙給我的那個陌生男孩！

我忍不住笑了出來：「啊，原來你就是那個臭屁國中生。」

「什麼臭屁，我可是言出必行，那時候叫妳『學姊』可不是亂叫的。」

「不錯啊，沒想到你還真的考上我們學校了耶，我就勉強認證你爲學弟吧。」儘管我當時覺得他就是個在唬爛的屁孩。

「不過你怎麼知道我是誰？又怎麼知道我是幾班的啊？」我好奇地問。

「學姊妳長得這麼好看，應該滿出名的吧，我就找朋友打聽了一下，剛好妳最近好像特別……」他只是停頓了一秒便繼續往下說，但我還是注意到了，「有名，就先來你們班碰運氣了。」

我忍不住苦笑，沒想到居然連高一學弟妹都聽說了我的八卦。

「那你相信嗎？」我故意反問他，「發現原來我是這種人，有沒有幻滅呀？」

他毫不猶豫地搖頭：「雖然只有一面之緣，可我覺得妳不會做出傳聞中那種事，所以就來找學姊相認啦。」

在他燦爛的笑容面前，我感覺有一部分的自己似乎被溫暖了。

明明僅有一面之緣，他卻堅定地說出，他相信我。

我露出微笑，「你不要一直叫我學姊，我感覺自己都要被叫老了。」

「不然要叫妳什麼？」

「叫我的名字就好，許珂恩。」

「我知道。」他笑嘻嘻地說，「我叫王柏信，妳可以叫我阿信，大家都是這麼叫我的。」

「好好好，你可以回教室了，快打鐘了。」在引起其他人注意之前，我試圖把他趕走。

「欸，等一下，我可以跟妳交換聯繫方式嗎？」他第一次露出不太好意思的表情。

這不是第一次被人找上門說想認識我，也不是第一次被人討要聯繫方式，但這一次，我卻不覺得討厭，一切都很自然而然。

我們互加LINE之後，阿信才心滿意足地跟我道別：「學姊拜拜。」

我瞪了他一眼，他才意識到自己又叫錯了，做了個鬼臉便轉身離開。

只是他走沒兩步，突然又回過頭，「啊，對了，當時就想跟妳說，妳長得眞的很漂亮，所以妳要多笑，不要再像那天一樣傷心了，許珂恩。」

我因爲這顆直球而愣了兩秒，然後還是被逗笑了。

怎麼有人能把這種近似於撩妹的話，講得這麼耿直又自然啊？

如果是平常，我可能會認爲這是搭訕，甚至有點反感，然而面對這張爽朗的笑臉，我由衷覺得這個學弟還滿可愛的。

回到教室，我正準備回座，卻聽見臭臉小團體中那個對我敵意最強烈的小惠輕笑著說：「妳可眞厲害啊。」

我停下腳步，回過頭看她，「妳在跟我說話嗎？」

「是啊，也只有妳能這麼厲害了，開學沒多久就勾搭上學弟。」她的嘴角挑釁地勾起，「看來是想吃嫩草啊。」

我知道她是故意的，她就是想激怒我，才把話說得這麼難聽。

我露出優雅的微笑：「妳的思想還停留在上個世紀嗎？才差一歲而已，就怕有人看起來已經老到學弟連看都不想看一眼囉。」

「妳說誰老？」小惠馬上變臉。

「誰覺得有學弟外找就是在吃嫩草就說誰呀。」

讓挑釁者啞口無言的感覺很爽，我洋洋得意地繼續走回座位。

沒想到她還不知道適可而止，又用我聽得到的音量說了一句：「呵，眞不要臉。」

這一次，我沒有回頭，卻不自覺握緊了拳頭。我是眞的有點生氣了。

既然有些人就是欠教訓，那就該讓他們長點記性，以免以爲我好欺負！

「我喜歡妳，可以跟我交往嗎？」

當眼前這個男生略微靦腆地向我告白，我知道自己的目的已經達成一半了。果不其然上鉤了呢。

儘管心裡懷著這麼過分的想法，但我的臉上並沒有露出一絲破綻。

「對不起，我不能答應你。」我故意愁眉苦臉。

「爲什麼？明明……」

雖然他說到一半就打住話了，不過我能猜到他想說的是：明明我們相處的時候感覺還不錯啊。

他當然會這麼想，因爲是我故意給他這種錯覺的，給他接近我的機會，不拒絕卻也不明確接受他拋過來的每一顆球。

我說出早就想好的台詞：「因爲小惠喜歡你啊。你應該有聽說她很討厭我吧？如果我答應和你交往，那她會更討厭我的。」

說著說著，我的聲音甚至還帶了點哭腔。

小惠是臭臉小團體的頭頭，也是裡面對我敵意最深的，從暑輔第一天我就能察覺到她不喜歡我，只是我從來都懶得去探究原因。

直到那天她挑釁我，我才決定小小地報復她一下，便請茜茜幫我問了小惠高一班上的同學，得知她之所以討厭我，是因爲她喜歡的男生對我有好感。

我完全不能接受這種幼稚的理由。

喜歡的人不喜歡自己，不去爭取就算了，居然還把氣出在我身上？也難怪她能跟王曉萍同仇敵愾，她們都是同一種人。

就算她喜歡的男生對我有好感又怎樣?對方根本不認識我，那樣的好感多半只停留在對於外表的欣賞而已。

不過，我不介意給她喜歡的人認識我的機會。

這是她自找的。

於是我開始布局，在走廊與那個男生擦肩而過時，把視線短暫停留在他身上，或者給他一個淺淺的笑容；他傳訊息給我，我也會回，甚至頻頻讓對方感覺我們好像聊得很愉快，直到收穫他的告白。

一切全在我的意料之中。

「可是我喜歡的人不是她啊!妳不要誤會，我跟她根本沒什麼。」對方著急地拉住我的手。

我忍著肢體接觸帶來的不適感，繼續把戲做足：「如果我答應你，小惠一定會讓我在班上的處境變得更慘，眞的很抱歉!」

我作出泫然欲泣的樣子，輕輕撥開他的手，轉身離開。

想到能親手讓小惠的戀情再無實現的可能，我便嘗到了報復帶來的快感。

「啪!」

沒過多久，小惠在走廊上給了我一巴掌，清脆的聲響吸引了附近所有人的注意。

「許珂恩，妳這個人怎麼這麼賤啊!」她還將手上整瓶礦泉水全倒在我頭上。

我完全不意外小惠會當眾發難，她看起來就是既衝動又無腦的人。

基本上我大半的頭髮都濕了，我不慌不忙地撥開遮擋住視線的濕髮：「我聽不懂妳在說什麼。」

「妳還有臉裝傻？妳爲什麼要去招惹他？他甚至爲了妳而罵我……說我很噁心又很過分，這都是妳指使的，對不對？」

我笑了，心滿意足地笑了：「對方好像也沒說錯吧？妳做的事不過分嗎？」

「妳就想報復我是吧？要報復妳就衝著我來啊！爲什麼要勾引他？」小惠似乎看懂了我笑容裡的涵義，她勃然大怒。

「好啊。」我上前一步，伸手還了她一巴掌。

她霎時就愣住了，或者應該說，現場所有人都愣住了。

「妳還敢打我？妳憑什麼——」

「第一，不是妳叫我衝著妳來嗎？我只是照著妳的話做而已。」我露出無辜的眼神，「第二，應該是我要問妳憑什麼打我吧？這巴掌是還給妳的。」

我越是冷靜，她就越是生氣、激動。

「許珂恩妳這個賤女人！我就知道妳是故意的！妳這臭不要臉——」她一邊大聲咒罵，一邊再次撲向我，幾個原本在旁邊看戲的同學急忙將她拉開。

這場騷動甚至驚動了教官，應該是有人眞心認爲小惠搞不好會揍我一頓，才跑去通報教官過來處理吧。

其實要是她敢再打我，我一定會跟她打一架，但幸好事情沒有發展到那一步，現在我才能在教官室將這個爲她布下的局完美收尾。

我在教官面前聲淚俱下，說我知道小惠對我有些誤會，在班上總是對我冷嘲熱諷，我都忍著不想跟她起衝突，沒想到這次她居然當眾打人。

此外，我不忘效法尤芷紜，狠狠捏了自己的大腿一下，果然讓我疼得淚水盈眶。

不要以爲只有妳們會演戲，我也會。

「是妳先做出那種不要臉的事，我——」小惠激動地喊著。

「同學，妳適可而止！這裡是教官室，注意用詞，不要這麼對同學說話。」教官打斷小惠的話，她的臉色瞬間變得很難看。

她實在有夠蠢，人會先同情弱者，這還是尤芷紜教會我的。

一邊是先動手打人且張牙舞爪的小惠，一邊是哭得委屈且姿態柔弱的許珂恩，任誰都會站在我這邊。更何況我還巧妙地讓教官得知她平時就對我態度不佳，看在師長眼裡，她就更不討喜了。

「有什麼事不能好好說？非要動手？」教官看著我們兩個。

「教官，我知道動手不對，可是突然當眾被甩巴掌，這不是羞辱人嗎？我爸媽都沒這樣打過我，我是眞的氣不過才……」我先承認自己的錯誤，再陳述委屈，接著用哽咽收尾。

最後，小惠被記了一支小過，而我則獲得一支警告。

看似是傷敵一千自損八百，但就我看來，我得到了想要的勝利。

走出教官室時，小惠憤恨地瞪著我：「教官看不出來，不要以爲我也看不出來，妳就是在演戲。」

「彼此彼此，我只是把妳們那天演的那一套精進了一下。」我邊說邊抹掉眼角殘餘的淚，「如何？應該沒有讓老師妳丟臉吧？」

她氣得牙癢癢，甩頭就走。

我覺得心裡特別暢快，踩著輕快的腳步正準備回教室時，卻看見了我現在最不願看到的人。

于誠爿倚在教官室走廊前方的柱子邊，臉色不是很好地注視著我。

他剛剛不在現場，我不知道他到底聽說了多少，才足以讓他此時出現在教官室外，這是我第一次看見他臉上帶著微慍的神情。

那怕只聽說一部分，其他的他大概也全都猜到了。

我強裝自然地勾起微笑，迎上前去：「你怎麼在這？」

「妳知道自己在做什麼嗎？」他語氣冷冽，絲毫沒打算配合我想粉飾太平的意圖。

「什麼意思？」

「妳應該很清楚我是什麼意思。」

他以前從沒用過這種態度對待我，所以我也怒了：「我不清楚！你要說什麼就直說，不需要這樣拐彎抹角。」

「就算想報復別人，妳有必要這樣糟蹋自己嗎？」

他眼中的失望讓我有點心慌，但越是心慌，我就越無法放低姿態，反而豎起尖刺武裝起來。

「什麼叫糟蹋自己？我認識了一個男生，跟他當朋友，這就叫糟蹋自己？」其實我想說的並不是這些。

我想要他能理解我的作法，儘管這種作法很不聰明，可是我希望于誠永遠都支持我，就算全世界都不認同我，至少他要一直站在我這邊。

「你這樣說跟尤芷紜她們說我不要臉有什麼不一樣？」我越說越口不擇言，明明我很清楚他不是那個意思。

他臉色一沉，「如果妳接近他，純粹只是爲了報復小惠，那就是糟蹋自己的感情。」

「如果我說我就是想認識他呢？」于誠的眼神像是能把我看穿似的，讓我更加不想承認他說的每句話都是對的，「你又不是我，你怎麼知道我在想什麼？」

最終，我還是把最不該說出口的話，衝動地說了出來：「你憑什麼干涉我想認識誰？你又不是我的誰，有什麼資格管我到這種程度？」

說完我就後悔了，眞的馬上就後悔了，尤其當我見到于誠臉上露出既詫異又受傷的神情時。

道歉啊許珂恩！妳只要說一句「對不起」，于誠一定會原諒妳的。

我在心底不斷對自己這麼吶喊，嘴巴卻不受控地閉得緊緊的。

于誠笑了，笑容裡充滿嘲笑的意味，彷彿在嘲笑自己。

天曉得我寧可他不要這麼笑，哪怕大罵我幾句都好。

「是啊，我的確沒資格管妳，是我踰矩了。」他的聲音很輕，可說出口的每個字都重重打在我愧疚的心上。

「于——」

「抱歉啊。」說完他轉身就走了，看都沒看我一眼。

此刻的我好想哭。

不是企圖用眼淚來留住他，或者讓他向我低頭，更不是傷心或氣到落淚，我不曉得怎麼形容那種複雜的感覺，就只是很想很想哭。

我知道自己應該向于誠道歉，卻不知道怎麼開口。

下一節剛好是體育課，我有點猶豫是否該找個機會和他談談。

剛剛我沒能說出口的道歉，現在就能說得出口嗎？

這是我第一次跟于誠吵架，對於該怎麼做才能自然地跟他和好，我完全沒有頭緒。

越想越煩惱，也越來越害怕他可能會有的反應，導致我的倔脾氣再度湧上，突然開始覺得爲什麼是自己應該要道歉啊？

對啊，是他態度先那麼凶，所以我在情急之下才會那樣回嘴。

兩個人吵架，彼此都有責任，爲什麼只有我一個人在煩惱怎麼跟他和好？

況且我總認爲，于誠應該讓著我，爲什麼他要突然凶我？

於是我決定，在他來找我之前，我也不要理他了。

今天體育課的活動是打排球。雖然現在已經是深秋，不像夏天那麼熱了，但排球場正好位於操場中央，四周完全沒有遮蔽物，太陽直射久了還是會出汗，因此大家很快就四散在各處躲避紫外線了。

我注意到女生們漸漸聚集在籃球場的一側，便好奇地靠過去湊熱鬧，發現原來是兩個班的男生們正在進行籃球比賽。

「場上的是哪兩個班啊？」

「好像都是高一的，不認識。」

我悄悄混在人群中，想著看看帥哥解解氣。

「那個學弟好高啊！感覺好像有點帥？」班上一個女生突然說。

「打中鋒那個嗎？」另一個女生東張西望。

「我哪知道中鋒是哪個啦，就最高的那個啊。」

說得好，我也不懂中鋒是什麼位置。我暗暗附和，目光不自覺尋找起場上最高的男生。

等等，那個最高的學弟不就是阿信嗎？

「他好像是籃球社新挖到的寶，球技比很多學長都好，有很大機率成爲下屆籃球社社長。」

之前阿信曾說過他很喜歡打籃球，但沒想到他籃球打得這麼好。

此時，他忽然轉過頭，碰巧與我四目相接，我的眼神應該跟他一樣詫異，他甚至驚訝到連拿在手上的球都掉了。

「阿信，你在幹麼啦！」他的隊友也被他兩光的舉動給驚呆了。

看他慌慌張張、努力將注意力拉回比賽的樣子，我忍不住笑了出來。

最後，儘管中間出現了那段小插曲，阿信那一隊還是贏了。

比賽很精彩，雖然只是體育課時的友誼賽，圍觀群眾仍捧場地獻上掌聲。

阿信把毛巾披在脖子上，去場邊拿了瓶水就徑直朝我的方向走來。

我默默祈禱，他不會選在剛出完風頭後過來找我，但顯然這人完全不知道什麼叫做保持低調。

「學——」被我瞪了一眼後，他趕緊改口，「妳怎麼會過來看我打球？」

「誰過來看你打球啊？我們班這堂是體育課。」我注意到其他人都有意無意地多看了我和阿信兩眼。

「你們班今天也打籃球？」

「排球。」

「那妳怎麼在籃球場？」他邊用毛巾擦汗邊跟我閒話家常。

「你覺得我看起來像是會打排球的人嗎？」

他到底是太遲鈍還是怎樣？都沒發現他跟我說話很引人注意嗎？

阿信露出燦爛的笑容，像是很開心，「那我可以當作妳是專程來看我打籃球的嗎？」

「不可以，我只是湊熱鬧，過來才發現你在場上。」

「妳還是發現我了啊。」

「快下課了，我準備要回教室了。」我岔開話題，說完轉身就要走開。

他冷不防拉住我的袖子，「等一下啦。」

前幾天小惠喜歡的男生向我告白時，也曾經拉住過我。不知道是不是因為阿信並沒有直接和我肢體接觸，只是拉我的袖子，這個舉動並沒有引起我的反感。

「怎麼了？」我問。

他笑了笑，儘管笑得靦腆，卻仍帶著些許自信，「在比賽過程中看到妳的時候，我突然意識到，我果然有點喜歡妳。」

「什麼？」這突如其來的表白讓我愣住了。

阿信用周遭的人都能聽見的音量說：「我說，我喜歡妳，許珂恩。」

回過神後，我下意識環顧四周，阿信眼中流露出好奇，也跟著一起四處張望。

我的目光定格在不遠處那個熟悉的背影——于誠和他的朋友正往我們班教室的方向走去。

不曉得為什麼，我總覺得他應該目睹了剛剛那場騷動，而這令我有些心慌。

我幾不可察地嘆了一口氣，但站得離我最近的阿信還是察覺到了。

「我喜歡妳讓妳這麼困擾嗎？」他雖然是半開玩笑，然而語氣中還是帶了點失落。

「不是，我不是這個意思。」我終究還是沒能狠下心來，像對待大多數的追求者那樣乾

脆地拒絕阿信。

可能是因為阿信在我和林易成分手那天，他遞給我了那包面紙，也可能是因為他來教室

與我相認那天，他堅定地說他相信我。

聽到我這樣說，他眼底再度亮起期待的光芒，搶在我再次開口前，很聰明地抓住了機

會：「我知道我的告白很突然，妳不用現在回答沒關係，我會讓妳想跟我交往的！」

儘管他率直的模樣在我眼裡是可愛的，但說實話，我對他並沒有心動的感覺。

現在的阿信對我來說，就只是一個可愛討喜的學弟而已。

我揚起微笑，反問他：「喔？所以你要怎麼做？」

他被我問住了，露出不好意思的笑容，「暫時還沒想到。」

「等你想到再告訴我吧。」我揮了揮手，留下這句話就離開了球場和旁人的側目。

原本就已經不知道該怎麼跟于誠和好，一想到他可能目睹阿信向我告白的那一幕，我就更不知道該如何開口向他求和。

總覺得有些尷尬，又說不上來爲什麼。

後來整整一天，我們兩個都沒有和對方說話。

我看不透面無表情的他到底在想什麼，雖然我們的座位離得很近，彼此之間卻像是隔著一堵隱形的牆，他沒有嘗試越過，我也沒有。

我努力裝作滿不在乎，只是沒過幾節課，我便傳訊息找茜茜放學後陪我聊聊。

「其實我完全不意外你們兩個會因爲這件事起爭執欸。」茜茜聽完後非常淡定。

「爲什麼？」

「因爲你們兩個本來就很曖昧啊。」

我驚呆了，「我們就是好朋友而已啊，哪裡曖昧了？」

「妳一直都很依賴于誠恩，他也一直都對妳很好啊，而且妳沒發現嗎？他只對妳這麼好。」

我抿著唇，想反駁又不知從何反駁起。

「你們兩個走得那麼近，會變成這樣不是很正常嗎？」茜茜的話裡沒有別的意思，她是眞心這麼想。

「可是我從來沒想要跟他有曖昧，我希望我們是很純粹的好朋友，也一直認定我們就是這樣的關係。」我輕聲說道，「我確實很依賴他沒錯，但對我來說，那就像我依賴妳一樣啊。而且于誠對我好或許只是因爲我是他的好朋友，他本來就是個老好人，就算不是我，他搞不好也會對其他好朋友那麼好。」

「即使妳是這樣想的，那于誠恩呢？」茜茜問，見我沒法回答，她接著又說：「我覺得于誠恩大概是在吃醋，他處在一個離妳最近的位置，妳卻根本沒想過和他會有除了朋友以外的可能。」

「我問過他了，他說他沒有喜歡我。」其實連我自己都覺得這句話像是蒼白無力的狡辯。

「妳以爲這種回答能代表什麼？相處久了，也許不知不覺就喜歡上對方了啊，人的感情每天都在改變。」

「那我應該再問他一次嗎？」

茜茜一副被我打敗的樣子，「妳應該問問妳自己，妳對于誠恩眞的沒有感覺嗎？你們兩個個性不是滿合得來嗎？就這樣自然而然在一起也沒什麼不好。」

我搖搖頭，「我沒想過要跟他在一起，也不想跟他在一起。」

其實以搖頭作爲回答是有點作弊，因爲茜茜不知道我回答的是哪個問題。

我很喜歡于誠，然而那只是對好朋友的喜歡，至於對他的依賴，也是因爲我們很要好、我很信賴他，就只是這樣。

就只能這樣。

「爲什麼？」

「因為友情比愛情還要長久很多，也堅固很多。」我堅定地對茜茜說，也對我自己說，「我想要跟于誠當很久很久的好朋友。」

茜茜不太能接受我的說法，「我覺得妳是在自己騙自己耶。男女之間的友情才沒有妳想的這麼穩固，只要有一方有了不一樣的想——」

「那就不要有，不管是他還是我，都不要喜歡上對方就好了。」我固執地打斷她的話。

「如果有一天，于誠恩身邊出現了另一個女生呢？如果就像妳說的，他人很好，對那個女生就像對妳一樣好，妳能接受嗎？」茜茜不甘示弱地回擊。

「我……」我動搖了。

「而且我完全可以預言，等那個女生出現，于誠恩對妳的好，跟現在絕對不會一樣，到時候妳一定會後悔！」

「我才不會！」我賭氣似的反駁她，「難道男女之間的友誼非得發展出情愫不可嗎？為什麼我和于誠就非得有些什麼？」

「因為你們之間的氛圍就沒有那麼單純啊，只有妳覺得很單純，或者該說妳很努力想告訴自己一切很單純。作為離你們最近的旁觀者，我看得比你們都還要清楚。」茜茜一口氣把我不想面對的現實全盤說出，「妳對他不只是依賴，還帶有一點占有欲。至於于誠恩，他也默許妳這樣的態度，就連我都常常覺得他太寵妳了！」

我啞口無言。

「妳不用說服我什麼，我本來就是站在妳那邊的，不管妳做什麼決定我都支持妳。」茜茜拉了拉我的手，鄭重地對我說：「我只是怕妳錯過他，怕妳以後會後悔而已。珂恩，妳要認眞想想妳和于誠恩之間的可能，誠實面對自己的感情，好嗎？」

茜茜叫我對自己誠實，所以我很認眞地想過了，得到了兩個結論。

第一，我還是只想跟于誠當好朋友，就只當好朋友。愛情一旦開始，就只會朝著結束的方向前進。情人會分手，但朋友永遠不會，朋友永遠都會是朋友，所以只要不越界，我們就能一直當好朋友。

說我自私也好，任性也罷，在于誠心中，我能一直是他最重要的人，就夠了。

第二，與其在心中揣摩于誠是不是改變心意喜歡上我了，不如直接問他，這樣我就能放心地繼續跟他當好朋友。

得出結論之後，事情對我來說就變得容易許多，我直接傳了訊息給于誠，約他出來見面。

雖然我大可以等週一去到學校再找他，然而我不想拖那麼久，拖得越久，我怕我這股想馬上跟他和好的衝動就又消失了。

當我抵達咖啡廳時，于誠已經坐在裡面了，還替我點了我常喝的榛果拿鐵和我喜歡吃的檸檬塔——即使我們還在吵架。

茜茜說得沒錯，于誠一直都對我很好，好到甚至有點太寵我了。

我開始有點不安，有些沒把握他對我這麼好的理由，會不會跟我期望的不一樣。

我很矛盾地希望他一直對我這麼好，甚至是最好的，卻不希望他這麼做的原因是出自愛情。

拉開椅子坐下，我毫不客氣地啜飲了好幾口榛果拿鐵。

于誠沒有制止我，也沒有說話，像是在等我先開口，畢竟是我約他的。

我抬頭直視他：「對不起。」

他似乎有些詫異，挑了挑眉。

「我不應該把話說得這麼過分，我也不是眞的那樣想，我只是在氣頭上，覺得你怎麼可以凶我，就一時口不擇言了。對不起！你不要生氣了好嗎？」我其實並不緊張，因爲我知道于誠一定會原諒我。

他沒有沉默太久，輕咳了一聲，「難得妳居然會先主動道歉。」

「什麼啦，我有錯的話還是會先低頭呀。」聽到他那句話，我馬上就笑開了。

「而且我那時候才沒有很凶好嗎？是妳自己心虛才反應過激。」于誠的臉部表情也逐漸放鬆，不像剛見面時那樣冷硬。

「好啦，我是眞的有點心虛。」事到如今，我也大方承認，「但我當時想著你應該要站在我這邊啊，雖然我用的方法不對，可是我實在氣不過小惠小人得志的樣子！」

「所以這就是妳跟林易成聯繫的原因？因爲妳也氣不過尤芷紜對妳做的事？」

這下我驚呆了，他居然連這件事都知道！

「你怎麼知道的？」我愣愣地看著他。

他低頭喝了一口飲料，故作漫不經心地回答：「看過幾次妳在回覆他的訊息。」

「欸，你怎麼偷看我的聊天視窗啦。」

「只是瞥到而已。」

「騙人。」

然後他就不想理我了，「吃妳的檸檬塔啦。」

我笑了出來，原來他事先點好檸檬塔，就是爲了在此刻堵住我的嘴啊。

配著咖啡，我一下子就吃完檸檬塔了，接著準備進入這次見面的關鍵下半場。

「欸，于誠。」

「嗯？」

「你喜歡我嗎？」

他瞬間就僵住了，有點詫異地看著我。

在他猶豫著該怎麼回答時的那幾秒，我發現自己很緊張，過去好像從來都沒這麼緊張過。

他卻反問我：「妳說的是哪種喜歡？」

「你知道我說的是哪種……」想了一下，我還是決定把話說白了，「愛情的那種喜歡。」

「妳希望我怎麼回答？」他凝視著我，不慌也不忙。

我不曉得爲什麼明明我問了問題，他卻丟還給我兩個問題。

做了個深呼吸，我輕聲說：「我希望答案是否定的。」

他沒有馬上接話，沉默地看了我幾秒後，便轉過視線，「那妳現在可以放心了，我沒有喜歡妳。」

大半年前，于誠陪我去抓林易成劈腿時，他也是這麼對我說的。

不知怎麼的，我總感覺這兩句話所代表的意思不盡相同，可我不敢追問。好不容易得到了令我放心的答案，若再追問，我怕有什麼會崩落。

「于誠你知道嗎？」我緩緩開口，「我真的真的很珍惜我們的友情。」

他總算再次迎向我的目光，卻什麼都沒有說。

「所以你送我一份生日禮物吧！」我擠出一個笑容。

他被我這句不接上文的話給說懵了，「妳的生日不是還沒到嗎？」

「你可以先送啊。」

「妳該不會早就想好要騙我送妳禮物吧？」

「也不能這樣說啦，算是突發奇想，而且我想要的禮物你一定能送我。」

「什麼？」

「答應我好不好？絕對不要喜歡上我，絕對。」我說。

其實這麼做有點作弊，我都這樣說了，他要如何拒絕我？

但反正是他自己說不喜歡我的，我這麼做並不過分……吧？

他又一次沉默了好久，才終於回應我：「妳真的相信男女之間有純友誼嗎？」

此刻我知道了，我這樣做真的很過分。

我不單是要確認他不喜歡我，我還想切斷他未來喜歡我的可能。

可是于誠啊于誠，我要是不這麼做，我們要怎麼一直一直當好朋友呢？

「那就換個說法，在我喜歡上你之前，你絕對不要喜歡我。」

我最後還是保留了感情越界的可能性，只是依然很任性地只考慮了自己。

既然茜茜都說你把我給寵壞了，那你就再寵我一次吧！

「……有妳這樣訂規則的人嗎？」他從一開始的無言以對，表情漸漸轉為又好氣又好笑，他總是拿我莫可奈何。

在那之後，無論過了多久，我總能想起于誠當時眼底的笑意。

我們之間從來都是這樣，我負責訂規則，卻又總是破壞了那些規則。于誠則是被動接受我所訂下的規則，並且默許我的一切犯規行為。

在與于誠訂下規則後，我便很放心地繼續和他維持先前的相處模式。畢竟他都親口說他沒有喜歡我了，我沒必要再自尋煩惱。

至於那個突然冒出來向我告白的學弟阿信，在那之後也沒什麼特別的動作，就只是時不時找我閒聊，偶爾聊一聊又會冷不防再次表白。但他的態度始終自然輕鬆，面對旁人的調侃也不以為意，時間一久，我都開始懷疑他到底是不是真的喜歡我。

所以我猜測，他對我應該就只是停留在欣賞的層面，不過我並不介意，反倒覺得這樣的相處模式很舒適，沒有壓力。

我的高二後半段生活相對平靜，一直到升上高三，才又一次掀起風波。

謠言不知道是從哪裡傳出的，說我跟于誠早就在一起了。

原本我大可以不必理會，反正只要我跟于誠不尷尬就好，其他人怎麼想我懶得管。

但雪上加霜的是，那個因為籃球越打越好而越來越有名卻不自知的阿信，也被捲入了謠言之中——許珂恩明明已經跟她的好朋友在一起了，還釣著籃球社社長王柏信，把學弟當備胎。

對於別人是怎麼議論我的，我早就看開了，然而事關其他人，我就沒辦法置之不理。特別是于誠，他不像我和阿信本來就常是八卦焦點，卻因爲我而遭人議論，我覺得很對不起他。

不過，于誠和阿信好像都不是很在意，至少沒有我在意。

阿信只問：「所以妳跟妳那個好朋友有在一起嗎？」

「沒有，既然是好朋友，就不會在一起。」我篤定地回答他，也像是在說給自己聽。

「那就好，反正我不認爲妳有釣著我啊，喜歡妳本來就是我自己的事，又沒人強迫我。」他的態度很坦然，「而且也是我和妳說，我會讓妳想跟我交往的，只是我還沒成功而已。」

「萬一我一直都不想跟你交往呢？」

「那我就願賭服輸囉。」

看著阿信依然陽光的笑臉，我確實沒看出他對謠言的介意。

至於于誠，他同樣對傳言不以爲意，也同樣只問了我關於阿信的事。

「所以妳眞的釣著那個學弟？」

「你們兩個要不要在一起算了？居然都只關心對方的事是不是眞的。」我忍不住吐槽。

于誠伸手推了一下我的腦袋，「妳在想什麼啊？」

他的動作很輕，輕到讓這個舉動反倒帶有幾分親暱。

我突然意識到，雖然于誠和我約定好不會喜歡我，我們也因此能理直氣壯繼續當好朋友。但就像茜茜說的，只有我覺得自己和他之間的關係很單純，所以才會生出那樣的謠言，大家都認爲我們在交往，又或者是，大家都認爲我們遲早會在一起。

「喂，妳還沒回答我的問題。」于誠的聲音把我飄遠的思緒拉回來。

「啊？喔，我沒有啊，應該說我覺得沒有，他說他會讓我想跟他交往，不過我截至目前爲止並不想。」

他無語地看著我：「難怪別人會以爲妳把他當備胎。」

「不然你覺得我應該答應他嗎？」我忽然想逗逗他。

「喜歡他妳就答應，不喜歡他就拒絕。」于誠給了我一個很公式化的回答。見我沒有接話，他又補充了一句：「妳可不要又像之前一樣，爲了賭氣就讓自己眞的變成謠言說的那樣。」

我一愣，「什麼意思？」

「當初尤芷紜她們造謠說妳破壞別人的感情，妳本來是受害者，可是妳腦子進水，跑去招惹小惠喜歡的人，妳這麼做不就坐實了謠言？」

「什麼叫我腦子進水？」雖然嘴上反駁，然而我的語氣帶了點心虛。

「既然是謠言，就不需要隨之起舞，太不值了。」

他的意思我都懂，但懂了不一定就能做到。

我可以不理會那些不了解我的人，反正他們也不在乎我到底是什麼樣的人，可我無法不爲我在乎的人考慮。

我不想讓于誠因爲我而被牽扯進謠言中，如果大家都認爲我們很曖昧，我就要親手斬斷所有的曖昧。

雖然我訂下的規則能夠阻絕于誠對我有超出友誼想法的可能，但我還必須再做點什麼，才能讓我們一直當好朋友，就只是好朋友。

我暗暗下定決心，同時想到了一個能達成目的，又能杜絕謠言的方法。

最近時值班際盃球類賽事期間，我答應了阿信找我去看他們班籃球賽的邀約，卻沒有說自己會去看哪一場。

原本我想著，如果阿信他們班能有一場比賽對上我們班，那麼就能讓于誠目睹整段過程，不過或許是上帝也覺得我的計畫太殘忍吧，兩班始終沒在賽事中碰上。

因此我一直等到班際盃的賽程都快結束時，才總算下定決心前去觀賽。

這一場是男子籃球總決賽，當我到達球場時，圍觀群眾紛紛有默契地讓出一個前排的位子給我，他們都默認我是特別去幫阿信加油的。

有那麼多人幫我見證也夠了。

我在心裡對自己說：就把究竟要不要這麼做的決定都交給命運吧。

如果上帝認爲我不該這麼做，那祂會用比賽結果告訴我答案的。

結果，如同我一開始所預料的那樣，阿信他們班奪下班際盃男籃冠軍。

不知道爲什麼，我有些失落，但既然說過要交由命運決定，那就不可以食言。

我拿著早就準備好的一瓶礦泉水，在觀眾的注視下，走向在比賽中大放異彩、正與隊友歡欣慶祝的阿信。

他其中一個隊友用手肘頂了頂他，「欸，你家學姊來了。」

阿信笑得很燦爛，高興地朝我走過來：「妳是專程來看我比賽的？」

「我是來送獎勵給你的。」我把水遞給他。

「拿下冠軍的獎勵就只是一瓶礦泉水？」

「我當然沒那麼小氣。」

「那還有什麼？」

我揚起笑容，「你不是說會讓我想跟你交往嗎？我們在一起吧，這就是你的冠軍獎勵。」

阿信第一時間沒有反應過來，反而是他身旁的朋友一把勾住他的脖子，大喊：「欸你還眞的追到正妹學姊了喔？今天慶功宴就讓你請客了啦！」

在場邊觀眾激動的鼓噪聲中，阿信的臉上漸漸綻放出笑容。

「我就說吧？我會讓妳想跟我交往的！」他開心地一把摟住我的腰，把我整個人舉了起來，嚇了我一大跳。

雖然我本來就想把這件事給鬧大，可他這個突如其來的舉動，好像把事情鬧得比我想像中還要再更大一些。

我能聽見四周爆出興奮的尖叫，眾人的反應像是在看偶像劇直播一樣，甚至有人還拿出手機拍照。

「你幹麼啦？快放我下來。」我捶了一下阿信的肩膀。

儘管面上嬉皮笑臉，但他將我放下來的動作很小心。

我其實覺得很對不起他，因爲我在利用他，利用他對我的喜歡來切斷我和于誠之間的可能，還利用和他在一起來阻絕謠言。

于誠說過，喜歡阿信就答應阿信的表白，要是不喜歡他就拒絕他。

我沒有不喜歡阿信，然而我也很清楚自己的喜歡跟他想要的喜歡是不一樣的。

于誠還叫我不要隨謠言起舞，可我會跟阿信交往，也確實是因爲謠言。

他交代我的兩件事，我統統違背了。

所以這一次，我們的關係是眞的降到了冰點。

如果說上次面對我的口不擇言，于誠受傷的眼神裡還帶了點詫異，這一次他眼中除了受傷的情緒，就只有失望。

「許珂恩，妳到底對我有多防備啊？」

我答應跟阿信交往沒多久，這則校園頭條就傳入了于誠耳中，他主動找我談話。

我不忍心看著他此時此刻的神情，微微別過頭，「沒有，我只是——」

「我知道妳就只是怕我喜歡妳而已，但妳不需要做到這個地步，我們不是約好了？」他自嘲道，「妳不用像防賊似的要把事情都做絕，我已經很清楚妳的意思了。」

「我……」我緊咬著下唇。

「我喜歡妳的這個假設，就眞的讓妳這麼反感？甚至厭惡到寧可隨便跟一個不喜歡的人在一起？」

「不是的！」我急著反駁，「我只是不想要我們之間的關係變得很奇怪，不想讓別人以爲我們兩個在搞曖昧！如果我交了男朋友，別人就不會——」

他又一次打斷我的話，「所以妳覺得我們之間很奇怪？還是妳也認爲我們在搞曖昧？」

我慌了，「我沒有！」

「既然妳覺得沒有，爲什麼要管其他人說什麼？」他的嘴角勾起一抹嘲諷的笑，「許珂恩，我告訴妳，我沒有喜歡上妳，我也不會喜歡妳，這樣妳高興了吧？」

我應該感到高興的，因爲這樣我最擔心的事就不會發生，我們之間的友情就不會變質。可是，此刻我卻怎麼也高興不起來。

「比起那些亂七八糟的謠言，妳做的這件事更讓我心寒。」于誠斂起所有的情緒，面無表情地說完這句話就轉身離去。

上次他也是這麼把我留在原地，但這一次，我是眞眞切切地傷害到他了。

✦

謠言並未因爲我和阿信的交往而中止，討論熱度與關注度反而更高，導致眾人很快發現我和謠言中的另一位男主角于誠鬧僵了。

我深刻意識到，自己好像把事情搞砸了。

無論我怎麼反省，覺得自己不僅是個笨蛋，還是個混蛋，但事已至此，我也沒辦法像玩遊戲一樣，重新回到上一關，讓一切重新來過。

于誠拒絕所有我爲了想和他溝通所做的嘗試，一放學就直接走了，傳訊息給他，他甚至直接回：「這件事沒有再談論的必要，妳的意思我已經很清楚了，我想說的也說了，就這樣。」

才沒有，你明明就不明白我的意思。

我很想這樣對他說，但連我都搞不懂自己是怎麼想的，他又怎麼可能會懂？我又要怎麼跟他解釋？

就連神經有點大條的阿信都發現我心情不太好，也聽聞我好像跟于誠吵架了。

阿信和我漫步在校園裡，他問起的時候，我露出苦笑，「感覺跟你說別的男生的事不太好，一般人都對自己的女朋友有要好的異性朋友很反感吧？」

我告訴自己，就算跟阿信在一起的動機不純，既然答應和他交往，就要好好對待他。

「會嗎？可能是因爲我也有異性好友吧，所以我能理解。」

我訝異地看向他，這件事我還是第一次聽他提起。

「我沒說過嗎？」他不好意思地摸了摸頭，「我最要好的兩個朋友，一個是澄，一個是芹芹，芹芹是女生。」

「兩男一女的朋友組合挺不錯的。」我笑了笑，想著既然阿信也有異性好友，那他應該能理解我和于誠的關係。

他簡單介紹了他們三個的相識過程，我能從他臉上開心的表情判斷，澄和芹芹是他很重要的朋友。

「早知道我跟于誠的友情小圈圈應該再拉一個男生進來。」我嘆了一口氣，「如果只有一男一女，很容易被傳出奇怪的謠言。」

「誤會解釋清楚就好了啊，既然是很好的朋友，爲了謠言吵架不是太可惜了嗎？」阿信好像以爲我跟于誠是因爲謠言而吵架，我一時之間也不曉得該怎麼跟他解釋，畢竟成爲男女朋友之後就不太一樣了，有需要避嫌的事。

「所以你相信我跟于誠眞的沒什麼嗎？」我問。

「妳說沒什麼，我就相信。」他笑著回答。

我突然有點感動。

雖然我對阿信還未曾有過心動的感覺，但世界上兩個人在一起的原因有這麼多種，爲什麼我這種就不能成立呢？

我停下腳步，他也停下來看著我。

於是我伸出手，第一次擁抱了他。

他像是有些不知所措，一雙手猶猶豫豫地不知道該放哪，害羞的模樣竟有點可愛。

「你不問我爲什麼答應你的告白嗎？」我試圖在這個擁抱中尋找一些溫度來讓自己感到心安。

「妳要是想說就會告訴我吧？」阿信輕輕地回擁住我，「反正妳答應了啊，這才是最重要的吧？」

我輕聲笑了，「那就試試吧，我們。」

我跟阿信各自都有要好的異性朋友，所以我們能理解並包容對方。

不就是好朋友嗎？我和于誠就跟阿信他們三人的友情一樣單純。

我這麼告訴自己。

即使我隱隱能察覺那個芹芹對阿信的重要性，不過既然他自己都還沒意識到，我就沒必要點破。

就像他說的，只要他說沒什麼，我就相信。

最了解你的人，往往都是你的敵人。

這句話也應驗在臭臉小團體的頭頭小惠身上，她注意到我和于誠鬧僵了。

我已經好幾天沒有跟于誠一起吃午餐了，自從嘗試過幾次找于誠溝通被拒絕後，我就不想再用熱臉去貼冷屁股了，等于誠願意跟我談的時候再找他吧。要不是我自知理虧，他讓我碰這麼多次軟釘子，我早就生他的氣了。

這天，我又帶著便當要去找茜茜，還沒走出教室，小惠就走過來擋在我面前。

「唷，去找小學弟吃午餐？」她笑臉盈盈地開口。

「關妳什麼事？」我已經因爲和于誠吵架而心情很差了，實在懶得理她。

抓準機會的小惠哪有這麼容易放過我，「大家升上高三都忙著認眞念書，就妳忙著談戀愛，我是擔心妳會拉低我們班的平均分啊。」

「妳才十幾歲就提早變成愛管東管西的社區大媽了嗎？」我冷冷地看著她，「我的成績怎樣還輪不到妳來管，我想幹麼更不用妳管。」

她像是有點被我激怒，但隨即忍了下來：「幹麼這麼凶？又不是只有我好奇妳談戀愛的事，大家都很好奇啊。有本事高調談戀愛，還怕人問？」

「妳有完沒完啊？借過，我要出去。」

「如果我不借呢？」她的嘴角揚起一抹挑釁的弧度。

我冷笑，「那要把上次那場架打完嗎？」

在我們即將起衝突之際，有個人直接走上前來，一把將小惠拉開。

我不用抬頭就知道，是于誠。

「于誠恩你幹麼啦！」小惠揉了揉自己的手臂，不滿地看著于誠。

「適可而止吧，都高三了，少惹點事。」他臉上沒什麼表情，所以我猜不出他在想什麼。

我只知道，他又一次爲我出頭，儘管我們還沒和好，儘管他很生我的氣，氣到都不想跟我說話，可他還是在別人攻擊我的時候，爲我挺身而出。

小惠的臉色一陣青一陣白，把砲火轉向于誠：「許珂恩就只是在利用你、把你當工具人！勾搭上學弟就一腳把你踢開，你幹麼還要管她這種人？」

「許珂恩是什麼樣的人，不用妳來告訴我，我比妳更清楚。」于誠依然不爲所動，連瞥也沒有瞥我一眼。

這番話令我既感動又愧疚，感動的是，他比誰都還要相信我，就算小惠故意挑撥離間，他還是毫不猶豫地爲我說話；愧疚的是，他能做到不因爲謠言而改變自己的想法，而我卻做不到，甚至因此做出傷害他的舉動。

「就算妳說的是眞的，那也是我心甘情願，不用妳來管。」說到這，他才總算望向我，「更何況，我跟許珂恩本來就只是朋友，妳用不著想太多。」

我知道，他那句「就只是朋友」是故意說給我聽的。

因爲我總是反覆在嘴上強調、用各種行動確認，我們就只是朋友，所以他乾脆在所有人面前幫我把這句話給說了。

我總算後知後覺地意識到，原來我不斷強調我們只是朋友，不斷努力切斷我們之間任何發生愛情的可能，就像是一而再再而三地告訴于誠：誰都可以和我在一起，就你不行。

明明我一直覺得他是個很好的人，我做出來的事卻像是不斷在否定他這個人，換作是我，我也會很受傷，可是我卻這麼對他。

于誠，你是故意的嗎？你知道我會覺得更對不起你，所以才這麼做的嗎？

愧疚感幾乎要逼出我的眼淚，我只能強忍著，透過略微模糊的視線看著于誠。

他沒有迴避我的眼神，目光如湖水般平靜，但這麼跟他對視只讓我更難過。

於是在快受不了之前，我一言不發快步走出教室。

然而，還沒走多遠，于誠就追上來抓住我的手腕。

「爲什麼要跑？」

「我哪有。」我嘴硬地反駁。

他盯著我看了好幾秒，像是在確認我有沒有哭，「妳應該有話要對我說吧。」

我愣了一下，很快意會過來，這是他留給我的台階。

「對不起。」我低下頭，乖順地說。

怎麼每次吵架好像都是我先道歉？不過每次之所以吵架，似乎也確實都是我不對。

「你不生我的氣了嗎？」我小心翼翼地問。

他不置可否，只說：「繼續氣下去能改變什麼嗎？」

不能。

說過的話收不回來，做過的事也不可能再重來。

我把事情做絕了是事實，我和阿信在一起了也是事實。

「所以也沒什麼好氣的了。」在我的沉默之中，他下了結論。

「那……我們能和好嗎？我不想再跟你吵架了。」說出這句話時，我注意到自己的聲音居然帶著些許哽咽。

于誠嘆了一口氣，「既然妳已經有男朋友了，我們就該保持一點距離才對，以免引起誤會。」

換言之，就是不能再像以前那樣毫無顧忌地要好。

「不會！」我急著否決他的說法，「阿信能理解的，況且要是他眞的想干涉我們的友情，我也會選擇你。」

于誠看起來像是有點無語，「既然決定交往了，妳就應該要好好對他。」

「既然要在一起，就應該相信對方。」我的語氣很篤定，彷彿這麼一來就能說服他，也能說服我自己。

我並沒有眞正意識到自己剛剛說的那句會優先選擇于誠，蘊含著多大的分量。

我只是暗自下定決心，從今往後不管其他人怎麼說，我都不會再讓他們的聲音影響我和于誠之間的友情。

最後，于誠還是敗給我了。

跟他吵架時，我就能預料到，無論過程如何曲折，最終我們還是會和好。

因爲我們是好朋友，每次爭吵總會有和好的時候。
這就是爲什麼我想跟于誠當好朋友，就只當好朋友。

第四章

雖然小惠那天對我說的話，單純只是爲了激怒我，不過有一件事她倒是沒說錯。那就是我現在的模考成績，眞的只有拉低班平均的份。

不能說成績下滑就一定是談戀愛的錯，但最近這些煩心事確實影響了我學習的積極性，而且程度還不小。

剛開始和阿信交往時，由於鬧出的動靜太大，我還被班導叫去訓話。訓話內容不外乎是高三生應該專注於學業、等確定考上大學再談戀愛也不遲，以及就算要談戀愛也要低調點，不要影響同學的讀書氛圍。我自知理虧，於是頻頻點頭。

此刻看著慘不忍睹的模考成績，我由衷覺得當時班導的擔憂實在是太有道理了。剩不到幾個月就將迎來學測，事到如今，我只能盡力彌補落後的複習進度，期望下次模擬考的成績能提高一點。我開始每天放學都留在學校晚自習，強迫自己認眞念書。

身爲籃球社社長的阿信也有很多事要忙，不僅平日得時常留下來練習，也要爲社員安排訓練內容和商討比賽戰術。

我不是很懂籃球，更幫不上他什麼忙，就像他也幫不了我讀書一樣。

所以儘管我們理應正值剛交往的熱戀期，卻沒有太多時間相處，只能在週末偶爾出來約會。

說是約會，其實我們通常就是一起吃飯，然後他陪我去圖書館，我念書，他隨便找點事做。

有時候我不禁也會懷疑，我們這樣眞的算是在交往嗎？

儘管他向我告白，我也接受了，我們會去約會，時不時也會牽手和擁抱，可是就感覺少了點什麼。

起碼跟我和林易成交往那時不太一樣。

我告訴自己不要多想，或許高三生的戀愛模式就只能是這樣，無論如何，升學都是我的首要目標，愛情充其量只是點綴。

既然阿信沒有說什麼，我便決定維持現狀，反正有人陪的感覺也不錯。

然而，不是努力了就能得到想要的結果。

又一次模擬考成績公布，我的總成績只比上次多了一級分，在這種緊迫的時機點，微幅進步幾乎就等同於沒有進步。

我的慌張簡直來到了極點，之前還可以安慰自己，考得差是因爲沒有認眞念書，然而這個月我已經很努力了，卻依舊考不好。

我沮喪地趴在桌上，覺得前路一片渺茫。

「考不好？」于誠站到我的座位前。

「我這個月眞的是卯足全力念書了，結果成績跟上次模考根本沒差多少。」

得到我的默許後，他拿起我的成績單查看。

「妳成績落差也太大了吧？文科都很高分，自然還行，可妳數學是怎樣？」他壓低了音量，卻沒能壓下語氣中的驚訝。

我不無委屈地抱怨：「我就數學不好啊。」

「就算妳所有文科成績都達到頂標，數學卻只有底標，整體成績當然不可能好看。」

「哼，那你考得怎樣？我看看。」我伸手，示意他乖乖交出成績單。

不看還好，一看我就感覺自己被羞辱了，他比我整整多了將近二十級分。

「你幫我複習數學吧！」我靈機一動，「你數學成績這麼好，一定能教好我。」

「可以是可以，但是要我怎麼教？妳總得先自己做過一遍題目，遇到不會的再問我啊。」

「那今天先幫我檢討模考題目吧。」既然于誠答應教我了，我就一定會纏著他直到我數學能達到前標爲止，「你放學後有事嗎？陪我留下來晚自習吧？」

「我開始後悔了。」于誠說。

我露出一個特別高興的笑容：「後悔也來不及了。」

雖然于誠嘴巴上說後悔，不過我知道他絕對是口是心非，因爲他放學還是留下來陪我檢討模擬考的數學題了。

爲了不打擾其他同學，我們來到教室外的走廊上。

「妳現在已經沒時間理解推導過程了，妳就弄懂概念和解題技巧就好，不要死背題目，要把同類型的題目放在一起理解。」

「你現在說的是中文嗎？」

他無言以對，乾脆直接讓我從做中學。

他耐心地用我能聽懂的方式說明，讓我很快就理解自己錯在哪。

「欸，于誠。」

「嗯？」

「你成績這麼好，打算考什麼學校、什麼科系啊？」我忍不住跟他閒聊了兩句。

「C大外交系吧。」他沒怎麼猶豫便答，看來他早就做好了決定。

「你怎麼之前都沒跟我說？」我有點不是滋味，自己居然現在才知道這件事。

他一臉無辜地看著我，「妳又沒問我……那妳呢？」

「N大英文系吧，但我的成績要考N大好像有點難。」我苦笑了一下，「真的不行的話，其他學校的英文系也可以就是了，不過我還是想以排名靠前一點的國立大學爲目標。」

我知道自己比較擅長文科，再加上我又特別喜歡英文，英文系應該滿適合我的。

「也不是不可能啊，離學測還有一點時間，要是眞的來不及，就改以指考爲目標，這樣妳還有長達半年的複習時間。」于誠並沒有笑我，反倒認眞地幫我分析。

我開心地笑了出來，「N大和C大在同一座城市，這樣以後上大學我們也能繼續當朋友。」

「是嗎？」他沒有看我，而是手撐著圍欄，望向遠方，「上大學就會認識不同的人，無論是我還是妳，都會有新的朋友圈吧。」

聽到他這麼說，我頓時心底湧現出一股焦慮。

我明白他說得沒有錯，以現實面來說，這樣的發展很合理，可是我還沒準備好面對我們未來可能會漸行漸遠，從彼此的生活中淡出。

「你就這麼不想繼續跟我做朋友嗎？」這樣的焦慮導致我既委屈又有點生氣，張口說話時才發現自己的聲音聽起來居然像是快哭了。

「妳幹麼？」于誠被我嚇了一跳，「我又不是說一定會這樣，只是說大概會……算了，妳現在想這些幹麼？等考上大學再說啊。」

「那你答應我，如果我們考上的學校都在同一座城市，你就要繼續跟我當好朋友。」我抓著這個話題不放。

他有些無奈地看著我，眼中卻帶了點淡淡的笑意：「好啦，我答應妳。但妳要是想考N大，妳的數學至少得有前標，甚至——」

「打勾勾。」我直接打斷他的碎碎念。

這一次，他笑出了聲，「妳幾歲啊？」

「我不管。」我伸出右手，對他比出數字六的手勢。

他雖然笑我幼稚，仍做出同樣的手勢，跟我勾了勾小指，再拇指相抵。

「這樣可以了吧？」

「還要再蓋一次章確認。」我直接用左手拉過他的手，強制要他豎起拇指，再把我的拇指按上去。

「妳怎麼這麼幼稚。」

「要你管。」我哼了一聲，「答應了就要做到喔。」

于誠臉上笑意和煦，「我答應妳的事，哪次沒有做到？」

那天之後，備考為我帶來的壓力更大了。

于誠那天說的，上大學後我和他都會有各自新的朋友圈，在我心中埋下了不安的種子。

我不知道要如何讓時間走慢點，怎麼才能阻止看似必然會發生的漸行漸遠，只能緊緊抓著此刻我僅能相信的，我跟于誠的約定。

只要考上位於同一座城市的大學，我們就能繼續當好朋友。

他一定會履行諾言，也一定有實力能考上C大，所以我得拚盡全力考上一所位於C大所屬城市的大學。

于誠也說到做到，說好幫我複習數學，就眞的抽出了時間教我，只不過選的都是平日白天在校時間，只有那次模考成績出來當天是例外。

自從和阿信交往後，我和于誠之間還是拉開了一段朋友無法逾越的距離。

就像他當初叮嚀我的：既然決定交往了，就應該要好好對待對方。

就算我們心裡再如何謹記分寸，我也得避免讓阿信多想，因為他是我的男朋友。

在我備考備得如火如荼之際，我突然後知後覺地發現阿信最近心情不太好。

平時總是笑嘻嘻的他，這幾天悶悶不樂，看起來一副心事重重的樣子。

「你心情不好嗎？」我從書中抬起頭問他。

「啊？嗯……有點。」

「怎麼啦？發生什麼事了，怎麼不跟我說？」

「我不想打擾妳念書啊，感覺妳最近壓力很大。」他擠出的笑容比平時少了一些光芒。

我愣了一下，男朋友這麼體諒我，我應該要感到開心，但我卻覺得好像有哪裡怪怪的。

「哪有什麼打擾不打擾的啊，男朋友心情不好，身爲女朋友的我卻不知道理由，這樣不是很失職嗎？」我努力揚起微笑。

在我的追問之下，阿信才告訴我，他的女生好友芹芹家裡出事了，又碰上與好朋友決裂的情況，外加一些複雜的原因，導致她現在在學校的處境似乎不是很好。

「與好朋友決裂？是你們三個吵架嗎？」我忍不住多問了幾句，「還有，她在學校是被排擠還是被欺負？如果是被排擠，這方面我很有經驗，可以讓她跟我聊聊喔。」

我試圖開個玩笑緩和氣氛，然而阿信依舊眉頭深鎖，這是我第一次見到他心情這麼差。

「不是，是她另一個女生好朋友，細節我也還不清楚。而且這次很奇怪，她不太願意跟我和澄說太多，明明發生了這麼多爛事，她卻比想像中平靜，怎麼想都很不對勁。」

「我不是很了解芹芹的個性，可能她還需要時間消化？」

阿信搖了搖頭，「她這麼笨，自己想半天能想出什麼？她應該說出來讓我們幫她想想辦法啊。」

後來，我又聽阿信提起好幾次芹芹的事，他很放心不下她，且因爲她拒絕他們的幫助而感到無能爲力。

我一直覺得自己很能理解他們的友情，假如今天這些事發生在于誠或茜茜身上，我也會爲此憂心忡忡，所以我並沒有爲了阿信在和我相處時總提起芹芹而生氣。

可是，這就是問題所在。

我突然意識到，爲何自己常常會有些異樣的感覺。

我對阿信沒有很強烈的占有欲，不像以前和林易成戀愛時，會吃醋、會介意很多事、會想整天都和他黏在一起、會在沒辦法見面時感到無比失落。

和阿信交往，我只覺得愉快自在，但這樣是正常的嗎？一段戀愛裡通常也會出現其他負面的情緒吧？

從交往到現在，我還是沒有眞正喜歡上阿信。

或者應該說，我對阿信的喜歡，並不是眞正的愛情。

既然這段關係當初是由我開始，結束也該由我做下，壞人就都讓我來當吧，畢竟我是學姊嘛，還是要有點成熟的樣子。

✦

「我想了很久，還是覺得自己該以升學考試爲重，所以抱歉，我們分手吧。」

下定決心之後，我在隔天放學把阿信約到了籃球場，向他提出分手。

在哪裡開始，就在哪裡結束吧。

想想實在很對不起他，說要開始的人是我，決定要結束的人也是我。

「爲什麼？」他有些詫異。

見他的第一反應並不是難過，我稍微放下心來，「我不是說了嗎？我想專心念書，高三不是戀愛的好時機。」

「妳騙人。」阿信臉上滿是愧疚，「是因爲我總跟妳說芹芹的事吧？我神經太大條了，確實不該在——」

「不是的。」我微微一笑，打斷他的話，「不是你想的那樣。」

他居然是這麼想的，這讓我心裡的歉意更深了。

我決定向他說實話，他是一個這麼好的男生，我不想再找理由敷衍他。

「其實，當初會跟你在一起，是因爲我想平息謠言，所以你眞的不用對我感到愧疚。」

「這個我知道啊。」

「你知道？那你爲什麼……」我太驚訝了。

「重要的是妳接受了我的表白，不管理由是什麼，結果才是最重要的啊。」他俏皮地對我眨了眨眼。

沒想到阿信看得這麼開，於是我也開誠布公，「我總感覺，你當初說喜歡我，並不是眞的那種喜歡。」

他歪著頭，有些不解地看著我，「可是我是眞的覺得自己滿喜歡妳的，才會向妳表白啊。」

「你的確喜歡我沒錯，但你的喜歡可能就只停留在欣賞漂亮學姊的那種程度吧！你還不是很了解我就說喜歡我，就算我們交往了，你對我也沒什麼占有欲，這樣不是眞的喜歡吧？」我笑著解釋。

他似乎在思考我說的話，沒有馬上否定我的說法。

「那妳呢？」

「我可能也跟你一樣吧！對你就是欣賞可愛學弟的那種喜歡。」所以我們彼此彼此，誰也不虧欠誰。

我朝他走近一步，決定最後當個善解人意的學姊。

「阿信，我覺得芹芹對你的重要性，比你以為的還要高出很多。你沒有發現，即便是此刻我跟你提分手，對你所造成的影響遠比不上你對她的擔憂嗎？」

他眼裡浮上困惑，看起來沒有很明白我的意思。

我彎了彎嘴角，「你現在沒聽懂也沒關係，或許未來的某個時候你會理解我說的這些話吧。」

「那我們以後就不能再聯繫了嗎？」

「不會啊，我們還是朋友，朋友為什麼不能聯繫？」

即便是交往後分手，在這段過程中，我和阿信並未對彼此有過任何負面的情緒，也沒有所謂的餘情未了，因此才能夠坦然地繼續做朋友。

我主動給了他一個擁抱作為祝福。

儘管這段有些荒唐的戀情僅維持了短暫幾個月，卻是一場很愉快也很單純的戀愛。只是那樣的愉快單純，對我來說，並不是愛情應該呈現的樣貌。

當我告訴于誠我跟阿信分手時，他並沒有說什麼，反應甚至可以說是有點冷淡。

「喔。」他只抬眼看了看我。

「喔？就這樣？」

「就是知道了的意思，還是妳希望我說什麼？」他故意反問我。

我撇撇嘴，「沒有啊。」

在我的想像裡，他的反應不該只有這樣，但我才不要說出口，不然好像我是在暗示他：他應該要覺得，以後我們又可以像以前一樣，毫無顧忌地要好了喔。

「對了，于誠，以後我們一起念書吧。」

「蛤？」

「我們不是約好了要考上位於同一座城市的大學嗎？所以你得負責幫我提高數學成績啊。」我笑咪咪地對他說。

「我怎麼不記得我們的約定裡有包括我得負責提供教學？」

「唉唷，教學相長嘛！你還記得高一有段時間我們常常一起去市立圖書館嗎？」

他像是突然想起什麼，笑了出來，「記得啊，有人失戀，不想一個人，還說在圖書館外面遇到小混混，就強拉著我作陪。」

原來轉眼間，我跟于誠已經共同經歷這麼多事了。

高一失戀時的心痛難受，如今都成爲可以笑著提起的回憶。

「那現在就更應該再一起去奮發圖強啊，高三的我們怎麼可以輸給高一時的我們呢？」

我拉了拉他的制服袖子，向他撒嬌，「而且，要是我又再一次碰到小混混怎麼辦？你得保護我才對！」

「好啦。」于誠的語氣雖然聽起來像是妥協，可他臉上的笑意卻不只是那樣。

我突然覺得，能再次肆無忌憚地用「我們」來稱呼我和于誠，眞好。

在那之後，我們每天放學都會一起吃晚餐，然後再去市立圖書館念書，直到晚上九點圖書館閉館再一起去搭火車。

甚至就連假日，只要沒有特別想偷懶，我們也會相約前往圖書館。有時假日圖書館人太多，于誠又沒能早起先去占位，我們便會轉戰附近的咖啡館。

不知道為什麼，一樣都是一起念書，對象從阿信換成于誠後，總能讓我不再那麼為升學壓力而感到焦躁不安。這是因為于誠和我同為高三生，戰友之間更能相互理解與打氣嗎？

我不知道，也沒打算多想。

或許是學測將近，大家不再有心思八卦，儘管時常在圖書館遇到同校同學，我和于誠卻沒有再次成為八卦焦點。

唯一八卦我們的人，只有茜茜。

「你們是不是快要在一起了啊？」

「妳想太多了，我們一樣是好朋友。」

「妳怎麼還在說那一套好朋友宣言？」茜茜怪叫，「以前就算了，你們現在每天都黏在一起，根本就和情侶沒兩樣！」

「有嗎？我們只不過是一起去念書而已，還好吧，其他人也會跟好朋友一起念書啊。」

她想反駁，但又覺得我好像也沒說錯，一時啞口無言。

「況且我們已經約好了，在我沒有喜歡上于誠以前，他是不會喜歡我的。」

「先不說也只有他會答應妳這種荒謬又任性的要求，會不會喜歡一個人這種事，哪能事先約定啊？」茜茜一臉不可置信地看著我。

「于誠答應我的事，就一定會做到，所以我對他很放心。」

「許珂恩，妳眞的很過分欸，尤其對于誠恩特別過分。」

我其實有點鴕鳥心態，不想聽茜茜說這些，好不容易我和于誠的相處才找到最合適的平衡點，難道就不能一直這樣下去嗎？男女之間不談愛情，就不能一直在一起嗎？

「珂恩，妳誠實回答我，妳眞的沒有喜歡上于誠恩嗎？」茜茜強迫我直視她的目光。

我嘆了一口氣，「跟林易成在一起前，我們也曾是很要好的朋友，只是我一開始就知道他對我有好感。現在回想起來，或許在交往前，才是我跟他之間最美好的時光吧，在一起之後，我就只能眼睜睜看著彼此的感情變質與轉淡。」我微微一笑，「愛情很脆弱，也很短暫，只有友情才能歷久彌新。只要我不喜歡上于誠，我們之間的情誼就永遠不會改變，永遠堅不可摧。」

「才不是呢！」茜茜十分不以爲然，「誰說友情就能夠永遠？何況，只有兩個人之間存在愛情，才能名正言順地要求對方做某些事。于誠恩現在自願給予妳的一切包容與配合，都超過了單純朋友間的界線，等到哪一天他喜歡上別人，對方將會擁有要求他的資格，像是要求他和妳保持應有的距離，而妳卻無法要求他繼續和妳保持妳想要的『友情』。」

我被她挑起了心底的不安，卻仍不想面對，「那就等那個人出現再說嘛。」

「齁，眞的勸不動妳欸！」茜茜恨恨地瞪我一眼，深覺我乃一塊朽木，不可雕也。

我試圖緩和氣氛：「妳不要生氣嘛，無論如何，目前都不是改變關係的好時機吧，比起定義我和于誠的關係，我更想考上和他位於同一座城市的大學。」

退一萬步來說，就算我跟于誠要有什麼發展，如果未來沒在同一座城市生活，那就根本沒有談論的必要了。

茜茜也覺得我說得有道理，便沒再繼續勸我，她話鋒一轉，「欸，許珂恩，妳是不是有點過分了？就想著跟于誠恩考上鄰近的大學，那我呢？妳見色忘友！」

我忍不住笑出來，「妳在吃于誠的醋嗎？」

「妳連上大學以後都想繼續跟于誠恩在一起，還不承認妳對他的感情超出友誼？」茜茜用手輕輕架住我的脖子，「我眞搞不懂妳欸！」

我以笑代答，沒有多作解釋。

自上次和于誠爭吵後，我就下了決定，我跟于誠之間的事不必向任何人解釋，也不需要別人的理解。

只要我們能一直是「我們」，就好了。

這陣子臨陣磨槍還是效果有限。

學測成績公布，我的數學成績也不過是從底標進步到了前標，N大畢竟是排名滿前面的國立大學，國英數都要頂標才行，因此我很快就決定放棄這次的申請機會，全心投入下一次考試。

至於于誠，也不知道是不是我整天讓他教我數學，耽誤了他的複習進度，他居然表現失常，成績未達平時應有的水準。

雖然還是能申請其他不錯的學校，但他鐵了心想上排名第一的C大外交系，所以他也和我一樣，得繼續再戰指考。

「是不是因爲我老是纏著你教我數學，你才會考砸啊？」我有點愧疚地問于誠。

「我考不好的是英文，關數學什麼事？」

他這個回答很沒道理，然而我沒戳破，「不然作爲回報，我可以教你英文喔！」

他笑了笑，「妳考上N大，就是對我最大的回報了。」

「那當然，離指考還有幾個月，這次一定沒問題。」我拍拍胸脯，「欸于誠，你該不會是爲了陪我繼續備考，才故意考不好吧？」

「妳又腦子進水？」

「你才腦子進水！」

無論如何，我很開心接下來準備指考的過程中，依然有于誠相伴。

在迎來指考之前，高中畢業典禮先一步到來。

畢業典禮象徵離別，不過我沒有太多不捨，畢竟我跟班上同學的關係沒有特別好。眞正讓我捨不得的只有茜茜和于誠，以後不能想見茜茜就直接去他們班找她，而我和于誠再也不會同班。

坐在隔壁座位和我一起上課的人，不再是他。

畢業典禮過後，我們再也不能理所當然地和同窗好友說出那句「明天見」，這讓我心中生出許多惆悵。

「喂，于誠恩，過來幫我們拍照。」茜茜來找我合照時，大聲使喚于誠當攝影師。

「妳被許珂恩帶壞了是嗎？跟我說話越來越不客氣。」于誠抱怨歸抱怨，還是接過了茜茜的手機。

「是啊，就想體驗一下珂恩欺負你的感覺。」

我開玩笑地捏了捏她的臉，「那不行，于誠只有我能欺負。」

她瞪了我一眼，眼底卻有著笑意，「妳趁今天說清楚好了，我跟于誠恩妳比較喜歡誰？」

「小孩子才做選擇，我兩個都要！」我一把抱住她，這個自始至終都不曾拋下我，也比誰都要理解我的摯友。

「妳們兩個還拍不拍？」于誠沒好氣地打斷我們的對話。

連續幫我們拍了無數張不同表情和角度的照片後，于誠總算快要受不了了，這時茜茜提議：「你們兩個要不要也拍幾張啊？本攝影大師親自操刀，保證好看！」

說完，她直接把我推向于誠，他下意識扶住腳步踉蹌的我，我們對視了一眼。

「拍啊！認識這麼久，我們還沒合照過呢。」我一口答應。

相較我的落落大方，于誠顯得有些尷尬。

「你們自然一點好不好？怎麼像是在拍證件照一樣。」茜茜不滿地指點我們的動作。

我伸出左手勾住于誠的右手臂，能感覺到他全身都僵住了。

「妳不要管他了啦，把我拍得好看點就好。」我笑著說。

就這樣，茜茜爲我們拍下了相識兩年多來的第一張合照。

照片中的我笑得很甜美，頭微微朝于誠靠去；他雖然看似面無表情，不過仔細觀察就能發現他嘴角微微上揚。

後來在茜茜的主導下，我們三個還一起拍了幾張自拍照。準確來說，是我和茜茜興沖沖地自拍，然後強迫于誠入鏡，因此每張照片裡的他，表情都很無奈。

他們是我對高中生涯唯一的留戀，能認識這樣無條件相信自己的朋友，眞的太好了。

茜茜拍完照就離開了，沒過多久，尤芷紜突然走到我面前，輕聲問：「我能和妳談一談嗎？」

自從那次她在體育課當眾誣陷我後，我和她就沒怎麼說過話。

她不像小惠那樣時不時會挑釁我一下，始終很稱職地扮演著柔弱無辜的受害者角色。

我瞇起眼睛，對她微微一笑：「怎麼？畢業典禮當天還要上演完結篇嗎？」

她搖搖頭，臉上沒有太多表情，「只是覺得今天之後，大概都不會再見面了，有些話不吐不快。」

我看不出她在打什麼主意，但反正事到如今，她應該做不出能傷害我的事了吧。

我跟著她一同走出教室，一路上誰也沒有開口，直至走到了一處僻靜的角落，她才停下腳步。

她一屁股坐在大樹下的長椅，我則站在差不多一公尺外，等著聽她到底想說什麼。

「我跟林易成分手了。」她低下頭，開門見山說。

我沒有特別訝異，我一直都覺得這是遲早的事，而且我早就不在意他們的事，也不在意林易成這個人了。

先前我曾經因爲想要報復，有段時間和林易成頻繁聯繫。然而在爲了小惠喜歡的男生而和于誠吵架後，不知道為什麼，我變得連回覆林易成的訊息都懶，已讀不回多次後，漸漸地，他也就放棄糾纏了。

「聽到這個消息，妳很高興吧？」尤芷紜抬起頭看我，像是在觀察我的表情。

「說實話，我並不在乎，我本來就覺得這件事遲早會發生，我比較訝異的是妳跟我說幹麼？」

就她的立場，她應該最不想讓我知道這個消息吧。

她居然輕笑了幾聲，「要是當初有聽進妳的忠告就好了，以謊言作為起點的感情，怎麼可能會幸福呢？」

我沒有回應她，而她也不需要我的回應，自顧自地繼續往下說。

「當時他跟我說了哪些甜言蜜語，讓我在得知自己是第三者後還繼續跟他在一起，這些妳應該沒興趣知道，我就不多說了。」尤芷紜語氣平淡，「其實，我和他這段感情時時刻刻都籠罩著妳的陰影，我一直都沒什麼安全感。妳長得這麼漂亮，又很自信耀眼，我完全想不通他為什麼有了妳，卻還跟我在一起。」

我好像能理解她說的這些，所以她在發現自己和我同班後，總是會避開與我視線相交，在我面前也是一副畏畏縮縮的樣子，原來全都是源於對自己的不自信。

「發現他還是會發訊息給妳時，我更不安了，我怕他後悔，怕他還是覺得妳比較好。我就想著要宣示主權，要打消妳跟他復合的念頭，後來的事妳也知道了。」

我當然知道，她找上了認為自己喜歡的人被我搶走的曉萍，聯手陷害我，給我安了一個惡毒的罪名。

尤芷紜臉上雖然依舊掛著微笑，看起來卻很憂傷，「我沒想到，親手種下結束戀情種子的人，竟然是我自己。後來妳之所以會搭理林易成，應該只是想報復我吧？」

我沒有躲避她的目光，也沒有回答，反正答案她已經知道了。

「他跟我說，他還是比較喜歡妳，還說很後悔跟我在一起。」她眼中閃著晶瑩的淚光，「他說要是沒有我，他跟妳就不會分手……反正當初我恐懼的那些事，統統都從他口中聽到了。」

林易成可眞是個爛人啊，自己怕寂寞尋求慰藉，還把責任都推到對方身上。

但這不代表我就覺得尤芷紜值得同情了，這一切本來就都是她自找的。

「我一直欠妳一句道歉，對不起，介入了妳的感情，還誣賴妳。」

我深吸了一口氣，才終於開口，「如果妳在期待我會很聖母地跟妳說沒關係，那就不用等了，因爲我並不覺得沒關係。不過妳的道歉，我會收下，就當是妳送的畢業禮物吧。」

這些種種對我而言都只是往事了，也早已不再重要。

我正想著這場談話是不是差不多可以到此結束了，尤芷紜卻突然又說：「妳知道嗎？當初其實是王曉萍主動來找我的。」

這句話，成功阻止了我打算離去的腳步。

「我沒別的意思，只是覺得應該要讓妳知道這件事。」她聳了聳肩，定定地直視著我，「一開始我很訝異，妳們這麼要好，她居然會背叛妳，不過後來我就理解了。許珂恩，妳會讓周遭的人都變得黯淡無光。妳太耀眼了，在妳身邊的人會越來越痛苦。」

我不知道她這麼說是不是想用曉萍來傷害我，不過她可能不知道，那種事早就沒辦法傷害到我了。

「理解？理解個屁！妳們喜歡一起抱團取暖，我懶得管，但是少把責任推卸到別人身上。對自己沒自信，那就尋找能讓自己發光的方法啊。」我雙手抱胸，睥睨著她，「妳們以爲當許珂恩就很好嗎？妳們的抹黑計畫之所以能成功，是因爲我的長相給了大家先入爲主的印象，覺得我長這個樣子就是會介入別人的感情，妳覺得這對我來說公平嗎？」

每個人都有自己的難處，然而這些都不是傷害別人的理由，可憐的人多得是，我也覺得自己很可憐啊。

明明被劈腿的人是我，卻得背負著「勾引有女友的前男友」的罪名，連跟異性好友走得近都會被當成茶餘飯後的八卦話題，這樣還不夠可憐嗎？

「算了，我不想跟妳們這種人說太多，反正也說不通，妳們就繼續認爲自己最慘最可憐吧，祝妳們抱團取暖開心。」

說完，我大步離去，連看都懶得看她一眼。

爲了背叛自己的人而感到受傷，一點都不值得。

不管有沒有尤芷紜，曉萍終究都會背叛我。

這樣想想我還得謝謝尤芷紜呢！幫我擺脫渣男，還幫我過濾掉心態有問題的朋友。

一回到教室，于誠馬上拉著我靠到牆邊說話，詢問尤芷紜爲什麼找我。

「擔心我啊？那你怎麼沒跟過來保護我。」我故意開玩笑。

「我比較擔心妳把她打趴，還在考慮要不要去勸勸架。」他輕描淡寫地回嘴，氣得我瞪了他好幾眼。

我注意到同學們在交換簽畢業紀念冊，隨口問：「對了，于誠，你怎麼沒給我簽畢業紀念冊啊？」

「我們不是還會見面嗎？簽那個幹麼。」

我原本想吐槽他眞沒情調，但轉念一想，他這麼說不就代表，他打從心底不覺得我們會分開，所以不需要在紀念冊上寫臨別贈語什麼的嗎？

想到這，我笑咪咪地對他說：「你是不是捨不得跟我分開啊？」

「……那妳還是簽一下吧？」

嘖。

「于誠，你會捨不得嗎？」

「妳說畢業嗎？」儘管我問得沒頭沒腦，于誠還是能懂我的意思。

「對啊，我知道你當然很捨不得我，所以不是問這個。」

他不理我。

我自顧自地輕聲說：「老實說，我不會捨不得畢業，高二、高三這兩年沒爲我留下太多開心的回憶，而唯一讓我覺得開心的那個人，在畢業後也還會在我身邊，既然如此，有什麼好捨不得畢業的？」

他看著我，久久沒有開口，我也盯著他，看他打算怎麼回話。

結果他什麼也沒說，只是突然揉了揉我的頭髮。

「噢！頭髮都被你弄亂了啦，我早上整理很久耶。」我抓住他放在我頭頂的手。

「妳要認眞準備考試啊。」

這次是他說了一句沒頭沒腦的話，而我好像也能理解他的意思。

只有認眞備考，而後一起考上位於同一座城市的學校，我們才有辦法繼續陪在彼此身邊啊。

我輕輕拉了拉他的手，「當然，我們不是打勾勾了嗎？」

我們相視而笑，一如在月台上初識的那天。

那一天能認識你，眞好。

離開學校前，我特地走到曉萍面前，她明顯愣住了。

我向她露出一抹笑容：「曉萍，畢業快樂，珍重再見！」

其實我原本打算說完就走，但她在我轉身之前，先一步別過頭。

我看見一滴眼淚從她臉頰滑落。

不知道在我們決裂之後，她是否有過那麼一瞬間，因爲背叛我而感到後悔？

如果有，那不枉我曾把她當作最重要的朋友；如果沒有，也沒關係。

對她，我問心無愧。

過了這一天，她也會像其他同學之於我一樣，日漸成爲平行線，不再有交集。

與他們有關的所有喜怒哀樂，都會如同這身制服，一起被放進回憶的抽屜。

最終，我們都會長大。

✦

備考期間，天天都只覺得壓力山大與萬分疲憊，我甚至不清楚自己是怎麼熬過來的，回過神時，才發現早已不知不覺越過了萬水千山。

我的努力終究沒有白費，高三最後那段沒日沒夜苦讀的日子終究帶來了回報，成績一出來我就確定自己能考上心中的第一志願——N大英文系。

填志願時，我先把N大英文系放在第一個，接著把幾間學校的英文系、外文系也放了進去，當作保底，其中也包括了C大外文系。

我突然想起了于誠。

出成績時，我問他考得怎麼樣，他只是很簡略地回答還不錯。

很于誠式的回答，意思就是能去他想去的學校，C大外交系已經是囊中之物。

儘管N大和C大相距不遠，但畢竟還是不同學校，會不會就像他說的那樣，我們各自進入了新的環境、認識了新的人、有了新的朋友圈，最終，我們仍會漸行漸遠。

想到這裡，我忍不住做了一個任性的決定。

或者該說，在腦袋理性分析利弊之前，我的手已經擅作主張將C大外文系的排序，放到N大英文系前面了。

我不知道之後我會不會後悔，也不知道這麼做，是不是真的能阻止我和于誠漸行漸遠。

我只知道，我想這麼做，而且于誠值得我這麼做。

我不敢跟于誠提起這個決定，怕他罵我衝動，但我很好奇，當于誠發現我們念同一所大學時，他臉上會是什麼樣的表情？

是欣喜？還是故作淡定掩飾自己的害羞？

在分發結果公布前，我約于誠在冰品店碰面。

我才剛點好抹茶紅豆冰沙和芒果綿綿冰，于誠就到了。

「我已經點好了。」

「妳知道我想點什麼？」他挑了挑眉。

「不知道。」我老實回答，「我點了兩種我想吃的，因爲我選不出來。」

于誠無語，「我應該謝謝妳幫我做決定嗎？」

「不客氣。」看著他無奈卻從不會制止我的樣子，我開心地彎了彎嘴角。

冰品送上來時，于誠不動聲色地等候我執行漫長的拍照流程，甚至能準確地在我差不多拍好時，主動伸手接過我的手機，替我和冰品合照。

他每個角度拍了幾張，確保我可以從中挑選出一張滿意的，不會抱怨他的拍照技術。

「冰沙都要融化了，搞不懂妳們女生怎麼這麼愛拍吃的。」他一邊碎碎念，一邊確認我都拍好了，才拿起湯匙開始吃冰。

「于誠，你差不多可以獲頒好男友獎狀了。」我笑著說。

沒想到這句話卻讓他的手一抖，湯匙上的冰沙垂直掉落在桌面上。

「知道要等女生先拍食物，還知道要幫女生拍網美照，這很加分呢！我教得可眞好。」

我並沒有在意他的異樣，繼續說下去。

他輕咳了兩聲，「妳其實就是想誇一下自己吧？」

「你怎麼知道？哈哈哈。」

這是考完指考後，我們第一次見面。

炎炎夏日，我整天只想躺在房間裡耍廢，徹底放空使用過度的大腦，完全不想在大熱天出門曬太陽。不過此刻和于誠這樣一起邊吃冰邊閒聊，快樂指數倒是不亞於待在家裡吹冷氣追劇。

「于誠。」

「嗯？」

「你說，要是以後我的身邊沒有你，誰還會讓我點兩種我想吃的東西，再跟我一起吃啊？」

他低下頭漫不經心地說：「這種事又沒什麼難的。」

「可是只有你會這樣讓我欺負啊。」

他沉默了幾秒，突然換了個話題，「妳不是考得不錯嗎？應該能上N大吧？」

「可以啊，其他排名前面的英文系或是外文系，應該也都沒什麼問題。」

聽到我這麼說，他才抬起頭看我，似乎想說什麼。

我等了一會，他卻什麼都沒說，因此我決定先告訴他，我爲他做了什麼事。

「跟你說一件事，我準備送你一個生日禮物。」

「我生日已經過了。」

可憐的于誠，生日和考試過於接近，想必當時根本沒心情過生日。

「我不是還沒送你禮物嗎？現在補送呀。」

他一臉狐疑，等著看我葫蘆裡在賣什麼藥。

「爲了你，我把C大外文系放到了第一志願！」我興奮地開口，「這樣我們以後就能同校了！」

出乎我意料的是，他眼裡只有驚訝，並沒有驚喜，而且臉色頓時刷白。

我開始有點不安，爲什麼他看起來一點都不開心？難道他已經受夠我了，根本不想再跟我同校嗎？

「于誠？」我有些怯懦地問他，「你不開心嗎？」

這種時候他還不如罵罵我，說我不該這麼衝動改志願序之類的，也好過讓我胡亂猜測他的想法。

「我……」他皺著眉，像是有點懊惱，「我也把N大外交系放在第一志願了。」

這下換我震驚了。

剛剛他之所以會出現那樣的反應，是因爲他也換了志願順序。

我們兩個在沒商量過的情況下，爲對方做了一模一樣的事。

原來，我們想的是一樣的。

我想跟他上同一所大學，而他也有同樣的想法。

比起就讀第一志願，我們都更想跟對方念同一所學校。

我憋不住臉上的笑意，笑瞇了眼，這樣的巧合眞的是太好笑了。

于誠原本有點不好意思，但看我笑個不停，也笑了出來。

「齁，你幹麼不先跟我說啦？」我雖然語帶埋怨，不過心裡其實充滿喜悅。

「妳自己還不是沒先說。」

「那現在怎麼辦？」

要是我們就這樣分別去了對方原本想念的學校，這樣不是更搞笑了嗎？

「不能怎麼辦啊，等分發結果吧。」

「我們還有機會被分到同一所大學嗎？」我開始擔心了，早知道應該先問過他再行動。

「不曉得，但我希望有。」于誠第一次坦率地將內心的想法說出口。

「我也是。」

于誠不知道，為此我後來祈禱了多少次，希望上帝能讓我們如願。

比起N大英文系，于誠就讀的那所大學，才是我心中眞正的第一志願。

因爲，有于誠在的地方，才是我最想去到的地方。

可能是我的祈禱應驗，也可能是分數加權算法改變，又或許是今年C大外文系莫名熱門，最終，我還是被分發進了我原先的第一志願，也就是被我放在第二順位的N大英文系。

看來于誠是眞的考得很好，他錄取了塡在第一順位的N大外交系，也就是他爲我而改的志願。

我覺得有點委屈他，雖然N大也很不錯，然而單論外交系還是C大更有名些，而他的分數完全可以上C大外交系。

不過，我內心深處還是很高興，高興我們能繼續同校，也高興他同樣重視我們的友情。這就代表在他心裡，我占據了一個很重要的位置，重要到他願意爲此放棄本來想去的地方。

只是，我還是不由得會擔心，萬一他後悔了怎麼辦？

「于誠，你會不會後悔把志願改成N大啊？」

他看了我一眼，「我很少做會讓自己後悔的事。」

「可是——」

「妳不也改了志願嗎?我又不虧。」他笑了笑，摸摸我的頭。

他最近怎麼好像特別喜歡對我做這個動作?雖然我不討厭就是了。

我被他的笑容感染，便放寬了心，「那你以後也都不准後悔喔。」

「要打勾勾嗎?」

「才不要。」

✦

茜茜考上的學校距離N大約需兩個多小時車程，以後見面勢必不像以前一樣方便了，雖然很捨不得她，可這也是沒辦法的事。

由於不喜歡跟別人共用房間，暑假我便先在學校附近租好了房子，還把于誠拐來當搬運工兼整理工。

我曾經問他要不要跟我合租一層公寓，他理都不理我，直接選擇住宿舍。

開學之後，儘管我們兩個都忙著適應大學生活和參加系上活動，依然會不時抽出時間一起吃飯，有時候去餐廳吃，有時候外帶或是叫外送到我家吃。

我很慶幸上大學後我們還能同校，雖然不能像高中那樣天天見面，至少生活圈不會離得太遠，也就不那麼容易漸行漸遠了吧?

但願如此。

這一天，當我走到下一堂課的教室時，裡面竟空無一人。

「上課地點好像換到隔壁棟的三〇二教室了。」有人突然在我身後發話。

「謝——」我回過頭，正想向對方道謝，卻發現那人居然是小惠。

眞的是冤家路窄。

其實我在新生訓練時就曾見到她了，只是我們都有默契地裝作不認識。

她居然也選念英文系，而且考上了N大，這到底是什麼樣的孽緣啊？

小惠有點困窘，指了指教室門上貼著的公告，「好像是臨時換的。」

「妳也修這門課？」我神色自然地問了一句。

「嗯。」

然後我們就無話可說了，沉默地一同走向正確的教室。

沿路的尷尬氣氛，讓我幾度萌生索性直接蹺課的念頭。

不過，小惠爲什麼要提醒我換教室？以前高中時，她跟我幾乎是水火不容……

「妳不是很討厭我嗎？怎麼突然就有了同學愛？」我狐疑地開口。

「不管怎麼說，都是同學，還是高中校友。」她看起來更不自在了，支支吾吾，「而且……我是說，嗯，其實呢……」

我受不了，停下腳步看著她，「妳想說什麼就直說啊，拿出過去對我冷嘲熱諷的氣勢，幹麼這樣吞吞吐吐？」

「我是想跟妳說對不起啦！」她像是被我氣急了，一鼓作氣地喊了出來。

空氣瞬間就安靜了。

我沒想到她會跟我道歉，這下換我不自在了，「妳是想在大學塑造新形象，所以過來堵我的嘴？」

「才不是。」她沒好氣地說，「我當初是眞的以爲，妳就是那種愛跟前男友藕斷絲連的渣女，最爛的那種壞女人。直到畢業後，芷紜才跟我們坦承，她才是破壞你們感情的小三，曉萍那天出來指證妳，也是她們兩個事先串通好的。」

我很訝異當初小惠居然毫不知情，只是單純盲挺朋友，但令我更訝異的是，尤芷紜居然會跟她們說眞話。

「我之所以會這麼相信她們的說詞，也是因爲我一開始就對妳懷有偏見。」小惠沒有看我，自顧自地說，「妳也知道，我很喜歡那個男生，他爲了妳而痛罵我一頓，我眞的很傷心，畢竟是喜歡了好久的人，不過我也因此清醒過來了。妳隨便挑撥一下，他就全都信了，只能說明在他眼裡我什麼也不是，他也不値得我喜歡。

「後來仔細想想，喜歡的人不喜歡自己，我卻全怪罪於妳，確實是太幼稚又太中二了。」小惠彆扭地朝我看來，「對不起，以前對妳做過的那些事，我很抱歉。」

「妳這麼坦率向我道歉，我實在不是很習慣，小……對了，妳全名叫什麼啊？」

她翻了一個大大的白眼，「雖然我心裡對妳有愧，但發現妳根本不記得我的名字，讓我有點想扁妳。」

「我們又不熟，也互相討厭，不記得對方的名字不是很正常嗎？」我忍不住笑了，我從未想過我和她會有這麼心平氣和談話的一刻。

「我叫李顏惠。」她瞪了我一眼，「我記得妳的名字好嗎？」

「那可能是妳比較愛我吧。」她的樣子看起來很有趣，讓我心情滿好的。

「愛個屁！」李顏惠說完就逕自往前走。

我並不認爲她的道歉能輕易撫平過去我所受到的傷害，更遑論獲得我的原諒，可她的道歉確實在我心底激起了漣漪。

不是所有的對不起都能換得一句沒關係，我也還沒有覺得沒關係。

可是，我仍然認可李顏惠今天的舉動，畢竟認錯和道歉都需要很大的勇氣。她能有這樣的勇氣，我還是很佩服的。

或許有一天我能對這件事釋懷，就算不能也沒關係，她道歉了，我收到了，這至少是個好的開端。

無論是她還是我，都會在歲月中慢慢成長。

我和李顏惠也算是某種程度上的冰釋前嫌了。

儘管過去她經常針對我各種挑釁，然而我從來不會乖乖任憑她欺負，我會回嘴、會反擊，充其量不過是幼稚的口角之爭罷了，不至於在我心中造成難以抹滅的傷害，眞正讓我受傷的是曉萍的背叛。

既然她已經主動道歉，我也不會一直耿耿於懷。

況且比起其他新同學，我們之間確實多了一份熟悉，因此不知不覺越來越常在上課時坐在對方隔壁，甚至還會幫對方占位子。

我懷疑李顏惠是個傲嬌，才會老是說我很欠揍，卻又在需要分組時，彆彆扭扭地過來找我一起。

「妳是不是嘴巴說討厭我，心裡其實愛我愛得不得了啊？不過妳應該不會承認，因爲妳就是傲嬌。」我擅自下了結論。

「妳這樣是要我怎麼否認？怎麼回答都不對，根本是陷阱題好嗎？」她被我氣得都快爆青筋了。

「所以妳不用否認啊，反正我沒有要聽。」她越是暴躁，我就越是享受這種讓她啞口無言的時刻。

從她那天遞出歉意爲契機，我們就這樣一邊嫌棄對方，一邊開始當朋友，雖然誰都不想承認。

✦

于誠他們系上的迎新活動很神奇，明明是歡迎大一新生，卻要他們負責表演，而且還強制參加，說是這樣能讓他們更快熟悉彼此。

于誠被分派到負責演戲的組別，他爲此很頭痛。

我有點好奇于誠演戲是什麼樣子，就選了某個他要排練的傍晚，買了一杯他喜歡喝的烏龍綠茶加珍珠，準備前去排練地點突襲。

遠遠便能瞧見在穿堂附近排練的人群，我很快在那之中找到了于誠。

我還沒決定好是要傳訊息跟他說我跑來偷看，還是要直接大叫他的名字，給他一個驚喜……突然有個男生從我後方出聲，嚇了我一跳。

「同學，妳要找誰嗎？要不要我幫妳叫他？」

我回過頭，注意到那個男生在看清我的面容後，眼底浮現一絲訝異。

「沒關係，我自己去找他。」我搖頭婉拒，再度望向排練的人群，確認目前他們並不忙碌後，便徑直走向于誠。

我還沒走到他面前，就有其他人發現了我，于誠這才跟著注意到我，立刻快步朝我走來。

「妳怎麼來了？」

我莞爾一笑，將手上的飲料遞給他，「來探班呀。」

他臉上也漾起淡淡的笑意，「怎麼不先說一聲？」

「說了就不叫突襲了，而且我想偷偷觀察你有沒有藉機把妹啊。」

「胡說八道什麼啊。」

這時，剛剛叫住我的男生走了過來，自然地加入我們的對話：「原來許珂恩是來找你的喔？于誠恩你深藏不露啊！」

于誠白了他一眼，「別鬧了。」

「你認識我嗎？」聽到他準確地說出自己的名字，我有點好奇。

「我知道妳，這樣算認識嗎？」他爽朗地笑了，「傳說中的英文系大一女神，許珂恩，應該不少人都知道啊。」

我一怔，這是什麼時候冒出來的頭銜？

「說實話，妳本人確實比照片還好看，于誠恩你頂多算班草，可能要再努力一點。」他感覺跟于誠滿熟的，已經能隨意調侃他了。

「當然。」我毫不客氣接下他的誇獎，「不過，于誠恩真的是班草嗎？他沒說過他這麼受歡迎欸。」

那個男生彷彿被我完全不掩飾的自信給逗笑，「聽說班上女生對他印象都滿好的，這樣算拈花惹草嗎？妳可能要帶回去教訓一下。」

「嚴佑銘，你再亂講啊。」于誠一邊用手勾住他的脖子，一邊對我說，「那妳現在要幹麼？」

這人是不是怕再說下去，他朋友會繼續爆他的料啊？

「我等你練習結束啊。」我笑著說。

「我不曉得要練習到幾點，別等了。」

嘖，他是不是真的想偷把妹，才要把我趕走。

我努努嘴，任性地說：「那你騎車載我回家，我今天不想走路。」

其實我家離學校也就走路十分鐘的距離吧。

沒想到于誠沒有拒絕，轉頭跟那個叫嚴佑銘的男生說：「我先送她回去，幫我跟班長說我有事離開十五分鐘，等等就回來。」

嚴佑銘聳聳肩，「哪用我說？大家都看到了，你就去吧。」

我和于誠同時回頭，正好捕捉到不少人好奇的目光。

于誠很明顯地嘆了一口氣，「走吧。」

說完，他順手揉了揉我的頭髮，率先邁步。

我勾起滿意的微笑，跟上他的腳步，也順手勾住他的左臂，「你這樣中途跑掉不會被他們罵嗎？」

「被罵不也是妳害的嗎？」

他怎麼這麼笨？會被罵就拒絕我啊。

不過，我就喜歡看他就算無奈，也總是會以我爲優先的樣子。

在那之後，我又去探過幾次班，反正我自己一個人也很無聊。得到同組同學的默許後，于誠便不再趕我回去，放任我在旁邊等他練習結束，再一起去吃晚餐。

也因爲如此，我認識了于誠在班上的好朋友，綽號叫做大佑的嚴佑銘。

于誠是戲劇組，大佑則是舞蹈組，兩組人馬練習的場地就在隔壁。

一般來說，我跟于誠的朋友通常都只是點頭之交，不過大佑滿有趣的，很常主動向我通風報信于誠的事，久了我們漸漸會聊上幾句。

這一天，我又跑去找于誠，大佑一看到我就來了一句：「于誠恩，你的女朋友又來盯梢囉。」

我愣了一下，「才不是女朋友呢。」

「啊？不是女朋友那是？」

伴隨著大佑的不解，我注意到周圍有好一些人朝這邊看了過來。

我看向于誠，他沒有說話，像是把解釋權交給我。

「我們是好朋友啊，從高中時就是了。」

沒想到上了大學依然會需要向別人解釋我和于誠的關係，總感覺久違了。

本來以為又會被問東問西，沒想到大佑卻只說：「是喔。」

咦？這個反應倒是出乎意料。

大佑像是看出我在想什麼，又說：「我們系上的人都以為你們是情侶。」

不意外，不過我從來就不想花力氣向無關緊要的人解釋太多。

「可能是我們看起來很般配吧。」我笑著打圓場，並側過頭看向于誠，「對吧？」

于誠臉上原本沒什麼表情，對上我的視線後，他露出淡淡的微笑。

「是啊。」他說。

不知道是不是我自己也笑得很勉強的關係，我竟然在他的笑容中發現了一絲落寞。

我寧願他不要這麼對我笑。

第五章

自那以後，彷彿有些事情悄悄變了，又好像一切都沒有變。

我大大降低了去看于誠排練的頻率，因爲他說接下來學長姊會到現場，外系的人在場不太合適，我也就順勢接受了他這個怎麼聽都很合理的說法。

我並非感覺不出他似乎在躲著我，畢竟那天後來的氣氛明顯變得尷尬，大佑還努力換過別的話題，試圖給我們台階下。

這種類似的疑問早就不是第一次出現了，我始終對外宣稱自己和于誠是好朋友，也始終這麼告訴自己。

只是，在上了大學之後，這樣的說法似乎突然有點變味了。

我說不上來到底哪裡不一樣了，卻能敏銳地察覺到，有什麼正在改變。可是我卻呆若木雞地站在原處，等待著變化的形成。

我主動向于誠表示想旁觀他們系上的迎新活動，也不管自己這麼一個外人出現在那樣的場合會不會很奇怪。

活動開始前我就抵達了現場，在外面徘徊了一陣都沒看到于誠，只見到幾個他系上的同學，他們似乎猶豫著該不該主動跟我說話。

難道我看起來很凶嗎？

這時，大佑看到我了，我朝他打了個招呼，他便笑著走過來，「要幫妳叫于誠恩嗎？」

「不……」我只是剛好來得比較早，並不想打擾他們的事前準備。

我還沒來得及說完，大佑便快步走向門口，朝會場裡面大喊：「于誠恩，你家許珂恩來了。」

我頓時有點尷尬。

雖然大佑不像上次是叫女朋友了，但「你家」這個所有格，聽起來好像還是怪怪的。

過不到一分鐘，于誠便出現了，「妳怎麼來得這麼早？」

「剛剛下課，我想說回家一趟有點麻煩，就直接過來了。」我對他微笑，他的表情卻顯得有些淡漠。

我們有多久沒見了？應該沒有很久才對，可感覺上像是過了很久，久到他居然會令我感到幾分陌生。

「那妳等一下吧，距離表定開始時間還要再半個小時。」

「好。」是我的錯覺嗎？總覺得于誠在迴避我的視線。

「我得先過去了，還有事情要忙。」說完，他準備轉身離開，我下意識拉住他的衣角，他微微一僵，低頭看向我的手，「怎麼了？」

「我……」我想說些什麼，卻又不知道要說什麼，只好鬆開手，輕聲說：「沒事，你回去吧，表演加油喔。」

他沉默了幾秒，我盼望他能說些什麼，最終，我只得到了一聲「好」。

後來我沒有留下來看表演，于誠離開之後我就走了。

于誠沒有對我笑，那我留下來又有什麼意義？

我不知道于誠有沒有發現我沒留下來，他也沒有問我。

這一次，我史無前例地感到茫然無措。

先前高中時我們的爭吵，我至少還能猜到原因，還知道要怎麼去道歉、跟他和好，但現在我是眞的很不知所措，甚至不知道事情爲什麼會變成這個樣子。

我們完全沒有吵架，于誠看起來也沒有生氣，然而他現在卻變得十分冷淡，甚至讓我感覺他在疏遠我。

如果道歉就能和好的話，我不介意當道歉的那個人，反正多半也都是我惹他生氣，偏偏這次不一樣，我根本不曉得自己該爲什麼事道歉。

這段期間，我還收到大佑傳來的訊息，他跟我爆料于誠居然去參加了聯誼。

「妳跟于誠恩……怎麼了嗎？」

他問得很小心翼翼，可這種說法就好像于誠去參加聯誼是因爲我。

我自己都不清楚我們到底是怎麼了好嗎？

我很想無所謂地說，于誠參加聯誼不關我的事，又不是我叫他去的，而且他也沒跟我提過。

但事實上，我非常在意他爲什麼要疏遠我。

如果他去參加聯誼是想要談戀愛，有必要爲此疏遠我嗎？

越想我越是不悅，而我也不想就這樣順了他的意，就此莫名其妙地漸行漸遠。

於是，在確認過于誠的課表後，我挑了一個他很明顯沒事的晚上，叫他幫我買晚餐並送來我家。

有一瞬間，我不禁問自己，爲什麼我這麼有底氣，即使感受到了于誠的疏遠，卻依然有自信他看到我如此任性的訊息也不會拒絕我？

但下一秒，焦躁感頓時湧上，讓我下意識逃避，不去深究這個問題。

電鈴響起，證實了我的自信其來有自，我立刻滿意地把剛剛的焦躁拋到九霄雲外。

打開門，只見于誠提著一袋香味四溢的食物，站在我家門前。

我一把將他拉進我家，自顧自地說：「陪我吃飯。」

幸好他沒有拒絕我，而是如往常那樣順著我，默默坐在他平常坐的位子上。

我把裝著食物的袋子推到一旁，拉開他左手邊的椅子坐下，直勾勾地盯著他的雙眼，不容許他逃避，直接進入正題。

「于誠，你在躲我嗎？」

他迴避我的視線，「沒有啊。」

「我總覺得你最近在疏遠我。」

「沒有，妳想多了，我就只是課業和活動都比較忙而已。」

「那你爲什麼不看著我的眼睛說話？」我固執地追問，「如果我做錯什麼事，惹你生氣了，你可以直接跟我說啊，這樣冷處理算什麼啊？」

他總算看向我，不再否認，也沒有承認。

「所以，你眞的在生氣嗎？」我輕聲問。

于誠沒有回答，先是抹了抹臉，接著側臉枕著右手趴在桌上，然後他伸出另一隻手，輕輕握住了我的幾縷長髮。

他的視線落在他手上那束我的髮絲，我不知道他究竟在想什麼，只知道他看起來似乎很苦惱。

過了好一會，他重重地嘆了一口氣，「我該拿妳怎麼辦啊？」

我不知道如何形容此時的感受，也跟著趴了下來，把臉面向他。

我們定定地注視著彼此良久，一語不發。

「其實，我也不知道怎麼辦耶。」我伸出右手，輕撫他的臉頰，「我都不敢想像，要是沒有你，我該怎麼辦。」

于誠笑了，有點無奈，也有點好氣又好笑。

他的左手輕輕覆上了我撫在他臉上的手，「許珂恩，也就只有妳能對我過分得這麼理直氣壯了。」

我們之間的距離，似乎從來不曾這麼靠近過，卻也從來不曾這麼遙遠過。

那晚過後，于誠不再刻意疏遠我、躲著我，可是他開始把時間都投入在系上的活動，也因此理所當然變得更爲忙碌，一週頂多只能跟我見一次面。

我在想，這是不是他與我拉開距離的另一種方式，但不管是平時傳訊息聊天的頻率，還是見面時互動的氛圍，又都還是一如往常。

就算我再怎麼任性，也知道自己沒什麼好抱怨的。

我和于誠不再是同班同學了，他有他的生活，我也應該要有我的，只要部分生活圈還能重疊，我們都還持續聯繫，這樣就該知足了。

雖然這道理我都懂，偶爾我還是會感到悶悶不樂。

對此，李顏惠表示：「妳就是太閒了，除了于誠恩以外，妳根本沒有其他的社交圈，當然會把重心都放在他身上。」

我覺得她說得很有道理，就像自從與她日漸熟稔之後，我便鮮少主動再去認識其他同學。可能是因爲過往有過許多不太愉快的交友經驗，導致我總是喜歡窩在安全的舒適圈內，只和少數幾個朋友往來。

不過這一次，我想要改變。

我好不容易努力考上喜歡的大學，確實不該只縮在自己小小的世界裡，更不該讓自己對于誠的依賴，成爲阻止他擴展交際圈的理由。

於是我就跟李顏惠一起去參加社團。

她參加的是國際事務交流社，簡稱國際社，活動內容包括接待外賓、照顧外籍生等等，對於我們英文系的學生來說，正好可以強迫自己練習英文口語。

我也是因爲加入了這個社團而認識了楊禹翔。

楊禹翔是企管系大三的學長，同時也是國際社的靈魂人物，雖然他並非社長，但所有社員都非常信賴他，社團中的各個活動都能見到他的身影。

我還記得第一次跟李顏惠去參觀社團的時候，就是楊禹翔爲我們做介紹。

他滔滔不絕說了半天，什麼參加國際社就是站上國際舞台前的預演，還能擴展自己的世界觀……口才好得讓我覺得他不去做直銷眞的可惜了。

「有什麼問題嗎？」他突然停下來看著我，「妳的眼神感覺饒富深意。」

我愣了一下，很快勾起嘴角，「沒有，我只是覺得學長你馬上就要跟我們說：先別說這個了，你們有聽過某某品牌嗎？」

他輕笑出聲，「我可以理解爲這是在誇我口才好嗎？」

「口才不好，怎麼做直銷？」

因爲是單眼皮的關係，楊禹翔笑起來的時候眼睛會瞇成一條線，幾乎快看不見他的眼睛了。

「學妹，妳滿適合加入我們的社團，很有幽默感。」

「你是第一個這麼覺得的人。」我聳聳肩。

「是嗎？那妳身邊的人太沒有眼光了。」他將雙手插進口袋，這種耍帥般的動作他做起來非常自然，「學妹，妳叫什麼名字啊？」

這時我才認眞觀察起他的外型，嗯，是我喜歡的韓系歐爸長相，髮型和穿搭風格也都走韓風路線，儘管他不屬於第一眼帥哥，但放在人群裡也絕對很突出。

「我叫許珂恩。」

「那，珂恩，妳願意讓我推銷國際社給妳嗎？」他莞爾一笑。

他這麼叫我，讓我有些不適應，手臂不禁起了一點雞皮疙瘩，不過不至於感到討厭。

好久沒有男生這樣叫我了，上一個還是前前男友林易成吧，而于誠一直都是連名帶姓叫我。

「許珂恩，妳剛剛是在放電嗎？」一走出國際社，李顏惠就調侃我。

我不解地看向她，「放什麼電？」

「妳方才可以說是電力十足耶，我從來沒看過妳對哪個剛認識的男生這麼笑過。」

「那不是因爲我也沒認識多少男生嗎？」

「于誠恩看到估計要吃醋了，還要擔心妳會不會被那個學長拐跑。」

她眞的很愛說這種話，不管我糾正了多少次，她依然故我。

「吃醋妳個頭，于誠才沒空理我呢，他現在都在忙系上的活動。」

「所以妳才紅杏出牆嗎？」

「李顏惠！」我瞪了她一眼，示意她適可而止。

她現在已經很懂得看我的臉色了，儘管她會使勁地揶揄我，但在快要踩到我的底線之前，她明白該及時收手。

「妳馬上就拿了入社申請書，是因爲煞到那個學長嗎？」她自然地岔開話題。

「才不是。」這人怎麼這麼關注我的感情生活啊？我耐心地解釋，「我只是覺得他的說法有點吸引我，而且他不是說他去世界各地自助旅行過好幾次嗎？我很佩服他這種勇於冒險的勇氣。」

因爲這正是我所缺乏的。

如果有機會，我也想嘗試跨出舒適圈，離開自己的小世界，去看看外面不一樣的風景。

而參加國際社就是一個契機，讓我得以多跟不同的人交流，或許我能因此有所成長。

更重要的是，能藉此轉移我對于誠的依賴。

要是也能讓我不再因于誠缺席我的生活而感到無聊，甚至是寂寞，那就更好了。

✦

一直到大一下學期，我和于誠相識後的第三個春天，我們之間的僵局才漸漸被打破。

然而，僵局被打破之後，會帶來什麼樣的改變，卻不是我所能掌控的。

讓我眞正察覺到變化的那一天，起因是于誠很難得邀請我加入他和朋友們的聚餐。

在他大學的朋友中，我只和他的好朋友大佑算得上熟稔，其他幾人都還停留在頂多知曉對方是誰的階段。再加上于誠知道我沒有很喜歡一大群人的聚會，所以他很少問我要不要參加。

我其實是喜歡跟他的朋友聚餐的，這讓我感覺我們之間還能保留一部分社交上的交集。也喜歡于誠總會在我開始胡思亂想我們之間是不是有點疏遠時，發出恰到好處的邀請，讓我有機會參與他的生活。

「大佑說這次要帶他女朋友來聚餐，希望妳也能出席。」于誠給出很官方的邀約理由，「他說有女生在，他女朋友比較不尷尬，同時也想介紹妳們兩個認識。」

印象中大佑和他女朋友是高中社團同學，以前在一起過，後來分手了，大佑一路追著人家到大學，沒想到最後還眞的成功追回來了。

「那你呢？一直大佑、大佑的，好像邀我的只有他，你不想我去嗎？」我故意問于誠。

「沒有啊，我只是怕妳不喜歡人多的場合。」

「我的確沒有特別喜歡啊，但有你在我就不排斥。」

他突然看著我，眼眸中湧上複雜的情緒，「許珂恩，妳……」

「啊？」不知道爲什麼，我居然有點害怕聽到他接下來要講的話。

「算了。」他打住了話，我也因爲膽怯而不敢追問。

我常常在想，我們之間所有的差一點和可惜，到底是因爲那些你總說不出口的話，還是因爲我的不夠勇敢。

如果知道裝傻的代價，可能是錯過彼此，那我們會後悔嗎？

聚餐當天，我總算見到了大佑的女朋友小暮。

大佑介紹我們認識時，還向我告狀：「之前于誠恩聯誼抽到的學伴就是小暮，雖然當時我有點小不爽，不過又覺得幸好是他。」

「什麼叫幸好是我？」于誠皺眉。

「因爲你已經有許珂恩啦，我至少不用擔心你會變情敵。」

他這話一說出口，我跟于誠下意識對看了一眼，氣氛變得略微尷尬。

然而這份尷尬很快就被小暮的抗議給打斷，「你有什麼好不爽的？你自己還不是去參加聯誼。」

「那是因爲聯誼對象是你們班啊。」

「那你抽到的學伴呢？」

「早就沒聯絡了。」

「意思是一開始有聯絡囉?」

他們兩人你一言我一句,把我和于誠晾在一旁,我用只有他聽得見的音量輕聲問:「于誠,你之前爲什麼去參加聯誼啊?」

他沒有迴避這個問題,「或許是想轉移注意力吧。」

「轉移什麼注意力?」

他還沒來得及回答,一個女生朝我們這桌走了過來。

那個女生長得很漂亮,是連我都覺得眼前一亮的好看,而且很有氣質,整個人就如同一幅淡彩畫般優雅。

「是我找夏夏過來的。」一個外交系的女同學說,「反正大家也都認識,應該沒關係吧?」

大家都認識?可是我沒看過她啊,她不是外交系的吧?

「當然沒關係啊,正好今天英文系女神也在場,她們兩個剛好可以合體了。」從大佑開玩笑的語氣聽得出來,他也認識她。

他話一說完,大家的視線紛紛聚焦到我身上。

呃,我現在是要承認自己是英文系女神,還是不承認好?

「許珂恩不認識夏夏。」于誠出聲爲我救場,但我注意到的卻是別的細節。

于誠也認識她?他們很熟嗎?爲什麼于誠會叫她「夏夏」?

那個叫夏夏的女生主動走到我身邊,揚起好看的微笑,「妳就是珂恩嗎?我聽說過不少妳的事。妳好呀,我是中文系大一的葉夏緹,叫我夏夏就好。」

「妳好，我是英文系的許珂恩。」我禮貌地點點頭。
「這一幕能拍照留念了，我們這屆的兩大女神相見歡。」旁邊有人這麼說。
「他們總是這樣開玩笑，妳別介意。」葉夏緹似乎看出了我的不自在，親切地對我說：「妳本人眞的很漂亮，說是系花當之無愧。」
「謝謝。」希望我擠出來的笑容看起來不會太不自然。
「夏夏，妳坐于誠恩旁邊的空位吧，老同學坐一起。」大佑說。
待她落坐，我直接拋出問句：「老同學是什麼意思啊？」
「于誠恩沒跟妳說過嗎？他跟夏夏是國中同學。」
沒有，他什麼都沒說。
「畢業後就沒怎麼聯絡了，直到最近外交系和中文系合辦活動，我才知道于誠恩也念這所大學。」葉夏緹溫婉一笑，向我解釋，「也是因爲籌備活動才認識他們大家的。」
我看向于誠，他卻藉由向大佑搭話，避開了我的視線，於是我不再多問。
小暮活潑可愛，跟大佑很般配，也很好聊天。
葉夏緹同樣是一個很有親和力的女生，聊了幾句我就知道，她是那種不僅受男生歡迎，女生們也會喜歡的漂亮女生，跟我不一樣。
我應該要喜歡她的，然而我卻發現自己做不太到。
她很好，可能就是太好了，好得讓我莫名有些不安。
整個晚上我滿腦子都在想，爲什麼于誠從來沒跟我提起葉夏緹的事？
聚會結束後，我們一行人擠在餐廳門口，有些人道別後準備回家，也有些人開始商量接下來要不要續攤。

「走吧，我送妳回家。」于誠一如往常地對我說。

我的內心被前所未有的龐大欣喜給塡滿，儘管他一直都是這麼做的，但此刻給我的感覺，就像是在我和葉夏緹之間，他選擇了我。

「珂恩，下次見。」葉夏緹的表情沒什麼變化，依然對我露出溫和的笑容。

「嗯，下次見。」我對她展露出今晚最燦爛的一抹笑意。

不知道爲什麼，我總覺得自己贏了，而我更不知道的是，爲什麼我要暗自跟葉夏緹比較。

「你爲什麼沒跟我提過葉夏緹的事？」將安全帽還給于誠時，我忍不住問。

「爲什麼要說？」他面不改色反問。

我一時竟無言以對。是啊，他爲什麼非得告訴我不可？即便我對此有些悵然。

「我只是忽然發現，自己竟然有不了解你的事。」我小聲說。

他笑了笑，「許珂恩，妳不了解我的事可多著呢。」

我聽了更悵然了，沉默和他對視。

這一次，他沒有逃避我的目光。

「妳還記得嗎？我們剛認識的時候，妳問我有沒有喜歡過誰。」于誠突然開口，他的聲音很輕，彷彿一不小心就會飄散在風中，「夏夏就是我國中時喜歡的那個女生。」

我愣愣地盯著于誠看，怎麼也讀不懂他此刻的表情。

我有好多問題想問他，卻怎麼也問不出口。

「你有很喜歡過誰嗎？」

「當然有。」

「你沒有告訴她嗎？」

「許珂恩，不是每一種喜歡都需要說出口的。」

葉夏緹就是于誠以前喜歡的人，那現在呢？他對她抱著什麼樣的感情？他們之間有過什麼故事？爲什麼他會喜歡上她？有多喜歡才會喜歡到不敢說出口？他不告訴我他們再次相遇，又是因爲什麼？

這些，我統統不敢問。

我怕問出口後可能會改變某些事，更怕會得到我不想面對的答案。

「于誠，你……」我吞了吞口水，試圖滋潤格外乾澀的喉嚨。

于誠靜靜地看著我，像是在等我把話說完。

他的眼眸如同夜晚的大海般安靜，我看不出他希望我說什麼，也因此喪失了最後的一點勇氣。

「沒事啦，你回去騎車小心。」我很勉強地對他彎了彎嘴角。

「知道了。」

直到這時，我才很後知後覺地捕捉到，他眼底微小的期望之光，正在一點一滴熄滅。

可我卻無能爲力。

「妳知道葉夏緹嗎？」我沒頭沒腦地問李顏惠。
「聽說過也看過，但不認識。」
「妳覺得她怎麼樣？」
「在文學院風評不錯，長得滿漂亮的，不過我本身對長得比我好看的人都沒好印象。」
她瞥了我一眼。
「看來沒給妳好印象的人多著呢。」
「許珂恩，妳到底想說什麼？」她沒好氣地瞪我。
「她是于誠以前喜歡的女生。」我雙手托腮，望向遠方。
我的理智絕對是被不安給淹沒了，才會跟李顏惠說這種事。
「喔？」她饒富興味地瞇起眼睛看我。
「幹麼啦？」我被她看得頭皮發麻。
「要我說的話，妳絕對是活該。」她一臉幸災樂禍，「誰叫妳當初沒跟于誠恩在一起，現在也沒資格管他要和誰再續前緣。」
我有點不太高興，卻只是沉默以對。
沒想到她居然蹬鼻子上臉，繼續說：「工具人可能喜歡上別人，妳就不高興了？」
「妳閉嘴。」我冷冷發話。

「我偏不，我可不是于誠恩，不會慣著妳的脾氣。」她微笑，故意跟我唱反調，「我人也沒有好到想去叫醒妳這種裝睡的人，妳想怎樣就怎樣，相對的，要付出什麼代價也是妳必須去承擔的。」

李顏惠跟我的友情就是這樣，不同於茜茜對我的寬容和溫柔，以及總讓著我的于誠，有些時候她才不管我開不開心，我甚至覺得她根本是故意想讓我生氣。

「我要回去了。」我站了起來，扭頭就走。

她沒有留我，還樂呵呵地說：「裝睡的人是叫不醒的。」

我無從排解心中的不安，只能試著替自己找點事做，否則就會反覆想著那些問題，像是：于誠跟葉夏緹現在是不是正一起籌備活動？他們變得更熟了嗎？于誠平常也會送她回家嗎？

或許李顏惠說對了，我就是在裝睡，假裝看不見自己內心的焦慮。

我因此正式加入了國際社，藉由投入社團事務來逃避一切。

「珂恩學妹，妳最近很認眞參加社團活動喔。」

楊禹翔可能不是第一個注意到我這陣子常常來社團的人，但他是第一個主動跟我聊起現況的人。

我一直覺得像這樣當面來問我，比起在背後議論要好得多，明明我沒那麼難相處，爲什麼同樣長得好看，葉夏緹就比我還受歡迎很多……

啊，我怎麼又想起她了。

「有些煩心事，不想面對也不知道該怎麼面對，乾脆做點別的事來逃避現實。」我笑了笑。

此刻正值一場活動的說明會，楊禹翔悄悄坐到我身旁，壓低了音量跟我搭話，我只好小聲地回應他。

他眨了眨眼，「看來妳現在沒心情聽說明會吧？要不要一塊溜走？」

「學長，你不是社團幹部嗎？這樣不會被罵？」我錯愕地問他。

「我不是啊，所以走吧。」說完，他直接拉了我的手，將我帶離社團教室。

我一時之間沒能反應過來，直到被他拉著走出社團大樓時，才甩開他的手，「你在想什麼啊？剛剛那樣很沒禮貌欸。」

「啊，抱歉，我一向想到什麼就會直接行動。」他主動退開一步，不好意思地笑了，「妳放心，我會向社長解釋，是我擅作主張把妳帶走的，妳要是覺得不舒服，我跟妳道歉。」

我沒想到他會如此鄭重道歉，「也沒有那麼嚴重啦，就是嚇了一跳而已。你方才說得也沒錯，我確實是無心在說明會上，只是沒辦法像你這麼隨心所欲地走掉。」

「不如我請妳吃飯作爲賠禮吧？而且我還可以告訴妳說明會的重點摘要喔。」楊禹翔笑著說。

我被他逗樂了，「學長，你的思維眞的很跳躍耶。」

「不要叫我學長啦，感覺很生疏，叫我名字就好。」他領著我走到學校附近諸多餐廳聚集的那條街。

跟上他的腳步，我試著叫他的名字：「楊禹翔？」

「妳好。」

「你好奇怪。」我笑出聲。

坐進餐廳點好菜沒多久，餐點就送上桌了。

「你有過那種經驗嗎？感覺自己快要失去某個人，卻又無能爲力，而且你知道或許看著他漸漸離開你，對他會比較好。」我一邊用叉子戳著義大利麵，一邊故作漫不經心地問。

楊禹翔看著我，「妳怎麼知道怎麼樣是對對方比較好？是他跟妳說的嗎？」

「沒有，我自己覺得的。」

「妳又不是他，妳憑什麼幫他這樣覺得呢？」

因爲茜茜說我總是對于誠很過分，李顏惠也說我根本是在利用于誠。就算我能將她們這些話拋諸腦後，只要想到于誠那天眼底的光一點一點熄滅，我就不禁懷疑她們說的都是眞的。

見我沒有回應，楊禹翔繼續說下去：「如果眼前是一場僵局，妳也暫時離開不了，那就找些自己喜歡的事做吧！開始行動之後，妳就不會那麼容易因爲茫然而不安了。」

「但我不曉得自己喜歡做什麼，吃喝玩樂算嗎？」

「不算。其實大多數的人都不知道自己喜歡什麼，妳不妨先從自己擅長的事做起，或許之後就會慢慢發現妳對哪些事懷有熱情。」每當他侃侃而談起這種話題，都讓他看起來格外成熟。

準備離開餐廳時，楊禹翔表示他去結帳就好了，要我先出去外面等。

「我不喜歡平白無故接受別人的好意，下次換我請回來吧。」

聽到我這麼說，他沒有拒絕，笑著點了點頭。

站在餐廳門口等楊禹翔的時候，我忽然看見對街有個熟悉的身影走過——是于誠，而葉夏緹和他並肩同行。

他們有說有笑，宛若一對般配的情侶。

是的，他們，于誠和葉夏緹。

過去，我一直很享受能用「我們」來指涉于誠和我，直到今天我才意識到，很可能于誠和我逐漸不再是「我們」了。

他們並沒有看見我，走了幾步就在街角停下，于誠把機車從停車格牽出來，再將安全帽遞給葉夏緹，她對他說了什麼，而他似乎是笑了。

那頂安全帽，一直都是我在用的。

「不想看就不要勉強自己了。」楊禹翔走到我面前，用身軀擋住了我的視線。

我試圖移動腳步，然而他像是故意跟我作對，執意擋著我。

「妳看起來快哭了。」

我看不見自己的表情，所以他確實應該比我更清楚，現在的我該有多狼狽。

他將雙手放在我的肩膀上，強行將我轉過身，讓我背對著那個街角，「那就是妳的僵局嗎？」

「那是我最害怕的一幕。」我輕輕笑了。

我一直都是個更偏好直球對決的人，我人生中少數選擇逃避的幾次，大多都用在于誠身上了吧，比如昨天。

但過了一個晚上，我還是去找了于誠，因爲我不想再爲這件事失眠了。

「我昨天看見你跟葉夏緹走在一起。」

「是嗎？」他的反應比我想得平淡。

「你們在一起了嗎？」我心跳加速，好不容易才問出口。

他看著我，我沒有閃避他的目光，幾秒後他才說：「沒有。」

「那你爲什麼把我的安全帽給她用？」剛說完我就有點後悔了，這句話聽起來好任性，甚至有點興師問罪的意味。

「那不是妳的安全帽，是我借妳用的。」他依然面不改色。

是你借我的，而你現在要我還回去，好讓你拿去借給她嗎？

「于誠，你現在有喜歡的人嗎？那個人是不是葉夏緹？」我繼續追問。既然都問了，乾脆一次問個清楚吧。

「妳還有別的話要說嗎？沒有的話我走了。」他不置可否，沒有正面回答。

他沒有否認，代表他可能又一次喜歡上她了；也有可能他一直以來始終喜歡著她，只是升上高中後因爲距離而漸漸淡了，一旦重逢，喜歡的那份心情又強烈了起來。

以前我還曾經懷疑過他喜歡我，實在是太可笑了。

原來當初他說他沒有喜歡上我，也不會喜歡我，都不是氣話。

我咬著唇，緊緊盯著他，不過好像盯得過於用力了，要不然我的眼睛怎麼會感覺到一股酸澀？

最後，我又一次什麼都沒說，選擇在他走之前，搶先一步轉身離去。

回到家後，我才終於忍不住哭了好久好久。

我搞不懂自己，之前明明覺得只要在于誠心中，我一直都很重要就夠了，那爲什麼即使他現在還是對我很好，我卻這麼難過？

原來我想要的，不只是他把我放在第一位，而是他的第一位只有我。

這樣的期望在友情裡，似乎太過貪心了。

茜西早就跟我說過，總有一天于誠身邊一定會出現另一個他想對她好的女生，到了那一天，我一定會後悔。

那時我沒有把她的苦口婆心放在心上，所以現在我得到報應了。

我撥了通電話給茜西，她是最了解我也最了解一切的人，就算她可能會罵我，但聽到她的聲音，至少能讓我不這麼難過。

「喂？」

沒想到我才一聽到她久違的聲音，才剛止住的眼淚再度奔流而出。

茜西被我嚇到了，「怎麼了？妳被欺負了嗎？爲什麼哭啊？」

「對啊。」我委屈地開口，「于誠欺負我啦。」

結果她很沒良心地秒回：「不可能，只有妳會欺負他。」

「妳可以不要這麼快就否定我被他欺負的可能性嗎？」我沒好氣地說。

「好啦，所以妳怎麼了？哭這麼慘。」

「眞的被妳說中了，于誠有喜歡的人了，而、而且我也後悔了……」我邊說邊啜泣。

「什麼?妳說清楚一點!」

然而,等我講完這段時間發生的事,包含我的心情後,電話另一端的茜茜居然噗哧一笑。

「妳爲什麼笑?」

「我這是欣慰的笑好不好?過了這麼久,妳總算意識到自己對于誠恩的感情叫做喜歡了。」

「我沒有……應該說,我不知道。」

「妳這麼難過、爲他哭得這麼慘,妳還跟我說妳不知道這是不是喜歡?」她激動大喊。

「我是眞的不知道嘛!我根本分不清楚這到底只是占有欲,還是喜歡啊。」

「妳分這麼清楚幹麼?除了于誠恩,妳有對哪個朋友產生過這種感情嗎?」茜茜說的話一字一句敲打在我心上,「妳就是喜歡他!我早就這麼覺得了,偏偏妳就是不承認。」

「我不是不承認,只是不想去想!我不想跟他有友情之外的感情,所以不敢深入去想那方面的可能。」也正因爲我從來不讓自己有深入分析的機會,我才能斬釘截鐵地對外、對自己否定我和于誠之間存在曖昧。

「爲什麼?你們兩個在一起又不是壞事。」

我腦中的思緒很混亂,彷彿聽到一個聲音不斷叫我別再想下去了,我告訴自己,這次絕對不能再逃避。

關於于誠的事,我已經逃避了太多次,也總是慣著自己的鴕鳥心態。

「自從跟林易成分手之後,我大概就再也沒有好過吧,我以爲我好了,可其實我沒有。」我做了個深呼吸，盡量坦誠地把內心的想法說出口，「我有點害怕愛情，害怕喜歡上一個人，也害怕投入一場感情，更害怕再次經歷因爲戀愛而失去一個人的過程。先前能跟阿信交往，是因爲我只是對他有幾分好感，遠遠談不上喜歡。」

直到說出口前，我也沒想到與林易成的那場戀愛原來改變了我這麼多。

「珂恩……」茜茜的聲音流露著對我的不捨。

「以前我不想跟于誠有任何友情以外的糾葛，所以不想讓他喜歡我，結果現在發現他喜歡的人可能一直都是葉夏緹，我居然這麼悵然若失，我是不是很過分？」我自嘲地笑了笑。

「已經發生的事就別再去想了。于誠恩對妳有多好，大家有目共睹，妳心裡應該也很清楚。就算他和過去喜歡的人重逢，妳在他心中一定還是有著很重要的地位，他們有他們的回憶，你們也有你們的，妳一點都沒輸那個女生！」

「可是……」我不知道茜茜所言到底是客觀分析還是在安慰我。

「況且他們不是還沒在一起嗎？現在還不晚，妳乾脆把于誠恩搶回來！」

這話說起來簡單，然而我根本從未擁有過于誠，又要怎麼把他搶回來呢？

「珂恩，妳就盡全力去抓住他吧，于誠恩一定會很高興的。」

我不知道于誠到底會爲此感到高興還是困擾，但從現在開始，我願意更坦然地面對自己。過去我從不願認眞辨別自己對于誠的情感，害怕一旦與他之間存在著愛情，就會是失去他的開始。

這麼害怕會失去于誠的許珂恩，怎麼可能不喜歡他呢？

我非常非常喜歡于誠。

不管那是友情，還是愛情。

在想好怎麼面對于誠之前，我先見到了葉夏緹。

畢竟我們都是文學院的學生，理所當然會在文學院聯合活動會場見到她。

其實我很早就看見她了，只是我裝作沒看到，沒想到她竟主動走過來和我打招呼。

「珂恩，妳好呀！我就在想妳也是文學院的，應該能在這裡碰見妳呢。」葉夏緹就和上次見面時一樣親切，滿臉笑容。

雖然不知道她在開心什麼，甚至覺得她的笑有點礙眼，我依舊對她露出了禮貌的微笑，「嗯，妳好。」

只要我回話不冷不熱，估計很快就能結束這場我根本不想加入的對話，可是葉夏緹居然有一搭沒一搭地和我聊起活動的事。

我的態度怎麼樣都說不上熱情吧？爲什麼她還不放棄？

我不想勉強自己社交，特別最近還看對方不太順眼，因此索性開門見山對她說：「妳確定要在這邊跟我聊天嗎？我覺得自己不是一個很好聊的人欸。妳放心，我不覺得無聊，妳不用特意陪我。」

葉夏緹先是愣了一下，很快笑出聲來，「珂恩，妳好可愛呀。」

啊？我剛剛說的那段話哪個字跟可愛沾上邊了？

「我很欣賞妳這種直率的性格，不是每個人都有直接表達自己想法的勇氣。」

她的笑臉看不出一絲破綻，感覺不像是在說客套話。

怎麼說都是被誇獎了，我也沒能繼續綳著臉，便淡淡一笑：「是嗎？我倒覺得自己的性格不太討喜。」

「不過妳還是會說自己想說的話啊，我很欣賞這點。」

我總算明白，爲什麼我會本能地排斥葉夏緹了。

她不僅僅是于誠未曾向我透露過的世界，還是第一個讓我感到自卑的女生。

一直以來，我總是很有自信，從沒覺得自己不如誰，尤其是外貌。

儘管這個社會總愛強調內在比外貌重要，但不能否認，外貌出色者能在第一時間得到他人更多的好感與肯定，所以長相好看的人，通常都會比較有自信一點。

因此，即便曾經被劈腿，我仍然覺得自己很好，是林易成瞎了眼，而對於他劈腿的對象尤芷紜，我更多的是不解，不是自卑。

然而在面對葉夏緹時，我感覺自己完全沒了優勢，在外貌上她和我旗鼓相當，可她爲人親和，很受大家歡迎，只要認識她就很難不喜歡她。

全世界應該只有我不喜歡她吧？還是爲了私人恩怨……

見我沒接話，葉夏緹又接著開口：「而且啊，我也想跟于誠恩的好朋友成爲朋友。」

突然聽到于誠的名字，我頓時回過神看向她。

「于誠恩……他人很好。」提起于誠時，她嘴邊泛起了溫柔的笑意，「聽說你們從高中時就是好朋友了，相信妳也一定是個很好的人。我一直都很想認識妳，上次聚餐總算是見到面了。」

「妳就沒想過搞不好我很難搞，是因爲他人太好，才能跟我相處得好嗎？」我其實也很討厭面對她時，自己這副愛理不理又隱含挑釁的模樣，但這番話還是就這麼脫口而出了。

她搖搖頭，「于誠恩看人的眼光不會錯的。」

明明我不喜歡她提起于誠時的親暱，更不喜歡那些只屬於他們兩人相處時的點點滴滴，我卻無法阻止自己想探聽更多。

「于誠恩到底是怎麼跟妳說起我的啊？他倒是從來沒跟我提過妳，我是在那次聚餐才知道妳這個人的。」我小心翼翼地旁敲側擊。

這不算說謊吧？畢竟于誠唯一一次向我提起他以前喜歡的人時，可沒告訴我那個人的名字啊。

「哈哈哈，我這樣出賣他不好吧。」葉夏緹臉上笑意未減，「不過，我可以跟妳分享一個我的小祕密！」

我突然不是很想聽了。

「其實，我國中的時候喜歡于誠恩，只是一直沒有勇氣告訴他。」

原來，他們當時是相互喜歡啊。

「後來就漸漸放下他了，畢竟高中時期都沒怎麼聯繫，沒想到居然能在大學和他重逢。」她的目光落向遠方，像是陷入了回憶。

這是我第一次覺得，當初要是于誠沒改志願就好了，那他和葉夏緹就不會重逢了。

「現在呢？」或許我不該問的，但我沒能忍住。

「嗯？」葉夏緹總算將目光挪回到我身上。

可是這次，我卻沒敢看著她問出這個問題：「妳現在喜歡于誠恩嗎？」

她沉默了數秒，逼得我只好看向她，以觀察她的反應。

「如果可以，我希望能有機會更靠近他一點。」她輕輕一笑，神態既繾綣又溫柔。

雖然她沒有表明自己喜歡于誠，然而她臉上的表情已經作出回答了。

「妳不要誤會，我不是因爲想靠近他，才希望能跟妳友好相處，我是眞的滿欣賞妳的。」她又是一笑。

而我完全笑不出來，心裡十分鬱悶。

整場對話下來，我覺得自己可以說是全方面地慘敗。

葉夏緹這個女生太好了，甚至可以用完美來形容，她對待我的態度既眞誠又親切，並未對我抱有一絲的敵意，也沒有爲了靠近于誠而刻意討好我。

和她相比，我顯得非常小心眼，既不可愛又惹人厭。

更讓我討厭自己的是，在得知葉夏緹和于誠國中時兩情相悅後，我卻滿腦子都想著要怎麼阻止他們發現這件事。

我好後悔知道這件事。

從知道的那一刻起，便使我徹底淪爲這齣愛情劇中的女二。

男女主角因爲未能明白彼此的心意而錯過，幾年後重逢，身爲男主角好友的女二，一心阻撓兩人相戀——是的，我現在就是大家最唾棄的那種紅粉知己。

儘管茜茜勸我把于誠搶回來，我也一度有過這個念頭，但此刻我卻不敢輕舉妄動。

如果葉夏緹未曾出現，我還能任性地跟于誠說：我其實已經喜歡上你，所以你可以喜歡我了！

然而葉夏緹出現了，我也當面問過他是不是還喜歡葉夏緹，他沒有否認，而葉夏緹也同樣喜歡著他……

或許我永遠都不可能做好失去于誠的心理準備，所以我也沒有爲此孤注一擲的勇氣。

明知他喜歡的是別人，還告訴他我的心意，這麼做有什麼意義？讓他拒絕我？還是讓他困擾？

「我沒有喜歡上妳，我也不會喜歡妳。」

這幾天我反覆想起于誠對我說過的這句話，並陷入了深深的懊悔，我很後悔當初千方百計阻絕他喜歡上我的可能性，我甚至要他答應絕對不能喜歡上我。

最糟糕的是，當時提出那種任性要求的人是我，現在想著「要是于誠能喜歡我就好了」的人，也是我。

就算做不到成爲于誠和葉夏緹之間的月老，至少我也應該退開一步，當一個稱職的好朋友，默默祝福他們。

可是無論是月老還是稱職的好朋友，我好像都做不到。

我希望于誠能幸福，卻又不想看見他的幸福與我無關，就此進退兩難。

雖然沒敢太任性，但意識到自己的心意之後，我突然很想見于誠一面。

當天下午，在確認過他的課表後，我就買了瓶飲料跑去他們系館樓下，發了封訊息讓他下課後下來找我。

此時正值初夏，天氣舒適，我隨意找了個花壇旁邊的位子坐下，拿出耳機打算聽音樂打發時間。

剛戴上耳機，還沒來得及播歌，便聽見身後有人提起我熟悉的名字。

「妳知道隔壁班的于誠恩嗎？他是不是跟中文系的葉夏緹在一起了啊？」

「眞的假的？我一直以爲他跟英文系的許珂恩是一對耶。迎新分組表演練習的時候，許珂恩不是常常去探他的班嗎？」

「我原本也以爲他們是一對，不過現在看來應該只是朋友吧。」

過去我一再對外澄清，我和于誠「只是朋友」，此時同樣的話聽在耳裡變得很刺耳。

如果以前我不要總是這麼強調，我和于誠現在是不是就有可能在一起？

我按下播音鍵，用音樂蓋過她們聊天的聲音，深怕她們接著就要拿我和葉夏緹做比較，甚至說葉夏緹跟于誠恩比較配。

我現在已經夠難受了，不需要路人再來給我兩拳。

不曉得過了多久，于誠在我旁邊坐下，「妳怎麼突然跑來了？」

我把飲料放到他手上，沒有說話，也沒有看他。

「怎麼了？」他又問了一次。

我這才輕聲開口：「于誠。」

「嗯？」

「要是你交了女朋友，是不是就不會再管我了？」

「爲什麼這樣問？」

我不回答，只是抬起頭看他，「等你交了女朋友，你就不會再送我回家，不會再陪我吃飯，也不會隨時讓我找你了，對不對？」

于誠幾度欲言又止，最後似乎把話統統吞了回去。

我不催也不問，就這麼盯著他的雙眸，等待他的回應。

他忽然嘆了一口氣，「我們還會是好朋友的。」

「是嗎？」我輕笑，有點訝異自己竟然還能笑得出來。

畢竟他話裡的意思，就像是在告訴我，他可能快交女朋友了。

他跟葉夏緹進展得不錯是嗎？他們快要在一起了嗎？

這麼一來，我所習慣的一切、于誠一直以來給予我的特別待遇，都將不復存在。

糟了，總覺得我快哭出來了。

「反正飲料也給你了，我就先走了。」我站起身，打算結束這場對話。

于誠卻抓住我的手，阻止我離去的腳步，「妳爲什麼這麼問？」

「我……」

他的目光筆直地對著我，我沒能夠移開視線，但也不知該如何回應。

我今天爲什麼會來找你？是因爲我想見你。

我之所以會這麼問，是因爲聽見了那兩個女生的對話，意識到你和葉夏緹可能要在一起了。

可是我能這樣回答嗎？事到如今，說這些還有意義嗎？

如果我這麼說了，眞的能改變什麼嗎？

伴隨著我沒能忍住的一滴淚，于誠一怔，緩緩放開了抓住我的那隻手。

又一次，他錯過了在我們之間往前一步的機會。

原來不管我有沒有對于誠產生超出友誼的感情，我們最終都還是會錯過。

✦

「妳可以不要老是哭喪著一張臉嗎？平常就已經不太討喜了，現在看起來又更討人厭了。」

一連幾天我都鬱鬱寡歡，終於，李顏惠看不下去了。

平常我可能會覺得她這是刀子嘴豆腐心，然而此刻我心情實在是太差了，所以我便回嘴：「對啦，我就是討人厭啦，不像葉夏緹那樣有親和力又討人喜歡。」

她瞇起眼，「這話怎麼聽著這麼酸溜溜的呢？我可沒有提起葉夏緹。」

「妳明明知道原因。」

「我不知道。」

她是故意的，她就是想讓我自己說出口，我深吸一口氣，「總覺得于誠快被她搶走了。」

說出這句話時，我好像聽見自己的聲音帶了點哭腔。

「被搶走？于誠恩又不是東西，想要的時候拿著，不想要的時候就推開。」李顏惠雙手抱胸，睥睨著我，「坦白跟妳說，從以前我就一直覺得妳太任性了。」

我都這麼慘了，她還把話說得這麼難聽，我下意識爲自己辯解：「我才沒有這樣！」

「妳就是這樣。我再告訴妳一件事，高中時，妳跟于誠恩的謠言就是我傳出去的。」

我驚訝地看著她，「什麼？原來是妳！妳知道那時候我因爲謠言有多困擾嗎？要不是那個謠言，我——」

我跟于誠就不會吵架，我也不會爲了破除謠言而和阿信交往，更不會半逼迫于誠做出不會喜歡上我的承諾。

「因爲那時候我很討厭妳嘛。」和我的激動相比，李顏惠顯得很冷靜，「但我一直感覺于誠恩喜歡妳，所以放出你們在一起的謠言，我一點都不覺得愧疚。」

「妳還說我把他當工具人呢！」我瞪了她一眼。

「從一個旁觀者的角度來看，我確實這樣覺得啊，你們的互動本來就很曖昧。」

我不知道該怎麼反駁，只好反問她：「那妳現在告訴我這件事幹麼？就不怕我氣得不理妳嗎？」

「我只是看不下去妳這幾天像行屍走肉一樣，明明很難過又不肯好好面對，看著就很討厭。」

我總算聽懂了，她這是拐彎抹角在關心我，她想告訴我，她認爲于誠是喜歡我的。察覺到李顏惠藏在這番言詞底下的善意，我想我有必要向她坦承自己眞實的想法。

「其實……我也是最近才發現，我喜歡于誠。」

「最近？該罵妳太遲鈍，還是該誇獎妳總算不裝睡了？」

我不理會她的嘲諷，「可我也發現，我什麼都不敢做也不能做。我和于誠是好朋友，一旦越過了那條線，可能就再也當不成朋友了。我一直不敢面對自己的心意，也不想讓他喜歡我，因為我很害怕友情變質後，總有一天我會失去他。而現在的情況是，如果他喜歡上我的時機早就已經過了，如果他現在喜歡的人是葉夏緹，我又何必說出口？」

「總有一天？許珂恩，我沒想到妳這麼笨欸。」

「妳就不能稍微對我溫柔一點嗎？」就算了解李顏惠的性格，我有時候還是無法接受她講話如此直接。

「不能，就是因為妳身邊的人都對妳很溫柔，妳才總是這樣任性妄為。」

我抿著唇，乖乖挨訓，我知道她是對的。

「妳害怕跟于誠恩的關係改變後，總有一天會失去他？我告訴妳，妳現在已經快失去他了！我可以很篤定地告訴妳，等于誠恩變成葉夏緹的于誠恩，妳馬上就會失去他，不用等那什麼『總有一天』好嗎！」

我茫然地看著她，忍不住問道：「為什麼妳這麼擅長勸人採取行動，面對自己的愛情卻這麼膽小啊？」

「這是重點嗎？」李顏惠瞪了我一眼，「就是因為我做不到，才不想別人跟我一樣，在徹底無望之後才後悔。」

「那我現在應該怎麼辦？」

「去跟于誠恩說妳喜歡他啊！現在是妳最後的機會了。」

「妳說我以後會不會後悔自己被妳說服？」

「我不知道。」她聳聳肩，「我只知道，如果于誠恩跟葉夏緹在一起，妳一定會後悔。」

光是想到她剛剛那句「葉夏緹的于誠恩」，我就感覺心上抽痛了起來。

我害怕的事很多。

我怕我不再是于誠心中的第一位，怕別的女生取代我獲得他所有的好，但我也怕他得知我的感情後會疏遠我，怕我們的友情會在變質後徹底結束，怕他再也不會對我笑。

然而，在種種害怕之中，最讓我無法接受的是，我將要失去他了，並且這樣的失去很可能近在眼前。

李顏惠之前就跟我說過：做了決定後，不管爲此得付出什麼代價，妳也都必須概括承受。

我沒辦法預知以後的我會不會後悔，至少我不想讓現在的自己後悔。

這一次，我想把我和于誠之間總是沒能說出口的那些話，一口氣全說完。

就算我們的關係勢必會產生未知的變化，也在所不惜。

第六章

「大佑禮拜五過生日，打算約幾個朋友去他家聚聚，妳要來嗎？」

距離上次在于誠面前掉淚，已經過去將近一週了，這一週我們都沒有聯繫，直到他發給我這則訊息。

我眞該請大佑吃飯才對，要不是他，可能不會出現這麼一個時機，讓我不得不面對于誠。

那你呢？你希望我去嗎？我在對話框輸入了這幾個字，最後卻又刪除，改傳一張OK的貼圖。

「那晚上七點我去妳家樓下接妳。」

我差點要問他，葉夏緹會去嗎？但我忍住了。

無法再像從前那樣，想對于誠說什麼就直接說，對此我感到無所適從。

這種患得患失的感覺好討厭啊。

這不是我第一次坐在于誠的機車後座，但應該是最不自在的一次。

可能是因爲太久沒有讓他載了，也可能是因爲意識到了自己對他的喜歡。

以前我的手都放在哪裡啊？環住他的腰好像不太好，還是該放在後面的把手？

「妳的手抓好啊，幹麼一直動來動去？」于誠透過後視鏡看我。

我心一橫，把這句話視作默許，抓住了他的襯衫兩側，彷彿藉此握住了一絲希望，鼓起勇氣開口：「于誠。」

「嗯？」

「葉夏緹會來嗎？」

他沒有問我為什麼這麼問，「夏夏？會啊。」

所以他是先接完她才過來？還是等等還要去接她？

「你為什麼一直叫她夏夏？」這個問題我上次就想問了。

「大家都這樣叫她。」

我不太滿意這個答案，「那你為什麼都叫我許珂恩？」

「不然妳還有別的名字嗎？」

其實我真正想問的是：你為什麼從來不曾那麼親暱地叫我？

「白目于誠，一點都不懂少女心。」可是我卻只能弱弱地埋怨他一句。

「妳為什麼罵人？」

「因為你白目。」

「喂！」

到大佑家樓下後，于誠停好機車，接過我手上的那頂安全帽。

看來他應該先去接了葉夏緹吧？

原來現在的我對他來說，還眞的只能排第二位了啊。

他之所以來接我，是習慣使然？還是覺得自己不該見色忘友？

「走吧。」他剛準備往前走，又突然停下腳步看我。

「幹麼？」我被他看得有點不自在。

他伸出手，替我順了順頭髮。

那一瞬間，彷彿有一股電流通過我的全身，使我整個人僵直在原地。

「頭髮亂了。」他收回手，淡淡地說。

我驀地心臟狂跳，以前我們一直都是這麼相處的嗎？

進入大佑家時，裡面已經有不少熟面孔了，包括大佑的女朋友小暮、幾個外交系的同學，當然也包括了葉夏緹。

「于誠恩，你爲什麼空手來？」大佑毫不客氣地對于誠喊道。

于誠用下巴指了指我，「我帶許珂恩來了啊。」

咦？這句話的意思怎麼有點像是他只載了我過來，沒有載葉夏緹？不太可能吧？應該是我想多了。

環顧四周，茶几上除了擺滿食物，還有好幾瓶洋酒，地上甚至放了一大箱啤酒。我注意到葉夏緹身邊還有個空位，剛想著要去坐那個位子，將她和于誠隔開，沒想到有個我記不得名字的同學甲搶先一步發話：「于誠恩，你來這邊坐，今天你就負責當夏夏的護花使者。」

「你還沒開始喝就醉了？」于誠笑著回應，沒有要反駁他的意思。

現在是怎樣？我就不是女生、不需要被保護了？

「珂恩，那妳坐于誠恩旁邊吧。」聽見小暮的話，我趕緊擠出微笑，掩飾內心的不爽。

作爲壽星的大佑先乾了一罐啤酒，接著大家邊吃東西邊聊天，不時穿插玩幾個小遊戲，輸的人就要喝酒以示懲罰。

隨著遊戲進行，我漸漸察覺于誠系上的同學似乎有意撮合他和葉夏緹，尤其在酒意逐漸上頭後，這樣的意圖越來越顯而易見。

「這把是夏夏輸了，要把整杯酒都喝光喔！」

「喂，于誠恩，哪能讓女生喝啦，你快英雄救美啊。」

「對啊，于誠恩喝啦！」

「于誠恩！于誠恩！于誠恩！」

如果我只是單純的旁觀者，可能會覺得現在的情況很有趣，但當被湊對的男方是自己喜歡的人時，就一點都不有趣了。

或許是攝入的酒精作祟，我起身接過了那杯酒，「我幫夏夏喝吧。」

「珂恩，沒關係，我自己喝吧。」葉夏緹出聲制止。

于誠也抓住我的手，「喂，那杯是混酒，喝了很容易醉的。」

他們兩人一搭一唱地勸我，讓我更不爽了，我就是不想看到于誠幫她喝，於是我推開于誠的手，仰頭一口氣飲盡。

我笑著將空杯倒過來搖了搖，「都喝完了喔！」

于誠皺眉搶過我手上的杯子，站了起來，「嚴佑銘，你家有水嗎？我去倒一杯給她。」

「啊，有瓶裝水，我去拿。」小暮連忙說。

「妳還好吧？先坐下休息一下。」葉夏緹面露擔憂。

我笑了笑，「我很好啊。」

「妳知道剛剛那杯是啤酒混伏特加嗎？混酒的後勁很強的。」于誠從小暮手上接過礦泉水，替我轉開瓶蓋，臉色很難看。

「不知道，那又怎樣？」我很不服氣，「你可以幫夏夏喝，我就不行嗎？」

「珂恩，謝謝妳，畢竟妳也是女生，不用幫我擋酒啦。」葉夏緹拉著我坐在她旁邊。

可能是酒精的緣故，我感覺自己整個人都放鬆了下來，笑嘻嘻地對她說：「沒事沒事，妳不用擔心。」

「喂，你們幾個！不要再勸女生酒了啦！」

「哪有，是夏夏玩遊戲輸了，而且我們是讓于誠恩喝啊。」

「先暫停遊戲吧，讓女生們休息一下，你們幾個都自罰一杯。」

其實剛喝完那杯酒，我是真的沒什麼特別的感覺，坐了一會後，酒的後勁才漸漸上來，開始覺得有些飄飄然，還有點想睡覺。

我右手撐在桌上拄著臉頰，視線正好迎上坐在我左手邊的于誠，便傻呼呼地對他露出一個大大的笑容。

「妳醉了？」他眉頭皺起，看起來很不開心。

「不是在幫大佑慶生嗎？你怎麼不開心？」我伸出左手，撫平他的眉間。

他握住我的手腕，試著把我從椅子上拉起來，「我先送妳回家吧。」

「我不要。」

「別鬧。」他一臉無奈。

我笑著高舉雙手，任性地說：「那你背我。」

「好。」

不知怎麼的，見到于誠爲我擔心的模樣，格外令我安心。

于誠背朝我蹲下，「上來啊，不是要我背妳？」

我樂呵呵地將手環住他的脖子，整個人攤在他的背上。

「我先送許珂恩回家。」于誠跟其他人打了聲招呼，接著側過身，「夏夏，妳可以幫我把她的包拿過來嗎？」

雖然我有點睏，可意識還很清醒，所以才能在葉夏緹應聲之前，清晰地捕捉到她臉上的表情微微一僵。

「于誠恩，你要落跑是不是？」

「你等一下還回來嗎？」

「你走了，夏夏怎麼辦啊？」在七嘴八舌的問句中，我只分辨得出這個聲音屬於剛剛最積極湊對的同學甲。

「你是白痴嗎？會不會讀空氣？」這個則是大佑的聲音，「于誠恩你走吧，好好把人家送回去，送多久都可以，不回來也沒關係。」

「嚴佑銘你才白痴。」于誠沒好氣地回應他，「我送她回家再過來。」

在他們看來，我、于誠、葉夏緹之間是什麼樣的關係？

實際上我們三個又是什麼關係？爲什麼于誠會丟下葉夏緹，選擇先送我回去？是擔心我喝多了直接睡在大佑家，給他們添麻煩嗎？

想著這些，我開始昏昏欲睡，眼皮再也睜不開，甚至連自己什麼時候被于誠背著走出大佑家都沒有印象。

不曉得過了多久，迷迷糊糊間，我感覺自己正被人抱著，以一個公主抱的姿勢。

不用看也知道，抱著我的人一定是于誠，他身上淡淡的洗衣粉香，我非常熟悉。

我緩緩睜開雙眼，他站在我家門口，看起來正在想辦法如何不讓懷裡的我摔下去，同時又能從他背在肩上的我的包包裡拿出鑰匙。

察覺到我的目光，他無奈地對我說：「醒了就趕快下來啊，還看？」

「我不要。」我任性地說著。

他更無奈了，不過也沒傻到跟醉鬼講道理，「那妳至少自己拿鑰匙開門吧？」

這次我聽話地拿過包包，取出鑰匙開門。

于誠彎下身，小心翼翼地扶著我在床邊坐下，他動作輕柔，猶如對待一件易碎物品。

他正準備直起身，我伸出雙手環住他的脖子。

「喂。」他看著我，表情像是在問我到底想做什麼。

其實我也不清楚自己想做什麼。

他認命地蹲了下來，平視著我。

「于誠。」

「嗯？」

「葉夏緹喜歡你。」

他沉默了幾秒，只回了一句：「是嗎？」

我並不滿意他的回答，繼續追問：「什麼是嗎？你要有點反應啊。」

「妳醉了。」他卻顧左右而言他。

「我沒有。」

「妳有。」

「我說沒有就沒有。」

「但妳有。」

這一次，他沒有讓著我，令我不太高興。

我逼近他的臉，環住他脖子的雙手沒有放開，這樣的姿勢讓我們之間的距離變得曖昧。

「我就沒有醉嘛！」

「妳這樣就是醉了。」他始終沒有掙脫我的雙手，只是耐心地與我對話。

我突然有點生氣，不解他這次爲何就是不讓著我，「不信的話我證明給你看。」

下一秒，我在他猝不及防時，吻上了他的嘴唇。

與其說是吻，不如說是我亂七八糟地在他的嘴上肆意妄爲，一頓亂親。

我不知道自己在做什麼，更不知道他爲什麼不推開我。

我只知道，我要證明給他看，我沒有醉，我很清醒。

直到我伸出舌頭纏住他的舌頭時，事情才變得一發不可收拾。

原本只是被動任我胡亂親吻，不回應也不推開我的于誠，瞬間積極地奪走了主控權，他的吻甚至帶了點侵略性，空氣中只剩下唇舌交纏的水聲，無比曖昧。

就在我伸出手去解于誠襯衫的扣子時，他猛然推開我。

「我……」于誠整張臉都紅了，呼吸急促。

我從未見過這樣的他。

我不管不顧地再度吻了過去，用舌頭撬開他的唇齒，又一次攻城掠地。

于誠抓緊了他剩餘的理智，用力將我拉開：「許珂恩，妳眞的喝醉了，不要這樣，妳會後悔的。」

「如果我說我不會呢？」我看著他。

比起兩度被拒絕的窘迫，我更在意于誠的反應。

此刻的他看起來彷彿在大海中溺水掙扎。

「妳會的，而且妳可能明天什麼都不記得了。」

我不合時宜地笑了：「既然不記得，那我又怎麼會後悔？」

「妳喝醉了，我可沒有，所以我會記得。」儘管他也淡淡地笑了，笑容裡卻充滿悲傷。

我突然覺得很難過，一把抱住他，他這次沒有推開我。

「可是我想要你陪我。」即便頭暈目眩，我依舊很清楚自己就是很想將他留在我身旁。

或許于誠是對的，我是眞的醉了，才會拋開理智，一切遵循本能行動。

我本能地想親他，想獨占他，想要他陪著我。

「許珂恩，妳不需要這樣，我也會留下來。」他低聲說。

眼前的視線逐漸變得模糊，我努力睜大眼睛，試圖將于誠此時的表情印在腦海裡，然而眼皮越來越不聽使喚，在完全失去意識之前，我始終緊緊抓著他胸前的衣服。

深怕一放開手，我就會永遠失去他。

再次睜開眼睛時，映入眼簾的是于誠的白色上衣。

我眨了眨眼，好一會才反應過來，自己正躺在于誠的懷裡。

他睡在我的左側，他的右手讓我枕在脖子下面，左手則是搭在我的背上，呈現環抱著我的姿勢。

我第一個反應是：完蛋了，昨晚我到底做了什麼啊？

我趕緊低頭打量自己，確認全身衣物完整後才放下心來。

很好，至少還沒到酒後亂性的地步，那還有救。

我閉上眼睛裝睡，打算以不變應萬變。

其實我對昨晚發生的事並非全無印象，我跟于誠一起去了大佑的生日聚會，席間喝了酒，後來于誠送我回家，再後來……我和于誠接吻了。

而且好像還是我強吻人家的！

喝酒果然容易誤事，該說幸好我沒有醉到直接把他撲倒嗎？

不對，我好像差點就要撲倒他了，是他阻止我的。

「許珂恩，妳真的喝醉了，不要這樣，妳會後悔的。」

「妳喝醉了，我可沒有，所以我會記得。」

爲什麼那時候的于誠看起來那麼悲傷呢？

明明一開始他還熱烈地回應著我的吻，爲什麼再往後的事卻又不可以了？

而且爲什麼他說的是我會後悔，而不是他會後悔，如果當時——

突然間，我感覺到身旁有些許動靜。

于誠醒了，搭在我背上的那隻手緩緩移動至我的後腦勺輕撫了兩下，接著他小心翼翼地將自己的另一隻手從我脖子底下移開，很努力地不吵醒我。

我也很努力地強忍住抱他的衝動，不想讓他的溫度太快離我而去，也怕他就這麼跑了。

或許我應該繼續裝睡，讓他就此安靜離開，不必提起昨晚發生了什麼事，甚至假裝我酒醉後全忘了。這樣可以避免尷尬，同時不會改變現狀，我們還能是好朋友。

可是，我不是已經決定要越過那條線了嗎？嚴格來說，昨天我早就越線了，哪有好朋友會接吻的？

我不想讓他悄無聲息離去，也不想假裝昨晚什麼也沒發生，所以我睜開雙眼，開口叫住他：「于誠。」

他停在原地數秒，只是「嗯」了一聲，沒有回頭看我。

我決定試探一下他的態度，「昨天……後來怎麼了？」

他這才緩緩回過頭，眼神像是在觀察我。

我不知道自己是不是一個好演員，我竭力不動聲色，不想讓于誠看出我在想什麼。

「我昨天先送妳回家了，妳還記得嗎？」

「記得。」

「再後來的事呢？」

我看出于誠似乎也在試探我，便反問他：「你指的是什麼？」

他沒有接話，眼神游移卻又故作鎮定，我終究還是有些不忍，便帶開了話題，「于誠，我肚子餓了，我們去吃早餐吧。」

「下午兩點吃什麼早餐。」他忍不住笑了出來，下一秒眼底閃過一絲尷尬。于誠，你怎麼這麼笨啊？

「我起床後的第一餐都叫早餐。」我理直氣壯地說。

他沒有說好，也沒有拒絕，這種情況我一律當作他答應了。

反正不該做的事都藉著酒意做了，那爲何不把眞正該做的事也一起做了呢？

我不知道于誠和葉夏緹之間究竟進展到哪一步了，不過昨天他沒有推開我，甚至還回應了我的吻，我隱約能感覺到他應該是喜歡我的。

或許這眞的是我最後的機會了，趁我還能動搖于誠的心，我只能孤注一擲，將我的心意告訴他，試著將他搶回來。

雖然這麼做對葉夏緹很過分，她坦白告訴我她喜歡于誠，可我並未退開一步成全她，反倒執意抓著于誠不放。

我寧願自己有愧於葉夏緹，也不想錯過于誠。

我不想再錯過他了。

當我換好衣服走出廁所時，于誠正坐在一旁滑手機，眉宇間沒有絲毫不耐。

我對他露出笑容：「走吧。」

「妳不帶外套？」

「好麻煩，只是在附近吃個飯而已。」我邊說邊撿起昨天就被我隨地亂丟的包包。

他放棄跟我爭辯，直接從衣帽架上拿了一件外套，披在我身上。

作爲小小的抗議，我從包包的夾層中掏出家門鑰匙，塞到于誠手裡後就逕自往門外走。

他自然地替我帶上門，然後將門鎖上，「妳想吃什麼？」

一直以來我都很喜歡把每件我該做的事順手推給他，也很喜歡他總是逆來順受替我做完那些事。

以前可能是單純覺得這樣很有趣，但現在重新透過愛情的濾鏡看待我們的互動，取而代之的是滿心的甜蜜。

「吃附近那家牛肉麵吧？」

「嗯。」

不知道是不是因爲昨晚的事讓于誠很尷尬，感覺他今天格外沉默。

爲了緩和氣氛，我將包包掛在他的脖子上，要賴似的讓他幫我拿著。

他挑了挑眉，「就這幾步路都要我拿？」

「就因爲這樣才讓你拿的。」我笑著說，「欸于誠，你會不會覺得我常常欺負你啊？」

「知道還問？」

「那你怎麼不制止我？」

「習慣了，而且制止有用——」他話還沒說完，我便伸手挽著他的手臂，這個舉動令他打住了話。

會這麼做不是因爲我有把握他不會推開我，純粹是因爲我想觸碰他，於是在仔細考慮利弊之前，我已經先行動了。

于誠沒有停下腳步，也沒有掙脫我的手，反而像是在努力保持鎭定，但他僵硬的手臂早已出賣了他。

我憋著笑，故意說：「你話還沒講完。」

「……有用的話才怪。」

牛肉麵店離我家不遠，走五分鐘就到了。我們落坐並點好餐沒多久，于誠的手機響了。他一接起，電話另一端就傳來意味不明的笑聲。

「聽說我們家于誠恩昨天沒回宿舍啊？」

由於這個時間點店裡沒有其他客人，即使于誠沒開擴音，我還是能聽見大佑在電話中的調侃。

注意到我可能聽見了，于誠有些困窘，他壓低了聲音說：「嚴佑銘，你給我小聲一點。」

「喂，你別過河拆橋啊，昨天要不是有我……啊，該不會你現在還在許珂恩家吧？那我就不打擾你們了。」大佑依然故我，說話的音量還是很大。

「那還眞是謝謝你了。」于誠沒好氣地回他一句。

「我就知道！嘖嘖嘖，你這傢伙，遲早會被文學院的男生們追殺。好啦，記得克制一點，之後再帶你去補一補——」

然後，于誠就把電話給掛斷了，他整張臉都寫著尷尬兩個字，「妳……都聽到了？」

「你說呢？」我雙手托腮，對他眨了眨眼睛。
我以前怎麼都不知道，于誠害羞的樣子居然能可愛到這個程度！
他輕咳了幾聲，強自正色道：「他就是愛亂說話，妳別介意。」
「沒關係呀，我不介意他打擾我們。」
聽到我這麼說，于誠的臉簡直紅得像是我點的那碗蕃茄牛肉麵一樣。
我好幾度想問他，他和葉夏緹現在究竟是什麼關係？之後或許就能順勢告訴他，我會在意這件事是因爲我喜歡他，卻又覺得現在不是好時機，牛肉麵店更不是告白的好地點，所以我把話盡數吞了回去。
但我心知肚明，這不過是我爲自己找的理由罷了。
「于誠。」
當他送我回到我家樓下時，我開口叫了他的名字。
一直以來，他都是看著我上樓後才離開。
「嗯？」
我輕輕將頭靠在他的胸前，伸手抱住他，隨即往後退開一步，結束了這個短暫的擁抱。
「下次見。」說完，我旋即轉身跑上樓，不敢看他的表情。
眞正阻止我說出口的，或許不是時不時冒出來的膽怯。
更多的是，我沉溺在我們此刻的親暱之中，貪戀著曖昧氛圍的美好。
另一方面，其實我很清楚不能一拖再拖，否則只會越來越難將自己的心意說出口。
隔天下午，我再次鼓足了勇氣，打算直接去于誠的宿舍找他，要是出現最壞的結果，大不了快速逃離現場就好。

去找于誠的路上，我不斷替自己做心理建設：就是今天了，不管待會發生什麼事，都必須把該講的話講完。

然而，萬萬沒想到，我居然遠遠就看見葉夏緹站在宿舍樓下，正在和于誠交談。

我下意識躲到一棵大樹的後面，儘管距離有點遠，聽不見他們在說什麼，依舊能將兩人的動作一覽無遺。于誠低頭看著葉夏緹，她伸手將右側的髮絲撥到耳後，輕輕地笑了，氣氛是如此地融洽。

我無法出聲打斷那樣和諧的氛圍，也無法說服自己轉身離去，只能鬼鬼祟祟地躲在一旁偷看。

臭渣男！前天晚上明明親了我，現在就跟別的女生有說有笑，這算什麼嘛！

難道他把那個吻當作一次酒後亂性，就只有我一個人覺得我們之間不僅僅是朋友嗎？

我越想越羞憤交加，一心想著無論如何都要去找于誠算帳，等葉夏緹離開就去！

他們兩個有完沒完啊？有什麼事情能在宿舍樓下聊半天的？

好不容易他們終於揮手道別，我還忍了幾秒，等葉夏緹稍稍走遠了，才氣勢洶洶地朝著還站在那邊目送她的于誠走了過去。

「妳怎麼在這？」他見到我時很驚訝。

「你又怎麼會在這？」

「這裡是我的宿舍，我人在這不是很正常嗎？」

「那葉夏緹為什麼也在？」

「妳剛剛就到了嗎？」

于誠的回應讓我覺得他就是不想回答跟葉夏緹有關的問題，這讓我更不高興了。

「你爲什麼都不回答我的問題？就只是一直反問我。」

「我回答了啊，而且先發問的人是我吧。」他一臉無奈，「妳到底在生什麼氣？」

我爲什麼生氣，他都不懂嗎？

「葉夏緹爲什麼會來找你？」我固執地又問了一次。

他嘆了一口氣，「夏夏會出現在這，是因爲我們有事要說。」

短短的一句話裡，于誠就使用了兩個觸動我敏感神經的詞語：夏夏、我們。

「換妳回答了吧，所以妳爲什麼生——」見到我的眼淚不受控地落下，他連忙改口，並握住我的手腕，「妳爲什麼要哭？」

我是被氣哭的，氣到頂點就哭出來了。

「你這個負心漢、花心鬼、腳踏兩隻船！于誠恩，我討厭你！」甩開他的手，我賭氣丟下這句話就走了。

雖然週日學校裡的人不多，但一個哭得一塌糊塗的漂亮女生走在路上還是很引人注目，我知道路人都在看我，不過我管不了那麼多了。

「許珂恩！」

回頭看了一眼，才發現原來于誠一直跟在我身後，我不理他，反倒加快了步伐。

一路上于誠始終跟我保持著一段不遠也不近的距離，似乎是怕太靠近我，我會更生氣。

他爲什麼這麼遲鈍？不知道女生哭著跑開，就是在等你追上來安慰她嗎？

抵達我家樓下後，我停下腳步，沒好氣地回過頭對他說：「你要跟到什麼時候？」

「跟到妳告訴我妳爲什麼哭爲止。」

我逕自上樓，他也跟了過來，並稍稍加快了腳步，可能是怕我把他關在門外。

我拿出鑰匙打開門走進去後，刻意不關上門，暗示他我願意跟他好好談一談，他自然順勢走進來了。

我雙手抱胸瞪著他，不發一語。

于誠又嘆了一口氣，「妳爲什麼突然鬧脾氣？」

「我沒有鬧脾氣。」

「莫名把我罵了一頓就甩頭走人，這不是鬧脾氣是什麼？」

我自知理虧，可又不想認錯，「誰叫你這麼不懂我。」

「許珂恩，妳每次都不說清楚，我怎麼可能會懂？」他站在離我三步之外的地方，定定地看著我。

我們總是太習慣將可能會越線的字句留白，卻又期待對方能讀懂那些從未說出口的話。

「你爲什麼都叫她夏夏，卻只叫我許珂恩？」我低著頭沒有看他。

「因爲我們系的人都那樣叫她，因爲我一直以來都是這樣叫妳的。」

我咬著唇，猶疑著該怎麼爲我眞正想說的話進行鋪陳。

見我沒有出聲，他又說：「換我問妳了，負心漢、花心鬼、腳踏兩隻船是什麼意思？」

啊，完了，這題我眞的沒辦法回答。

「就是字面上的意思。」我強逼自己抬頭看他，才發現他不知道何時已經距離我僅一步之遙，望著映在他雙眸中的自己，我竟有些失神。

「有件事，我想我應該跟妳解釋清楚。」他直視著我，神情十分認眞，「關於夏夏，其實我——」

我不曉得是出於害怕還是嫉妒，幾乎是在聽到她名字的那一刻，我反射性踮起腳尖吻上了他的唇。只有堵住他的嘴，才能避免從他口中聽到我不願面對的事。

于誠先是一愣，隨後像是在試探一樣，小心翼翼回應我的吻。

我忍不住閉上雙眼，放任自己深陷於他嘴唇的溫度。

這是我們第二次接吻，這次不能再推給酒後的意亂情迷了。

我們幾乎是同時退開，在那一枚不知道該怎麼定義的吻結束之後。

有好一陣子，我們誰也沒出聲，只是安靜凝視著彼此。

「妳這是什麼意思？」打破沉默的人是于誠。

「不想讓你說出我不想聽的話。」

「妳根本就還沒聽，妳怎麼知道我要說什麼？」

因爲我很膽小，特別是在面對和你有關的事的時候。

現在抱都抱過了，親也都親了，人也拐回家了，我們之間早就越過那條線了，爲什麼該說的話還是說不出口？

無論是帶著酒意還是清醒時，于誠都回應了我的吻，他的態度還不夠明顯嗎？

原來說穿了，我還是放不下我的自尊，不敢承認高中時的我有多過分、多任性，只能藉由親吻一遍又一遍地確認于誠的心意，好讓我能放心說出眞心話。

這麼自私又高姿態的告白，就只有我敢做了，因爲也就只有于誠會包容這樣的我。

「因爲我很害怕。」我幽幽地開口。

「怕什麼？」

「我害怕的事太多了，害怕聽你跟夏夏之間的事，也害怕你在知道我眞實的想法後會討厭我。」我其實很想伸手觸摸他，哪怕是拉著他的衣角也行，但是不可以，這一次不可以。

于誠嘆了一口氣，「許玡恩，要是我能討厭妳，早就討厭了。」

「意思是你一直很想討厭我嗎？」我頓時覺得有點委屈。

「意思是我不可能討厭妳。」以往總是在最後一刻移開視線的他，現在卻毫不閃躲地盯著我看，「所以不管妳想說什麼，我都想聽。」

一如既往，于誠總是比任何人都要對我有耐心，也比任何人都要包容我。

「雖然我害怕的事很多，可在所有害怕的事之中，我最怕會失去你。」我直視著他的雙眸，以及深陷在其中的自己。「以前我總認爲友情遠比愛情來得長久，只要阻絕任何發展出友情以外的可能，我們就能一直在一起。我怕你變了，也怕我變了，更怕我們之間變了。然而我沒有辦法眼睜睜看著你走向別人、漸漸不再只屬於我，我想要你留在我身邊。」

「不管是上次還是剛才的吻，對妳來說都只是占有欲的表現嗎？」他輕聲問。

才不是，他爲什麼這麼遲鈍啊！

「我都說到這個份上了，你還不懂嗎？」一絲酸楚與委屈湧上我的心頭。

不對，不是他太笨，也不是他遲鈍，而是我說了半天，還是沒有說出那句最重要的話。

「我們一直都是好朋友，我也因此對妳有一定的了解沒錯，但就像我說過的，有些事妳不說出口，我不會懂，或者該說，我沒有自信能懂。」

在每一次因葉夏緹而起的嫉妒之心促使我衝動行事後，總會得到于誠令人安心的回應，於是我又縮回殼中。

說出一句喜歡，什麼時候對我來說這麼難了？

「于誠，對不起，我喜歡你。」

一秒，兩秒，三秒……我看見于誠的嘴邊漾起淺淺的笑容。

「許珂恩，這句話是妳欠我的。」語畢，他將手覆上我的臉頰，微微俯身吻了我。

這是我們的第三個吻，卻是第一個由他主動開始的吻。

我不願闔眼，想把眼前的于誠牢牢印在腦海、刻在心底。

直到他放開我時，我仍不願離開他，抬手環抱住他的腰，鑽進他的懷裡。

「于誠。」

「嗯？」

「爲什麼你還沒說你喜歡我就偷親我？」

「……妳自己還不是一樣。」

我抬頭看他，對他耍賴，「我剛剛說了啊。」

「妳忘了嗎？是妳叫我不要喜歡妳的。」他的輕笑透過胸膛的震動傳遞給我。

「我是說過啊，但我決定收回，不算數了。」

「妳不要耍流氓。」

「我還可以更流氓。」我再度踮起腳尖，在他的唇上輕輕啄了一下。

他唇邊的笑意滿是寵溺，他想要回吻我，卻被我突然伸出的一根指頭給擋住。

于誠眼裡除了不解，甚至還帶了一絲絲委屈，看起來竟有點可愛。

「順序錯了。」我狡點一笑，指頭仍抵在他的唇上，「你還有該說的話沒說。」

「什麼時候才會換妳讓著我？」他皺了皺眉，一臉無奈。

「等你是我男朋友的時候。」

「妳不是早就知道我對妳的感覺了嗎？」

「你每次都不說清楚，我怎麼可能會懂？」我把他說過的話拿來用。

他聽出來了，所以也笑了，「許珂恩，我喜歡妳，比妳喜歡我的時間還要長，也比妳喜歡我還要多，這樣可以當妳的男朋友嗎？」

我笑著放下那根手指，「可是于誠，當我的男朋友就要讓著我耶。」

「好巧，我也只讓著我的女朋友。」

伴隨著落在我唇瓣上那枚淺淺的吻，他這麼說。

第七章

不知道是不是因爲正式確認了關係，明明我們不是第一次親吻對方，這個吻卻讓我驀地感到害羞。

我悄悄睜開眼睛，而于誠恰巧也同時睜開了雙眼，我捕捉到從他眼中一閃而過的狼狽與羞澀，忍不住笑出了聲，然後一笑就停不下來了。

「許珂恩，妳一定要這麼煞風景嗎？」于誠將下巴壓在我的頭頂上，讓我一時半會無法抬起頭看他。

「對不起嘛，我只是覺得剛剛那樣很好笑，偷看還被發現。」

「妳要是沒偷看怎麼知道我在偷看？」

我狡辯道：「我那才不是偷看。」

「不然是什麼？」

「我沒有眞實感嘛。」我想抬頭看他，卻受制於來自頭頂的力道動彈不得，「你打算害羞多久啦？就不能讓我看著你的眼睛說話嗎？」

聞言，于誠總算挪開下巴，讓我得以揚起頭直視他。

「什麼叫做沒有眞實感啊？妳不能說得具體一點嗎？」

他臉上泛著微微的紅暈，還不自覺伸手揉了揉鼻子，企圖掩飾尷尬，樣子真的好可愛。

「抱都抱了、親也親了，但我還是覺得有點不真實，那是不是就只能……」我瞇起眼，故意逗他。

毫不意外，于誠整張臉一下就脹紅了，「許珂恩，妳矜持一點好嗎？」

我笑著緊緊抱住他，感受他略顯凌亂的心跳，這證實了心動的不只是我，我們對彼此的情感是相同的。

「欸，于誠。」

「嗯？」

「你是什麼時候開始喜歡我的啊？」然而卻好一會都等不到他的回答，我不滿地抬眼瞪他，「說嘛說嘛！」

「我不知道，真的不知道。」于誠收緊了環住我的手臂，視線稍稍瞟向遠處，「應該說，從妳叫我不要喜歡妳開始，我就一直告訴自己不能喜歡妳，可能有時候越這麼想就越在意吧。」

「所以當年我跟阿信在一起，你才會那麼生氣嗎？」

他突然伸出手捏住我的鼻子，「妳還好意思問？妳寧可隨便跟一個人在一起，也不想要被我喜歡，就好像是隨便哪個人都好過我，我能不生氣嗎？」

「對不起嘛！」鼻子被捏著，我說話的聲音都帶了點鼻音，「才不是哪個人都好過你，是沒有人比你更特別了，越特別就越想小心翼翼地收藏起來。無論是林易成還是阿信，分手後都漸漸變成了陌生人，我不想有一天跟你漸行漸遠。」

「妳的腦迴路也太清奇。」他放開手，溫柔地揉了揉我的鼻翼兩側。

「不過，你爲什麼要答應那個不可理喻的約定？」

「什麼約定？」

「就是……在我喜歡上你之前，你絕對不要喜歡我。」

于誠莞爾，「我沒有答應啊，是妳擅自認定我答應了吧？」

我歪著頭回想當時的狀況……于誠好像眞的沒有說過類似於答應的字眼耶。

「于誠，我怎麼都不知道你心機這麼重？」

「這不叫心機重，我只是不做會自打嘴巴的事，就像一直都只有妳會不斷強調我們只是好朋友一樣。」

怎麼覺得我默默中槍了？我不服氣地再次追問：「所以你到底是什麼時候確認自己喜歡我的嘛？」

「我們認識這麼久了，我眞的分辨不出自己是在哪個時機點喜歡上妳，但如果問我什麼時候願意承認自己喜歡妳，應該是妳在大佑面前又一次強調我們只是好朋友那時。」

我恍然大悟，「所以外交系迎新演出那天之後，你才會突然疏遠我，還跑去參加聯誼？」

「嗯。」他點點頭，「發現自己喜歡妳，卻也意識到妳可能永遠都只會把我當成朋友，就想試著跟妳拉開距離，讓自己冷靜下來，想著要是那樣的情感能逐漸淡去就好了。」

我伸手撫上于誠的臉頰，很心疼他，深覺任性的自己很對不起他。

「結果妳居然跟我說，妳不知道沒有我該怎麼辦。」他苦笑，「偶爾我不免會想，妳是不是故意的？總在我想放棄妳的時候，又給了我無法放棄的理由。」

他語氣平淡，然而我知道，這句話的背後藏著許多他不曾說出口的隱忍和痛苦。

我不禁想起李顏惠當初對我的指責，也難怪旁人看來會認爲我在利用于誠。

我愧疚地對他說：「我無從辯解，不過我從來沒有想過要釣著你。」

「其實我那時候很沮喪，自己根本無法對妳狠下心，妳一顯得難過，我就走不開了。然後我就更不懂了，爲什麼妳明明很在乎我，卻不願分一點愛情給我？」

因爲我們始終靠得太近了，我早就分不清自己對他的種種情感跟占有欲所爲何來。

「于誠，我們來訂一個新約定吧。」望著他深邃的雙眸，我由衷道：「以後我們都要對彼此坦誠，我不想要你再爲了我委屈自己。」

他輕輕撥弄我臉頰兩側的髮絲，「我突然理解妳剛剛說沒有眞實感是什麼意思了。」

「嗯？」

我喜歡他在確定關係之後，將對我的情感在眼神中展露無遺。

我不知道過去到底錯過了多少次這樣的眼神，不過從今往後，他看著我的每一個眼神，我都想好好收藏。

「我沒想過會有這一刻。」他的聲音很輕，像是怕驚擾了一個他不願醒來的夢境。

「沒想過我們能兩情相悅？」

「沒想過我們能不只是朋友。」

我將手環上他的脖頸，笑著說：「要不要讓你再有眞實感一點？」

「什麼？」

察覺到我的手指慢慢移動至他襯衫的扣子上，于誠立刻領會我的暗示，「喂。」

「反正我遲早都要撲倒你，擇日不如撞日嘛。」原本我只是想逗逗他，但向來沉著的他瞬間變得有些慌亂，這副羞赧的模樣實在是太可愛了，我忍不住親了上去。

我們是男女朋友了，即使接下來發生了什麼也都名正言順且合情合理。

可我沒想到，于誠又退開了，他紅著臉對我說：「等、等一下。」

我不滿地把他拉近，「等什麼？」

「許珂恩，我很珍惜妳，不想在一天之內就把該趕上、不該趕上的進度全都趕上了，我們慢慢來可以嗎？」

我噗哧一笑，「怎麼覺得我們的立場好像反過來了？」

「妳應該問問妳自己才對吧？」

對於他說想放慢步調，我半信半疑，隨即腦中閃過一個猜測，「于誠，是不是因爲你沒有隨身攜帶——」

「我要回去了。」他拒絕回答，逃避似的轉過身。

「你怎麼這麼笨啦？可以去樓下——」

我話沒說完，就被于誠的吻給截斷，「妳不要再說了，然後我是眞的要回去了。」

語畢，于誠飛也似的離開我家，像是在擔心我會把他吃掉一樣。

「回到宿舍記得打給我喔！」我對著他逃跑的背影喊道。

于誠果然是在害羞呢！我男朋友怎麼這麼可愛啦！

結果于誠那塊木頭，讓他回宿舍打電話給我，他還就眞的打來說了一句「我到宿舍了」，之後就沒別的了。

「于誠，你是不是追到我就不珍惜了？才第一天你就膩了嗎？」

電話那頭沉默了幾秒，才聽他說：「妳在說什麼？」

「怎麼感覺你馬上就要掛我電話了？」

「我沒有啊。」

我故作委屈道：「情侶不是都會依依不捨、誰都不想掛電話嗎？怎麼感覺你報備完，就沒有其他的話要說了。」

「我們不是一直都這樣嗎？有想說的話就說，沒話想說也不尷尬。」

一絲甜蜜在心底泛開，連帶我的嘴角也止不住上揚。

于誠剛剛說了「我們」。

我喜歡他自然而然地將我和他劃分爲「我們」。

「可是我還是想要我們之間再更像情侶一點嘛！不然怎麼跟以前做出區分？」

「爲什麼要做出區分？」

這下換我無言以對了，直男都是這樣的嗎？

「就算在一起了，我們還是好朋友啊，我覺得沒必要特別做出區分吧。」可能是因爲我沒有回話，他又補了一句：「保持原來的相處模式也沒關係啊，順其自然就好。」

「于誠。」我輕輕喚了他一聲。

「嗯？」

「怎麼辦？我現在好想抱抱你喔。」

我一直都很喜歡于誠，我說的喜歡是指打從心底喜歡這個人、喜歡跟他相處，而我很少認眞去追根究柢這樣的情感到底是因什麼而起。

但此刻我卻不斷體認到他有多麼可愛，有多麼讓我安心。

我眞的好喜歡好喜歡于誠，作爲朋友喜歡，作爲戀人也喜歡。

過了好久，于誠才開口：「妳一定要現在說這種話嗎？」

「爲什麼現在不能說？不然應該什麼時候說？」我輕笑出聲。

「我現在……」于誠話還沒說完，就被旁人打斷。

「于誠恩，你是要放閃放多久啦？不要以爲壓低聲音我們就不知道你在跟妹子聊天喔！」

「你跟許珂恩到底是怎樣啦？到底要不要在一起？」

「小心我們跟許珂恩舉報喔！」

「你該不會打算吃遍文學院吧？」

于誠的那群室友嗓門都很大，儘管隔著話筒，我還是能聽得一清二楚。

「閉嘴啦。」于誠應該是刻意蓋住了手機收音的地方，聲音變得模糊了些，「你們小聲點好嗎？我就是在跟許珂恩講話。」

「嘖嘖嘖，搞曖昧不是好男人的行爲喔。」

「于誠恩你是不是男人！」

于誠被逼急了，突然丟出一句：「沒有搞曖昧好嗎？在一起了啦。」

手機另一端傳來一陣熱烈的鼓譟聲，我不由得慶幸自己不在現場，不必擔心逐漸升溫的臉頰被看見。

「這下妳知道爲什麼不能說了吧？」于誠邊嘆氣邊對我說，「先這樣，我們用訊息聊，我先解決他們。」

雖然捨不得掛電話，這種情況確實也不適合再多聊，看在他直接向室友承認我們交往的份上，今天就放過他吧！

「好啦。」我忍不住再逗逗他，「記得保護好我男朋友喔！」

「……許珂恩妳是故意的吧？」

「拜拜！」我非常愉悅地按下結束通話鍵。

掛斷電話後，我將自己埋進被窩裡，在床上滾了好幾圈。

我和于誠眞的在一起了呢！

從前聽到有人調侃我們的關係時，我總是拚了命澄清，可是現在不一樣了，我可以理直氣壯地告訴大家：于誠恩是只屬於許珂恩一人的。

這件事我很願意告訴全世界，所以我迫不及待打了通電話給茜茜。

「茜茜，我跟于誠在一起了。」

「眞的嗎！哇！」她用高分貝的尖叫聲表達了興奮和祝福之情，「怎麼在一起的？妳從頭仔細說給我聽！」

這通電話我們聊了好幾個小時，她甚至從頭回顧了一遍我和于誠從認識到交往的種種細節，還吵著說要是我們結婚，她必須當證婚人。

「妳會不會太誇張了？我們才交往一天，妳已經想到結婚去了。」我打趣她。

「蔚，你們經歷了這麼多事，好不容易在一起，難道都不會想像一下未來嗎？」

「未來還太遙遠，我不敢想太多。」我輕聲說，感覺剛剛漂浮在雲端的心稍稍落了地，「不過，我希望我的未來裡一直都有于誠。」

茜茜能理解我的心情，語氣溫柔：「會的，你們這麼珍惜對方，絕對不會輕易放手的。」

只要兩個人都不輕易放手，就能走到我們想要的未來嗎？

我不知道我跟于誠能一起走多遠，但我由衷希望永遠都不會有到盡頭的一天。

✦

談戀愛的好心情將我的週一症候群一掃而空，即便今天得上早課，我都能踩著輕快的步伐進教室。

「早呀。」我笑咪咪地跟李顏惠打了招呼才拉開她身旁的椅子。

她瞥了我一眼，一對上我的笑臉又把視線放回課本，「妳可以不要這樣看著我嗎？讓人很想扁妳。」

「哪樣？」

「一臉高興得過分的樣子，還很希望我問妳原因。」

「那妳爲什麼不問我？」我雙手托腮，故意眨著眼睛盯著她。

「就沒興趣知道啊。」

我逕自宣布：「我跟于誠昨天在一起了。」

「是嗎？終於。」她嘴上說沒興趣，仍舊側過頭來，「一定是妳主動的吧？」

「什麼叫做一定是我主動的？」

「于誠恩一直默默守在妳身邊，想靠近又怕妳像以前一樣逃避。如果我是他，都要被妳搞出心理陰影了，哪敢輕易採取行動？」

是，教訓得是，我乖順地聽訓，「小惠，謝謝妳啊。」

「妳幹麼？」她狐疑地看我。

「幸好妳有罵醒我，不然我可能還躊躇不前。」

她彆彆扭扭道：「謝我幹麼？我只是看妳那樣不順眼而已。」

「李顏惠妳這個人真的是口嫌體正直欸。」我笑了笑，由於心情很好，很難得地向她撒嬌，伸出手拉了拉她的衣服，「高中那時候我怎麼沒發現妳這麼有趣？」

「妳還是少說兩句好了，被妳誇獎我渾身都不太舒服。」李顏惠雖然這麼說，卻沒有甩開我的手。

以前我們是如此水火不容，現在不僅能和平相處，甚至還能交心，這種感覺還滿奇妙的。要是早一點好好談一談，我們會不會就能早一點冰釋前嫌？不過高中時的我們更年輕氣盛，應該很難心平氣和坐下來好好談吧。

兩節課很快上完，教授一宣布下課，我趕緊收拾東西，轉頭對李顏惠說：「我等一下要跟于誠吃飯，先走了喔。」

她瞇起眼，由上至下打量我，「我已經可以預見妳是見色忘友型的人了。」

「我是啊。」我理直氣壯地回應她，「而且于誠也是我的朋友，他有雙重身分加持，我一定優先選他。」

她無言以爲，擺擺手叫我趕緊走。

我背起帆布包，再將沉重的課本抱在胸前，笑著快步離開教室。

于誠早上沒課，但昨晚我們約好今天中午要一起吃飯。一走出系館，便見到于誠站在樹蔭下低頭滑手機。

我正想過去嚇嚇他，不料來到距離他只剩五步時，他猛然抬起頭，在瞧見我的瞬間給了我一抹很溫暖的微笑。

「你爲什麼突然就抬頭了？」我撇了撇嘴，不太滿意。

于誠輕笑著朝我走近，「就抬頭了啊，下意識的反應，哪來爲什麼？」

「我們要吃什麼？」我笑著挽住他的手臂。

「忘了跟妳說，等等大佑和小暮也會過來。」他解釋，「大佑聽說我們在一起了，堅持要跟妳一起吃頓飯，說什麼要正式介紹一下。」

我不禁失笑，「都見過那麼多次了，還要介紹什麼啦？」

「他可能又要說一些有的沒的，妳別理他。」

「好，我不理他，我只理你。」我很故意地把頭往他的肩膀蹭了蹭。

果不其然，于誠有點不自在，「這樣我是要怎麼走路啦？」

「你走你的，我蹭我的，互不干擾啊。」

他啞口無言。

總覺得自從跨過友誼那條線後，于誠拿我沒輒時，一貫無奈的表情裡多了一分寵溺，又或者他一直以來都是如此，只是過去我從未察覺罷了。

餐廳是小暮挑選的，當我們走進學校附近新開的窯烤披薩店，就看見大佑他們坐在角落的位子朝我們揮手。

大佑興致勃勃地調侃于誠：「我還在想要等多久，你和許珂恩才會走到這一步。」

「恭喜你們呀。」小暮笑容和煦地向我們道賀。

我也笑著回應她：「謝謝。」

相較於我落落大方的態度，于誠有些不自在，他原本話就不算多，這時又更顯沉默了。

「于誠恩，你在暗爽嗎？」大佑不愧是于誠的好兄弟，毫不留情地損他。

于誠從桌下狠狠踩了大佑一腳以示抗議。

「那就由許珂恩來說說看你們是怎麼在一起的好了。」大佑轉而看向我，像是期待聽故事的小孩。

「還能怎麼在一起？」我莞爾一笑，「我撲倒于誠啊。」

大佑和小暮一邊大聲鼓譟，一邊笑得樂不可支，于誠的臉變得比披薩上的番茄還要紅。

儘管這不是我們第一次和大佑他們一起吃飯，卻是第一次以情侶的身分出席，感覺大不相同，覺得自己真的被帶進了于誠的世界。

用餐過程十分愉快，聊著聊著，大佑說到上學期于誠參加聯誼的事，我順勢表態：「那時于誠抽學伴抽到小暮，我還曾經吃過小暮的醋呢。」

「眞、眞的嗎？」小暮一愣，略微慌張地向我解釋，「但我跟他沒怎麼交流，反而是我跟大佑在一起之後，才跟他變熟一點。」

「聯誼那天我就看出大佑還喜歡小暮了，怎麼敢在他面前跟她交流啊？」于誠總算找到機會調侃大佑。

我立刻半開玩笑地瞪向于誠：「你的意思是不在大佑面前就可以囉？」

「教訓得好！于誠恩就是欠教訓，那時候看到他抽到小暮，我也有點小不爽。」大佑笑著拍手，跟我站在同一陣線，「看在我們都是受害人的份上，我跟妳爆個料。于誠恩這個人就是悶騷，明明喜歡妳喜歡得不得了，不敢說就算了，聽到妳說你們只是朋友就在那邊暗自神傷，他早一點告白搞不好就沒那麼多事了。」

「你以爲許珂恩這麼好追？高中那時，她怕大家誤會我們的關係，還因此跟別人交往，要是在她想通之前跟她告白，下場應該會很慘烈吧。」于誠的語氣很平靜，如果不是我們已經在一起了，他絕對不會當著我的面說這些吧。

「好啦，我承認是我太難搞了。」我將頭靠在于誠的左上臂，半是撒嬌地向他認錯。

他伸出食指輕輕戳了一下我的額頭，「我怎麼覺得妳就是在針對我，面對我的時候特別難搞。」

「因爲你是于誠啊。」我吐了吐舌，很賴皮地回道。

大佑嫌棄我們肉麻，小暮卻說：「不過這樣眞好呀，幸好你們沒有錯過彼此。」

是啊，幸好我們沒有錯過，我爲此萬分感謝。

吃完飯後，我跟小暮結伴去廁所，在洗手台前稍微聊了幾句。

「偷偷跟妳說，于誠恩是眞的很喜歡妳，就算當時去參加聯誼，他很明顯沒有心思認識其他女生。」可能是怕我誤會，小暮突然這麼對我說。

我噗哧一笑，「妳不要緊張啦，我也就是在當下有點吃味而已，並不是眞的很介意這件事。我跟于誠聊過，他會參加聯誼說來也算是我的問題。」

「那就好，畢竟以後應該會常常見面，我不希望這件事讓妳心裡有疙瘩。」她總算鬆了一口氣，嘴角也添上了笑意，「再偷偷跟妳說一件事！其實當初大佑他們那群人分成了兩派，一派站妳這一隊，另一派則是站夏夏那邊，不過我從一開始就是支持妳的唷！」

我愣了愣，居然還有這種事啊？

「妳爲什麼站我這隊？于誠系上的朋友感覺都跟夏夏比較熟吧。」我好奇地問。

「因爲于誠恩喜歡妳啊，夏夏是很好沒錯，但如果于誠恩始終放不下妳，她再怎麼好也沒有用，所以我跟大佑都支持妳。」

聽她這麼說，我才想起我跟于誠好像還沒有好好聊過夏夏的事，那天夏夏爲什麼去于誠宿舍樓下找他？兩個人當時說了些什麼？

「謝謝你們。」我向小暮道謝，半開玩笑說：「要在一片支持夏夏的聲浪中逆風應該不容易吧，哈哈哈。」

她莞爾，「其實我很久以前就對妳感到很好奇了。」

「我？」

「我隱隱感覺于誠恩有個很喜歡的對象，第一次見到妳的時候，我就想著，原來就是這個女生呀，本人眞的好漂亮！難怪攻略難度這麼高。」

雖然我認爲我的長相跟我很難追應該沒有太直接的關係，然而我只是笑了笑，沒有反駁。

「謝謝妳跟我說這些。我和于誠高中三年都同班，一直都在彼此身邊，生活圈幾乎完全重疊，上大學之後卻不一樣了，他有新的朋友群，從那些朋友口中聽到他，有時候會有種重新認識他的感覺。」說完我才意識到自己說這些好像有點唐突，畢竟我跟小暮僅僅是點頭之交，沒有到交心的程度。

「我懂。我跟大佑的情況也差不多。」她對我露出了然於心的微笑，「妳放心啦，于誠恩這麼珍惜妳，一定會很寵妳的，妳只要坦率一點回應他就好了。」

是啊，卡在我和于誠之間最大的問題，一直是那個不夠坦率的我。

於是晚上和于誠一起在我家吃飯時，我直接了當地向他問起夏夏的事。

「我上次要說就被妳打斷了，怎麼現在又想到要問？」于誠邊收拾桌子邊抬頭看了我一眼。

我理直氣壯地當起小公主，趴在桌上看著他忙碌，「那時候不敢聽嘛，怕聽到我不愛聽的，但現在不一樣了啊，身爲女朋友還是得問清楚。」

「妳想問什麼？」他沒有停下動作，將擦完桌子的抹布拿去洗乾淨，「我跟夏夏沒有在一起，那天想跟妳說的就是這個。」

「你們是不是在搞曖昧？」

他並未作聲，像是默認了。先前就目睹過他們之間親暱的氛圍，我也不怎麼意外。

我走到他身後，伸手環住他的腰，「于誠，你到底是怎麼想夏夏的啊？」

于誠停頓了幾秒，沒有立刻回話，繼續將做到一半的清潔工作做完，我耐心地等待他的回答，像無尾熊一樣抱著他，他走到哪我就跟到哪。

他不疾不徐地收拾完，把自己的手洗乾淨、擦乾後，才覆上我抱著他的手，「我不否認她對我來說也是特別的存在，畢竟是曾經喜歡過的人。」

「有我特別嗎？」我探頭看他，有點吃味地問。

「那倒沒有，跟妳在一起的時間還是比較多。」他淡淡地笑了，伸出空著的右手揉了揉我的頭。

我滿意地將腦袋縮回去，輕靠在他的背上。

于誠接著說：「我不否認和她重逢後，我有想過或許就這麼順勢在一起。」

「你知道夏夏喜歡你嗎？」

「嗯。」他的回應很簡短，甚至可以說是含糊，不過我也不想知道得太詳細，便沒有追問細節。

「如果我沒有向你告白，你們是不是就會在一起了？」問出這句話的同時，我不自覺收緊了環抱他的手臂。

似乎感受到我的不安，于誠轉過身將我攬進懷裡，「然而我發現我根本放不下妳，每當我覺得自己可以做到的時候，妳總是會適時地出現，讓我動搖。」

「意思是，無論如何你都會選我囉？」

「也不能這麼肯定吧，如果妳沒有主動告訴我妳的心意，我不確定自己能再堅持多久。一直以來，我都是抱持著想知道自己要多久才能放棄妳的心態在繼續的。」

雖然聽起來少了一種「非我不可」的堅定，但我喜歡于誠如此坦誠地讓我明白他的想法。

我抬頭望著他，「還有一件事。」

「嗯？」

「你爲什麼一直叫她夏夏，可是都只叫我許珂恩？我一直很介意這一點。」我抗議道。

「原來妳當時那麼問是在吃醋啊。」于誠後知後覺地恍然大悟，「那是因爲她跟大家說，叫她夏夏就好，不只我一個人這樣叫她。」

我不是很滿意這個回答，「至少你不能繼續叫我許珂恩啊，很疏遠欸。」

他頓了頓，一臉彆扭，「我一直都這麼叫妳，突然要改很奇怪。」

「哪裡奇怪了？又不是要你叫我寶貝還是老婆。」聽到我這麼說，于誠的耳根果然又一次染上淡紅色，看起來怪可愛的。

「來，試著叫一次：珂、恩。」我像哄小孩一樣，一字一句地對他說。

「我慢慢來可不可以？」

「你也太多事要慢慢來了吧？就是去掉個姓氏有什麼難的？」

「就……很難。」

「那好啊，這件事慢慢來，另一件事就不准慢慢來了。」

「……聽不懂。」

後來到底花了多少時間才讓于誠扭扭捏捏地叫我「珂恩」，我就不提了，看來我們想要跨過從朋友轉變爲情人的尷尬期，還需要費一番努力啊。

不過沒關係，我們還有好多時間可以一起適應，一起相伴，一起成爲我們所嚮往的「我們」。

據大佑他們的說法，我跟于誠交往的事，在他們班上掀起了一陣不小的討論。

輿論大致分成兩派，一派認爲我們在一起本來就是遲早的事，另一派則是訝異於于誠的選擇，並認爲葉夏緹「看起來」比較適合交往。

這是什麼說法啊？

「因爲妳看起來就是個綠茶婊，沒有葉夏緹來得親切眞誠。」李顏惠很熱心地幫忙解釋。

「還眞是謝謝妳喔。」我朝她翻了個白眼，感謝她的過度熱心，「雖然我確實談不上親切，不過我覺得我很眞誠啊！再說了，眞不眞誠跟適不適合交往的關聯性在哪裡？」

她沒有接下這個話題，兀自把我由上至下打量了一番，「許珂恩，妳的長相眞的是最不討女生喜歡的那種欸。」

「我一直都知道啊，可不能因爲這樣，就把我的優點當成缺點來說啊。」

「既然妳明白這個道理，還有什麼好在意的？你們覺得彼此適合就好了。」

已經下課好一會了，我和李顏惠邊收拾東西邊閒聊，拖了不少時間，以至於教室裡的同學都走得差不多了。

「話是這麼說沒錯啦。」我搶先她一步收拾好包包，抱起課本，背靠在牆邊等她，「但誰會喜歡別人說自己的男朋友和別的女生更相配？」

「妳什麼時候開始在意起別人的眼光了？妳不是這種性格吧。」

「那妳覺得我是什麼樣的性格？」我盯著她看，等待她的評價。

「比較任性、自我那種吧，以前覺得妳很婊，後來發現妳其實沒什麼壞心眼，就是對很多事懶得理會，顯得情商比較低。」她總算收好東西，起身示意我可以走了。

「我常常不知道妳是在罵我還是誇我欸，但妳滿了解我的嘛！」我忽然勾住李顏惠的手臂，她因爲這少有的親近舉動而明顯一僵，一時不知該怎麼接話。「我也不是一直對很多事不太理會，只是要讓每個人都對我滿意太難了！人們喜歡用第一印象去斷定一個人、決定怎麼跟這個人相處，他們擅自認定我是什麼樣的人，就算我想開口解釋，也得花上比別人要多的力氣，久了我就懶了。」

這一次，李顏惠開口了，「那妳就保持現在這樣吧，也沒必要爲了勝過葉夏緹去改變自己。」

「那當然！我就是不太服氣而已，我覺得自己一點都不輸葉夏緹啊！她是很漂亮沒錯，可我覺得我更好看。」

「許珂恩，妳就是這點很氣人，妳——」她突然停下腳步，「欸，那是不是葉夏緹？」

我順著李顏惠的視線往走廊看過去，迎面走來那個長相清麗、姿態裊裊婷婷的女生，確實就是葉夏緹。

「妳覺得她會看到我們嗎？」我壓低聲音問李顏惠。

「會，再十秒之後就會。」

聞言，我理了理頭髮，快速用手機確認自己妝容完好，才抬頭面朝葉夏緹的方向。

在我抬起頭後的第三秒，正好跟葉夏緹對上眼，我立刻勾起嘴角，擺出完美自然的微笑和她打招呼。

身旁的李顏惠噗哧一笑，用只有我聽得見的音量說：「妳真的很假欸！」

葉夏緹走了過來，「嗨，珂恩，有陣子沒見到妳了呢。」

「是啊，好久不見。」

然後，我們就沒話了。

葉夏緹是個圓滑周到的人，以往她通常會主動接話或是開啓話題，此刻她卻很難得地放任空氣沉默。

如果只是單純話題沒了，或許我會簡單地跟她道別，但她似乎有些欲言又止，我忍不住好奇她想說些什麼，反正我本來就不怕尷尬，站著和她僵持也無妨。

最後反倒是李顏惠先受不了，「妳們有話要聊嗎？有的話我先走好了，要是沒有的話我也該走了。」

我莞爾，看向葉夏緹，「所以妳有話想說嗎？」

她一愣，估計沒想到我會問得這麼直接，過幾秒也笑了出來，「有，我們聊聊吧。」

夏季時分的暑氣越來越濃，炙熱的陽光曬在臉上，我和葉夏緹並肩坐在文院大樓前的花圃邊，中間隔著我們兩人的帆布包，距離不遠也不近。

「聽說，妳和于誠恩在一起了。」她輕聲開口。

「對。」我沒想到她會主動提起這件事，不過這也沒什麼好避而不談的，於是大方承認，「妳應該很討厭我吧，明知妳喜歡他，卻還是和他交往。啊，我這樣說不是想讓妳說妳不討厭我，怎麼想都不可能不討厭吧。」

「我果然很欣賞妳有話直說的性格呢。說實話，我的確沒有善良到不對妳產生一絲負面的想法。我沒有大家想得那麼完美，只是很會看人臉色，知道他們喜歡什麼樣的人、想聽什麼樣的話。」葉夏緹淡淡地笑了笑，「妳不用對我感到愧疚，當時會讓妳知道我喜歡于誠恩，也只是希望妳會因此讓步罷了。我所有的善解人意和溫柔，說穿了都是爲了我自己而已。」

我望著來往在校園裡的其他學生，安靜地聽她說話。

「我很清楚，只要對妳好，表現得不介意妳和于誠恩之間的關係，他接納我的機率就會更高，因爲妳對他來說是最特別的存在。」葉夏緹臉上始終掛著微笑，然而我一點都不覺得她開心。「其實在大佑的生日聚會前，我就跟于誠恩表白了，當然，也被他拒絕了。」

我轉過頭驚訝地看著她，她沒有直視我的眼神，表情依舊淡然，彷彿只是說起一件稀鬆平常的事。

「他明確地告訴我，他喜歡妳，但妳不喜歡他，所以他不會讓妳發現他的感情。妳知道我聽了之後是怎麼回應他的嗎？」她雖然拋出了問句，卻不要我的回答，逕自接著說下去，「我跟他說，我能接受你們繼續當朋友，也理解他對妳的情感，我可以等他。」

我眞佩服她的度量，如果我喜歡的人心裡有別的女生，我根本不可能接受。

葉夏緹像是看穿了我心裡的想法，又說：「因爲這樣他才沒有完全拒絕我的告白，可其實我根本不可能打從心底接受你們這樣的關係，應該說誰能接受呢？」

「我也覺得不可能有人能接受，幸好妳沒有聖母到這種程度。」說完，我和她相視而笑。

「我很羨慕妳能自在地做自己。」這一次她沒有迴避我的視線。

「不用太羨慕我，我這種個性不怎麼討喜，有好多人還覺得妳跟于誠比較配呢！」

把心裡的話傾倒而出後，葉夏緹神態輕鬆不少，站起來伸了伸懶腰，「不過最後在一起的是你們呀。祝福你們，眞心的。」

葉夏緹朝我展顏一笑，這個笑容比她過去任何時候都還要好看。

✦

「嗨，學妹，旁邊有人嗎？」

一句熟悉的搭訕台詞從我右手邊傳來，我下意識側過頭，看看到底是誰社課都還沒結束就來油嘴滑舌。沒想到，居然是好一陣子沒來社團露面的楊禹翔。

「有啊。」我抬起下巴指了指坐在我左邊的李顏惠，「不然學長你站著好了。」

楊禹翔笑著蹲了下來，雙手輕鬆地搭在膝蓋上，「站著太明顯了，這樣行嗎？」

「這樣感覺很像我在欺負你欸，學長。」

「上次不是說了嗎？別叫學長，聽著太生疏了啦。」

我還沒來得及接話，社長不知道什麼時候走了過來，伸手巴了一下楊禹翔的頭，「你不要以爲中場休息時間就可以騷擾學妹喔。」

「說兩句話怎麼就是騷擾了？我是在幫你鞏固社團向心力。」

社長轉過頭看向我，「學妹，楊禹翔是不是在騷擾妳？妳老實說，不用怕他。」

看到楊禹翔朝我無辜地眨了眨眼，我差點沒笑出來，但還是強忍著笑意對社長說：「是，他剛剛問我旁邊有人嗎，我還以爲被搭訕了呢。」

楊禹翔因此被社長碎念了一頓，過程中還時不時對我投來怨念光波，我很沒良心地笑了。

社長走後，楊禹翔哀怨地看著我，「沒想到妳是這樣的珂恩學妹。」

「不然你以爲我是哪樣的珂恩學妹？」我笑嘻嘻地回他一句。

「學妹，現在可以讓一個位子給我嗎？」

「你問她。」我把球丟給李顏惠，結果楊禹翔還眞的開口問她能否往裡坐一個位子。

她一臉尷尬地點了點頭，瞪了我一眼後起身往裡坐。

待我也挪過位子後，楊禹翔神態自若地在我右手邊坐下。

我主動開啓話題，「很久沒在社團看見你了，最近還好嗎？」

「學妹，妳好像變得不太一樣了，沒想到妳會主動問我話。我最近忙著申請實習，比較沒時間來社團。妳呢？最近怎麼樣？」楊禹翔似乎感到有點意外。

「大一生也沒什麼特別要忙的，就那樣囉。」

「看起來不只是『那樣』而已欸，感覺妳……」他思索了幾秒，像是在琢磨要怎麼形容，「變得開心許多。」

「這都被你看出來了，我現在是眞的滿開心的。」想起于誠，我忍不住漾起笑容，「因爲我的僵局已經打破了。」

我這麼說，聰明的楊禹翔應該馬上能懂我的意思。

他和我一同目睹于誠跟葉夏緹走在一起，也看到了我最無助的時刻。

他露出了然於心的微笑，「那很好啊，比起那天像是快哭出來的樣子，妳還是比較適合笑著。」

「被你看到那樣的我，總覺得有點丟臉呢。」但也因爲如此，楊禹翔對我來說多了幾分親近感。

「妳後來有找到自己喜歡做的事嗎？」

我一時反應不過來，愣了一下，「嗯？」

「走出僵局後，難道就不用尋找自己喜歡做的事了嗎？」

我這才想起當時楊禹翔對我說的那些話。

「找些自己喜歡的事去做吧！開始行動之後，妳就不那麼容易因爲茫然而不安了。」

「大多數的人都不知道自己喜歡什麼，妳不妨先從自己擅長的事做起，或許之後就會慢慢發現妳對哪些事懷有熱情。」

我笑了笑，「我找到了啊，我喜歡做的事就是和我男朋友在一起。」

「不要突然放閃啦。」楊禹翔又好氣又好笑，「戀愛確實很重要，但妳還是該有自己的生活，不要把重心都放在男朋友身上，否則以後會很辛苦喔。」

「可是，只要他把重心也放在我身上，不就好了嗎？」

「倘若有一天，他有其他更重要的事必須擺在妳之前呢？」

我歪著頭想了一會，「會嗎？例如什麼？」

「嗯……跟小大一說這些好像有點早。」楊禹翔忽然就笑了，「不過學長還是好心提醒妳，很快妳也要開始考慮畢業後的未來，趁現在有空思考一下自己喜歡、擅長什麼會比較好。」

這次我倒是能理解他想表達的意思，「我跟于……我男朋友一直都是最懂對方的人，我們一定會將彼此納入未來的規畫。」

如果是別人，或許我不會這麼樂觀，但因為交往對象是于誠，那麼我就有信心，無論將迎向什麼樣的未來、遇上什麼樣的波折，我們也會盡最大的努力克服一切，並肩同行。

楊禹翔張了張嘴，像是想再說些什麼，然而最後他只是笑著站起身，說他去找社長聊兩句。

望著楊禹翔的背影，我不由得陷入了思索。

自己的生活重心嗎……我喜歡做的事有很多啊，比如追劇、逛街、化妝什麼的，這些算嗎？至於畢業後的未來，我還真沒想過。

我現在才大一，一定要這麼早就開始思考遙遠的未來嗎？

我甩了甩頭，決定暫時不去多想，反正橋到船頭自然直嘛！等碰到了再說。

比起當初只是拿國際社排解不安的我，陪著我參加幾次活動的李顏惠反而對社團更加上心，學長姊也對她的辦事能力很滿意，甚至有意讓她接任幹部。

社課結束後，李顏惠就被學姊拉去一旁商量事情了。

雖然她說我要是無聊可以先回去，但我也沒什麼事，就想著在旁邊等她一下，直到收到于誠傳來的訊息才改變主意。

「社團結束沒？要不要去接妳，待會一起吃飯？」

我止不住嘴角上揚，迅速回覆：「要要要！」

「那妳出來啊。」

這句話的意思是，于誠早就來等我了嗎？

我傳訊息告訴李顏惠我要先離開後，立刻朝社團教室門口快步前進。

「唔！」走沒幾步，一個人冷不防從旁竄出，儘管對方及時抓住我的手腕，讓我沒有直接撞進他的懷裡，可我還是氣惱地抬頭瞪向那個冒失鬼。

楊禹翔一臉驚訝，「抱歉，沒注意到妳，差點就撞上了。」

「沒事，是我走得比較急。」由於對方是認識的人，我便忍下心中的不悅。

「這麼急著要去哪啊？妳朋友還在跟——」楊禹翔的話還沒說完，突然就被打斷。

「許珂恩，妳好了沒？」

我和他同時看向發話者，原來是站在門口的于誠。

我笑著走向于誠，「你不是在外面等我嗎？」

「因爲妳動作太慢了。」

「我哪有。」

「學妹，這位就是妳的男朋友嗎？」楊禹翔揚起微笑，跟于誠打招呼，「你好，我是企管系的楊禹翔，也是國際社的成員。」

于誠簡單點了點頭，沒有開口，我只好替他補充：「嗯，他叫于誠恩，是外交系的。學長，那我先走了喔，下堂社課見。」

說完，我像平時那樣挽著于誠的手臂就要離開，沒想到他居然很難得地主動改牽起我的手，而且牽著我的力道好像稍稍用力了一些。

「剛剛那個男的是你們社團的學長？」走出社團大樓後，于誠緩緩開口。

「對啊，他是大三的學長。」我順口答道，在兩秒後意會過來這個問句背後的意思。

「你們很熟嗎？」

我強忍住笑，故作平常地接話，「還可以吧，偶爾會小聊一下。」

「喔。」

這下我愣住了，「『喔』？就『喔』？你不多問幾句嗎？」

「妳想說就會說了。」

我停下腳步，改用雙手握住他牽著我的那隻手，認眞注視著他的雙眼。

「妳幹麼？」于誠被我看得很不自在，皺了皺眉頭。

「于誠，你……」我終究還是沒能忍住，綻開了笑容，「是不是在吃醋啊？」

他嘆了一口氣，「我已經很習慣吃妳的醋了。」

「什麼叫做很習慣嘛？在一起之後，你明明就很少吃我的醋，也沒特別在意我身邊哪個男生。」我壓抑不住心裡的欣喜，伸手環住他的腰。

「許珂恩，這裡人那麼多，妳一定要這麼高調嗎？」于誠低頭看我，眼神充滿無奈。

他的雙臂垂在身體兩側，並沒有要抱我的意思，這讓我不是很滿意，「抱一下又怎麼了？他們是沒看過情侶抱抱嗎？你要是再不抱我，我還可以更高調，你信嗎？」

我才剛說完，他居然舉起一隻手摀住自己的嘴巴，彷彿深怕被我當眾強吻，差點沒把我氣笑。

我怒瞪于誠一眼，他不得不乖乖拿開手，「人來人往的，妳克制一點。」

這句話就這麼戳中我的笑點，害我一直格格笑個不停，引起部分路人的側目，于誠索性把我擁入懷中，試圖掩蓋我的笑聲。

「妳小聲點啦，還嫌自己不夠引人注目？」

「我引人注目又不是一天兩天的事。」我將頭埋進他的懷裡，用力吸了吸只屬於于誠的味道。

「我又不是在說妳的外表，是妳的行爲。」

他仍不太習慣在人前放閃，我都還沒抱夠就被他拉開了距離。

算了，于誠從以前就比較容易害羞，我還是不要再強人所難。

「走吧。」他再度牽起我的手繼續向前走，「如果妳眞的想抱，晚點送妳回家再繼續，我們先去吃飯。」

他明明是在對我說話，卻沒回頭看我，是因爲說這種話會讓他感到不好意思。

我不禁爲這樣可愛的他又一次心動。

好奇怪，交往這段時間以來，我們見面的頻率已經比以前高上很多，也常常一起去約會，怎麼還是覺得不夠呢？

我好想擁有于誠更多，想要他所有的時間，想要他全部的體溫，想要他無時無刻都一直在我身邊。

「不好好吃飯，一直偷瞄我幹麼？」于誠被我盯得很不自在，終於忍不住出聲制止我。

「我在想事情，又不是故意盯著你。」眞小氣，看都不讓人看，我在心裡嘀咕。

儘管我常常對于誠提出各種要求，也不是很在意到底是該男生主動一點，還是女生，但此刻我腦中的這個念頭實在有點大膽，我怕說出口會把于誠嚇跑。

「想什麼事？」

「有關你的事。」我挖了一口飯送進嘴裡，漫不經心地咀嚼著，視線完全沒從于誠臉上離開。

「妳又想幹麼？」

聞言，我笑開了懷，「幹麼說得好像我又在打壞主意啦。」

仔細想想這好像也算是壞主意……

「想說什麼妳就直說啊。」他莞爾，邊說邊把玻璃杯的水都加滿，「我們都認識這麼久了，應該沒什麼事能再嚇到我了吧。」

這話可是你自己說的喔，於是我一鼓作氣開口：「我是在想，我們同居好不好？」

「咳咳咳咳……」正舉起杯子喝水的于誠立刻就被嗆到了。

我抽了兩張面紙遞給他，「很浮誇欸你。」

「不是，妳……我是說……那個……」于誠徹底語無倫次，整張臉都脹紅了。

相較於驚嚇過度的他，把心裡話說出口的我放鬆了不少，還能慢條斯理地繼續吃飯，

「你不是說，應該沒什麼事能再嚇到你了嗎？」

他啞口無言，而後又咳了好幾聲。

我盡量維持表情不變，實則內心隨著他的沉默越發不安，甚至有點後悔脫口而出這麼一個不夠矜持的提議。

「你不要不說話嘛。」我偷偷瞥了他幾眼，「很多情侶都會一起住啊，聽說大佑和小暮下學期也打算同居。我只是有點羨慕他們隨時都能見到對方，哪像我們想見面還要特別約時間。」

「我們不是很常見面了嗎？」于誠似乎冷靜下來了，如果忽略那雙仍微微泛紅的耳朵的話。

「不一樣嘛！我……」躊躇，爲什麼說著說著連我都有點害羞了，「我就是想隨時跟你黏在一起啊！不行嗎？」

這下我們兩個都臉紅了。

「我……」他好像有點猶豫。

而這不免讓我有些失落，「于誠，你是覺得太快了嗎？還是你想要有自己的空間，你可以直說沒關係。」

「我只是怕會後悔。」

「你說你嗎？」

「我們。」他很快補充解釋，「在現在這個階段，我不知道我們的感情是否已經穩定到足以面對同居後可能產生的問題。」

我又一次意識到我和于誠的不同，我總是腦子一熱，凡事做了再說，于誠則是會在深思熟慮後才採取行動。

似乎怕我的沉默是對於他的猶疑感到難過，于誠伸手揉了揉我的頭髮，「妳先不要沮喪，我不是不想跟妳一起住，只是怕那些因同居而產生的磨合問題，也發生在我們之間。」

確實，很多情侶在同居後會開始爲了生活上的大小事不斷爭吵，吵到後來分手的也大有人在。

「可是我們不試試看怎麼知道呢？」比起揣測同居可能會碰上的問題，我更想好好享受有他陪伴在身旁的每分每秒，「不然，我們定個時間，要是到了暑假我們都還沒有看膩對方，就一起住吧！」

這一次，他沒有再拒絕我，臉上笑容和煦，「好好好。」

「這次要打勾勾嗎？」于誠突然打趣我。

「才不要咧。」我不由得笑了，從桌子下方踢了他的腳一下，作爲他調侃我的小小報復。

✦

抱著裝滿物品的紙箱，我搖搖晃晃走上三樓，在即將抵達目的地前，突然感覺快要抱不住懷裡的紙箱，連忙著急地大喊：「于誠！快出來幫我，東西要掉了啦！」

站著等了幾秒，于誠才慢悠悠地打開鐵門走出來。

「快點啦，我都說東西快掉了，你還慢吞吞的。」我忍不住抱怨。

他一從我手上接過紙箱，便皺了眉頭，「妳知道妳手上這箱已經是最輕的了嗎？」

「我一個弱女子，就不應該做粗活嘛。」

于誠放棄跟我爭辯，坦然接受我的賴皮：「還是我來搬箱子吧，妳去屋裡整理東西好了。」

「我就知道我男朋友對我最好了！」我從背後抱住他，像隻無尾熊一樣，緊緊黏在他身後。

「喂，妳突然這樣抱上來，東西會掉啦。」

今天是我們搬家的日子。

「我們」是指我和于誠，至於「家」，則是我們合租的小套房。

自上次訂下約定後又過了幾個月，我和于誠仍然沒有看膩彼此，便依約從大二開始同居。

相較於我萬分期待往後能無時無刻膩在一起，于誠卻擔心我們會爲了小事吵架吵到分手，甚至還在去看房前，特別跟我訂了同居公約，其中有兩條是「有不高興的事要直接說出來，不可以生悶氣、冷戰」，以及「吵架不可以吵到隔天」。

我問他是不是很怕同居會導致我們分手，他算是默認了。當時我笑著對他說，只要他不欺負我，什麼公約我都答應，聞言于誠狠狠地捏住了我的臉，說只有我會欺負他……

突然，一罐冰涼的飲料貼上我的面頰，將我從思緒中拉回。

「快點整理啊，還發呆？再拖下去天都要黑了。」于誠將飲料的瓶蓋轉開後才遞給我。

「離開學不是還有好幾週嗎？慢慢整理不行嗎？」我嘟著嘴開始耍賴，想偷懶。

「早點整理完，就能趁暑假結束前一起去走走了，妳前幾天不是嚷嚷著想出去玩？」于誠果然最知道怎麼哄我，一句話就讓我把抱怨都吞了回去。

「可是我今天從早上忙到現在，好累喔，明天再繼續好不好？」

他嘆了一口氣，「那妳休息吧，我稍微打掃一下，至少要先能住人，東西可以之後再慢慢歸位。」

然後我就眞的坐在椅子上邊喝飲料邊滑手機，理直氣壯看著于誠忙東忙西。

「我怎麼覺得妳之所以這麼想一起住，根本是想拐我來幫妳打掃、做家事。」晚上吃著我叫來的外賣，于誠筋疲力盡地小聲嘟囔。

「你怎麼說話的？就算這是目的之一，也不會是主要目的啊！」

他橫了我一眼，已經累到沒有力氣回嘴了。

我趕緊跑到他身後替他捶背，「我的意思是，主要目的當然是想每天都抱著你睡覺嘛。」

結果于誠就被飯粒嗆到了。

當晚我還是如願獲得了于誠牌手臂枕頭，雖然他嘴上埋怨偶像劇根本是在誤導觀眾，這種睡姿一點都不符合人體工學。但不僅是同居的第一天，在往後的每一天裡，只要我想這麼睡，他隨時都會伸長了右手臂讓我枕著，並用左手環抱住我，即使他早已昏昏欲睡也會自動自發調整好姿勢。

每晚睡前，我總會因爲他這樣的習慣而再一次感受到自己正被人深深地愛著、呵護著。

有時候我不免會感嘆，爲什麼我們沒有早點在一起呢？

儘管這幾年于誠始終陪伴在我身邊，可是好朋友之間不能做的事、不能越過的界線太多了。實際體會過才更能比較出交往的好處，也更加確定我對于誠的感情不是依賴或習慣所致，才會在得到他之後的每一天，依然感受到自己對他的喜歡日漸加深。

不僅如此，我也同樣感受得到于誠對我的感情有增無減，就如同他曾說過的，他對我的喜歡比我對他的喜歡多很多。

這個暑假，是我們在一起後共度的第一個夏天。

一起搬家、一起打理我們的小窩、一起出去旅遊、一起成爲大二生……一起陪伴彼此度過生活中的每一件大小事。

什麼情侶同居會增加摩擦、會因爲朝夕相處而逐漸對彼此失去熱情，這些都沒有發生在我和于誠身上。畢竟其實早在同居之前，我的生活圈便與于誠的高度重疊，于誠早就理所當然成了我的生活重心。

我覺得情侶膩在一塊沒什麼不好，每個人都有自己看重的事物，我就很享受愛情，也很樂意將男朋友放在我生活中的第一順位。

我是這麼想的。

電視劇和小說很常闡述男女主角從朋友變成戀人的曖昧過程與甜蜜，可是兩人在一起之後呢？少有人提及跨過名爲友情那條線之後的現實，以至於我們好像都忘了，愛情中從來就不只有美好的一面，殘酷醜陋的部分永遠都會緊隨其後來臨。

我和于誠都以爲我們會一直這麼走下去，從未想過這樣的以爲會有被改變的一天，更沒想過當那一天到來時，「我們」會變成什麼樣子。

第八章

大學三年級，我和于誠認識的第五年、邁入交往的第二年。

變化來得看似突然，卻也是某種程度上的必然，只是在那之前的種種徵兆以及可能性，我們總是視而不見且避而不談。

我不知道于誠究竟想了多久，但一直到寒假前夕，他才總算提起勇氣跟我商量。

我也不知道如果他早點讓我有心理準備，我的反應會不會不那麼激烈一點，又或者無論他早說晚說，以我的個性都會給出同樣不成熟的反應。

忘了是誰先開啓關於未來的話題，只記得當時我說起某個朋友打算申請我們學校的研究所，隨口問了一句：「于誠，你有沒有想過畢業之後的事啊？」

「有。」他正坐在書桌前寫報告，聽起來像是隨意應了一聲。

我理所當然追問：「你有什麼打算？考研究所？找工作？」

他突然停下手邊的動作，將椅子轉過來，面向靠坐在床頭的我，神情帶上幾分凝重。

「我其實也想跟妳商量這件事。」于誠停頓了幾秒才把下一句話說出口，「我想去留學。」

我頓時就愣住了，「什麼意思？」

他起身走過來坐在床沿，輕輕牽起我的手，「我不是有在企管輔系嗎？我在考慮之後要不要出國念個商學碩士。」

我低頭看著他的手，「碩士爲什麼一定要出國念？」

「我想提升自己的英文能力。」

「那我呢？」我抬眼看向他，「你都已經想好了，可是這些計畫你有跟我說過嗎？」

「我沒有要瞞著妳，我是想等自己想清楚了再告訴妳。」

這件事對我來說過於衝擊，而他平靜的語氣令我更加不滿，「那我們呢？我們怎麼辦？你根本就沒有把我規畫進你的未來嘛！」

我想甩開于誠的手，他卻不肯鬆手。

「我只是想出國念兩年書，最後還是會回台灣工作，並沒有要一直留在國外。我從沒想過要不要把妳規畫進我的未來，對我來說，我的未來理所當然會有妳在。」他目光堅定，很努力地想安撫我，「我知道妳聽到我這個打算會很不安，所以才想等確定一點再跟妳商量。如果讓妳覺得不舒服，是我不好，我向妳道歉，我眞的不希望妳誤解我是不想跟妳繼續在一起才做這個決定。」

「就算你這麼說，我還是很不安啊。兩年的時間並不短，你怎麼有把握我們能一直好好的？」他說得有道理，然而這不代表我就不會因此不安。

他將我攬進懷裡，「我有把握我們能好好度過那兩年，我答應妳的事哪次沒做到了？」

是，于誠答應我的事從未食言過，但那是我們一直都在彼此身邊的情況下啊。

時間和距離可以改變很多事，可以改變他、改變我，當然也可以改變我們。

我咬著下唇，不知該從何反駁起，只能輕聲將內心的擔憂說出口，「我不想跟你分開，我已經習慣我的生活無時無刻都有你陪伴了，我不想分開，不想遠距離，也不想要你出國。」

「我們現在每天都在一起，妳當然沒辦法馬上習慣，不過妳也不用馬上習慣，畢業之後妳也會有自己的事要忙，慢慢就會好了。我們只是朝各自的目標努力，我們還是我們啊，這樣的改變並沒有妳想像中大。」他輕撫我的頭髮，語氣溫柔得像是在哄小孩一樣。

「很大，我就是覺得很大！」

「珂恩，妳不要這樣嘛。」于誠抱著我的力道加重了些。

「你不要每次都跟我說這句話，感覺像是我單方面在鬧脾氣，可是我明明不是在鬧脾氣。」

「我不是這個意思。」他將下巴埋進我的肩窩，于誠式的撒嬌，「離畢業還有一年多，我們還有時間慢慢調適。」

我的不安並未因此散去，但這件事確實也不是馬上就會發生，所以我終究還是心軟了，也伸出手抱住他。

「于誠。」

「嗯？」

「你會一直喜歡我嗎？」

他笑了笑，「我都喜歡妳這麼久了，以後要繼續喜歡當然不是問題。」

「那你會只喜歡我嗎？」

「這不是廢話嗎？」

「騙人，每個渣男都是這麼說的。」明明是我自己問的，我還要挑事。

「那妳還問。」

「喂！」我氣得用力捶了一下他的背，「問就是要你哄我，你還故意氣我。」

「我不是一直在哄嗎？」

這個臭直男。

我傾身貼上他的唇瓣，將心底所有的不安化爲一枚濃烈的吻，試圖將那些我說不清道不明的情緒傳遞給他。

不知道究竟過了多久，我慢慢退開，「于誠，我眞的很喜歡你，也想一直跟你在一起，我不希望我們之間的感情生變。」

「我知道。」他朝我貼近，與我額頭相抵，「所以才要一起努力，不是嗎？」

「努力就能一直在一起嗎？」

「妳要聽實話嗎？」

「不要。」

「但我還是要說。」他正色道，「雖然努力不一定就會有好結果，可是一旦放棄，我們就不會再有以後。」

所以啊，後來的一切只是證實了，一段感情若是無法繼續，絕對是有一方不想努力了。

努力需要長久持續，然而放棄只是一瞬間的事，只要一瞬間，就能讓兩個人的以後盡數化爲烏有。

儘管因著真正離別的時刻尚未到來，我們選擇暫時放下討論，這並不代表事情就過去了，也不代表我們之間就真的沒事了。

每次于誠在準備留學申請考試，或是談及申請國外研究所時，不啻於一再提醒著我，他畢業後要出國這件事即將成爲事實，導致我很不高興，也因此對他擺臭臉。

我明白自己這樣很不應該，身爲于誠的女朋友，我應該要支持他去做他想做的事，甚至成爲他的助力，而不是讓他在忙碌之餘還得處理我的負面情緒，可是我就是沒辦法控制自己。

我很害怕，也很不安，總覺得他遲早會離開我。

于誠並不傻，我的種種反應和抗拒他都看在眼裡，他也試過安撫我，或是盡量不在我面前籌備那些事，但這都只是治標不治本，時間一久，不只我不快樂，他同樣也不快樂。

忍了好一陣子後，他總算找我深談。

「我們好好談一談吧。」于誠沒有指責我，只是這麼對我說，神情略顯疲憊。

我自知理虧，乖順地在他對面坐下。

「我們都大三了，無論是妳還是我，現在都該爲未來做打算，尋找畢業後的出路。」

我隱約能猜到他想說什麼，便試圖緩和氣氛，「于誠，你說這些話好像老師喔。」

「許珂恩，我想好好解決我們之間的問題。」

自從他漸漸習慣將對我的稱呼從「許珂恩」改成「珂恩」後，只要他一連名帶姓叫我，就代表他是認眞的，不容我糊弄過去。

「如果妳有想做的事，我一定會支持妳，所以我希望妳也能支持我的夢想。」他的目光筆直地注視著我，「我說想出國留學並不是隨便說說，我也跟妳一樣，很不願意有一段時間得分隔兩地，只是我無論如何還是放不下這個夢想，而且我覺得追求夢想和跟妳在一起並不衝突。」

「我知道啊，所以我也很努力了。」我幽幽地開口，「努力告訴自己要支持你，然而每次看到你在準備出國的事，我都會覺得你離我好遠好遠，總感覺自己要被留下來了。我根本不想跟你分開，這樣我要怎麼打從心底支持你？」

「那是因為妳現在的生活重心幾乎都放在我身上，才會容易胡思亂想，分離明明就是一年多以後的事，為什麼妳要這麼早就開始煩惱？」于誠耐心和我講道理，「妳可以想想妳有什麼夢想，或是以後妳想做什麼事，這樣——」

我直接打斷他的話，「我的夢想就是跟你在一起。」

我不否認說出這句話，賭氣的成分居多，但的確也出於真心。

「妳不要鬧脾氣好不好？」他拉了拉我的手。

「如果我說我真的是這麼想的，你還會把那當作是在鬧脾氣嗎？」想跟他一直在一起，卻被他如此解讀，讓我更不高興了。

而且于誠剛才那番話像是在指責我，不該以他為生活重心，可是把愛情視作生活中很重要的一部分又有什麼不對？想要跟喜歡的人在一起錯了嗎？

「我喜歡你，也喜歡有你的生活，所以不希望現況改變，這有什麼不對嗎？」

「我不是這個意思。」

我其實很清楚他是什麼意思，但情緒一上頭就控制不了自己的嘴，「我倒是問你，爲什麼你可以這麼輕而易舉地習慣沒有我的生活？」

于誠的臉色冷了下來，「妳知道這不是事實，不要說氣話。」

我沉默不語，不過並不是我知錯了，而是在想著該說些什麼，才能對他造成更大的傷害。

吵架的時候就是這樣，我們總想著該怎樣才能讓對方更痛、更難受，卻往往在事後懊悔無比，卻收不回說出口的話。

或許我不該說「我們」，因爲在這段關係中，只有我一個人既任性又不懂事。

儘管于誠已經提醒我有些話不該說出口，我依舊任憑怒氣支配了我的理智。

「是不是在一起久了，你就沒那麼喜歡我了？」

「許珂恩。」于誠臉色變得更加難看，看來我成功踩到他的地雷了，「有些話再怎麼生氣都不該說，這種就是。」

我本以爲，說出這句話，會讓我在這場紛爭中獲得暫時領先的快感。

然而並沒有，一點都沒有，說出這句話只是讓我們兩敗俱傷，且同時陷入了沉默。

不知道過了多久，我們誰也沒有看向對方，最終是我先開了口：「對不起，我不應該說氣話。我是眞的很想支持你，每次對你擺完臭臉，我也很愧疚，我也不想當這麼不懂事的女朋友。」我一邊思考一邊說，語速很慢，「可是我只要想到即將遠距離就很不安，就會讓我想起……當初被劈腿的經歷。」

其實這樣說有點犯規，當初是于誠陪著我走出被劈腿的陰霾，所以他比誰都要了解那件事對我的影響。一旦說出這個理由就好像是開了大絕，讓他不得不向我的傷口妥協，儘管這並非我的本意。

暫時分離的寂寞我可以忍耐，尋找自己的夢想作爲新的生活重心我也可以努力，唯有遠距離對我造成的陰影，我怎麼努力自我說服都跨不過這道坎。

如果我們都有了各自努力的目標，有了截然不同的生活圈，從朝夕相伴變成彼此手機上的一個視訊通話窗格，感情要如何維繫才能不變質？

以前林易成和我一週至少見一次面，他都能喜歡上別人並背叛我，未來于誠和我得隔著一大片太平洋，一年都不見得能見上一次面，我怎麼能不對此心生畏懼？

聽到我這麼說，于誠果然心軟了，不再繃著一張臉，主動靠了過來，將我擁入懷中。

「我知道妳因爲前男友的關係，對遠距離很沒有安全感。可是我們跟妳和他又不一樣，我們認識更久，我也喜歡妳更久，我們之間的感情基礎絕對比妳和他的更穩固。」

「當初在他劈腿之前，我也以爲遠距離不會有問題啊。」我緊緊抱住他，聲音帶著一絲哽咽，「我以爲兩個人還在同一座城市就沒關係，所以選擇了自己想念的高中，而不是有他的那所學校，結果卻以最壞的方式結束那段感情。爲什麼現在我想選你，想讓生活以你爲中心，我們還是得分開？」

「我不是他，妳不能把他犯的錯算在我頭上，擅自認爲我也會這樣吧？」于誠無奈地笑了笑，「我跟他不一樣，我希望妳也可以爲自己的未來做選擇，兩個人在一起不是該一起變得更好嗎？」

「就是因爲你跟他不一樣，我才更害怕。我跟林易成只是交往兩年，我就那麼痛苦了，我們可是共同走過了五年，我想都不敢想，要是——」話還沒說完，我就忍不住哭了。

于誠一隻手摟著我，另一隻手輕拍我的背，「怎麼說一說就哭了？」

「要、要是最後我們分手了、斷了聯繫，我不知道自己要怎麼適應沒有你的日子。」

「我們現在不是還好好的嗎？」

「可是以後呢？等你出國以後我們會怎麼樣？」我抽抽噎噎地邊哭邊說。

「我們還是會好好的啊，我們隨時都能聊天，每天也可以找時間視訊，而且我寒暑假都會回來，其實也就是兩年又幾個月而已，很快就過去了。」于誠努力哄著我，語氣十分溫柔，「妳不要胡思亂想嘛，爲什麼要爲了不見得會發生的事擔憂呢？」

「我很害怕啊，感覺那些事遲早會發生，我卻無法阻止。」

「誰說遠距離最後一定會分手？就是因爲妳把這兩個詞畫上等號，妳才會這麼不安。對我來說，我從來沒想過要跟妳分手啊，夢想跟妳又不是一道選擇題，選了A就不能擁有B。」

聞言，我哭得更凶了，我不曉得要怎麼讓于誠明白那片長久籠罩在我心上的陰影有多麼濃重，所以我才會想著只要我和于誠能一直待在彼此身邊，我們的感情就不會變質。

我可以在背叛我的林易成面前故作堅強，可以爲了于誠更改志願卡，也可以讓愛情成爲我的世界中心，可我就是承受不起失去于誠的一絲可能。

這次吵架在我停不下來的眼淚和于誠忙著安慰我的情況下告終，但其實問題並沒有眞正解決，只是又一次被放在一旁，等著下次再爆發。

或許我們之間最大的問題是，我總想著以後，而于誠總是專注於現在。

所以我們誰都無法眞正理解誰，也誰都無法說服對方，就這麼僵持不下，直到再也無法逃避的那一天降臨。

那次談話的效果未能維持太長的時間。

于誠依舊繼續準備申請國外的研究所，雖然我很努力按捺自己的脾氣，還是免不了擺臉色給他看。有時他會忍耐，盡量對我的無理取鬧視而不見，然而處於備考壓力的他，偶爾也會受不了我的任性而跟我起爭執。

唯一慶幸的是，即使吵架，我們仍遵守同居公約——吵架不能吵到隔天，在睡前互相道個歉、抱一抱，抱一下不夠就抱兩下，總歸都能在睡前暫時和好。

但我們還是不斷爲了這件事吵架、和好，又吵架、又和好。

在反覆爭執的過程中，我很累，他更累，兩人之間的隔閡也日漸擴大，問題的核心也始終無解。

✦

「妳太任性了，許珂恩。」聽完我的傾訴後，李顏惠挑了挑眉，直接批評我。

我心裡很清楚她說得沒錯，可是清楚自己的問題和承認自己的錯誤是兩回事，於是我不服氣地回嘴：「妳爲什麼總是站在于誠那邊？妳不是跟我交情比較好嗎？」

「我這叫就事論事。」

我有些煩躁，「我承認我的確時常對他發脾氣，但也不能說這樣就是在耍任性吧？妳要站在我的角度想——」

她不客氣地打斷我的話，「那妳有站在于誠恩的角度想過嗎？如果妳有一個很想追尋的夢想，他卻不支持妳，甚至在妳爲此付出努力時總是擺臭臉，妳會開心嗎？」

我下意識想反駁，卻不知該怎麼開口，只能抿緊了唇。

她懶得理我，低頭逕自翻看講義。

「可是我都已經表現出這麼抗拒了，他也知道我對遠距離有心理陰影，依然選擇去留學，不就代表他選擇的不是我嗎？」說著說著，我自己都分不清這是強自擠出的辯駁，還是我內心深處眞正的想法，「他怎麼可以不選我？」

李顏惠側過頭看了我一眼，重重嘆了一口氣，「妳這不叫耍任性叫什麼？啊，不對，我看妳根本是有公主病吧？于誠恩太寵妳了，把妳寵出公主病來，眞的是自作孽欸。」

聽出她語氣帶了些戲謔，我開始有點生氣了，「妳一定要這樣說話嗎？」

「我只是實話實說，妳當然可以一直這麼任性，但問題是妳覺得于誠恩能忍妳多久？我敢說他給妳的耐心絕對比多數人願意給伴侶的要多得多，就不要連這樣的他最後都被妳氣走。」

「那我們是不是走到這裡就好了？」

「什麼？」李顏惠神情一僵。

「我不知道他能再忍我多久，也不知道自己能再忍受這種不安多久，就算我們好不容易熬到大學畢業，他終究還是要去留學，我們還是得分開兩年。與其眼睜睜看著他出國後，我們的感情漸漸淡掉，或是其中一方變心，倒不如現在就結束。」

「許珂恩，妳瘋了嗎？」李顏惠瞪大了眼睛，一副難以置信的樣子。

我輕笑出聲，「我沒瘋啊，我覺得這可能是這段時間以來我最清醒的時候。」

「妳就爲了那種不一定會發生的事，想要和于誠恩分手？當初是誰因爲害怕失去他而不敢改變關係的？」

「現在我們之間還沒有背叛、厭倦，也沒有撕破臉，就是在這種時候和平分手，以後才有機會繼續當朋友啊。」我是這麼想的，如果在看盡彼此的醜態之後才分手，我們可能就連朋友都當不成了。

李顏惠幾度張嘴欲言，估計是想罵我吧，但她最後只是說：「我沒想到前男友的事在妳心中留下這麼大的陰影。」

「我也沒想到。」我苦笑，「我也很討厭這麼缺乏安全感的自己，也不想一再試探于誠的容忍底線，可是我眞的對遠距離戀愛一點信心都沒有。」

既然未來必將走向分離，是不是長痛還不如短痛呢？

「我不會說妳的想法就是錯的，儘管我認爲妳的想法很蠢。」雖然嘴上還是不饒人，不過李顏惠語氣裡的嘲諷已經比剛剛收斂很多，「作爲旁觀者看著你們一路走來，如果爲了種理由分手，我實在覺得很可惜。」

李顏惠一向只會給出犀利的評論，從來不會干涉我想怎麼做，這是她極少數勸說我的時候。

我莞爾，「我沒有馬上就要提分手啦，別擔心，就只是隨口說說而已。」

「這種事是能隨口說說的嗎？妳會說出口就代表妳心裡已經有這樣的想法了。」

她說得對，所有的玩笑都帶著三分眞，這樣的想法或許早已悄悄播種在我心上，只是不曉得種子什麼時候會長出葉苗。

我頹喪地趴在桌上，喃喃道：「我啊，可能是還捨不得吧。」

捨不得即將離我而去的于誠，甚至想爲此捨棄這個仍在我身邊的于誠。

那顆種子最後果然長出了葉苗。

數不清是第幾次爭吵，我一氣之下對于誠說：「要遠距離我們就分手。」

他的臉色變得非常難看，我從來沒看過他這麼生氣，遠比當年得知我跟阿信交往那時還生氣。

「許珂恩，不要隨便說出分手這兩個字。」

我微微一怔，但由於正處於氣頭上，我依舊不肯退讓，「我不是隨便說說，我是眞的想過我們是不是分手比較好。」

「妳不要賭氣，更不要爲了賭氣把分手掛在嘴邊。」

「你爲什麼覺得我是在賭氣呢？我只是不想眼睜睜看著我們的感情變質，看著你有一天受夠我的脾氣，或是等你出了國，我們其中一方感覺淡了，身邊出現另一個人，最後另一方就只能被分手。」

他眉頭緊鎖，語氣漸冷，「誰說這一定就是我們的結局？妳憑什麼擅自斷定？關於遠距離可能會出現的問題，我想得不會比妳少，可是我從來沒有想過要跟妳分手，一次也沒有！」

「因為我很喜歡你，每一天都比昨天更喜歡，所以才這麼害怕失去你啊。」我兀自辯解。

「妳所謂的很喜歡我，就是一得知未來得遠距離就想放棄嗎？」

「于誠，你敢向我保證就算我們分隔兩地、相隔兩個時區，一切都還會一如從前嗎？」

「我向妳保證，妳就會相信？」他反問。

其實在問出這個問題之前，我就猜到答案了。儘管面臨分手，于誠就是于誠，他不會給出他無法百分之百有把握的保證。

我笑了，我都不知道自己為什麼此刻還笑得出來，「你說得對，我不會信。別說是你了，我都沒辦法篤定自己絕不會改變，這樣的我憑什麼要你做出保證？」

我突然覺得好累，不斷為了同樣的問題起爭執太累了。

如果說，剛剛提分手只是一時賭氣，現在我是真的有想分開的念頭了。

于誠無法說服我，我也無法說服他，我可以預見，我們分手是遲早的事。與其等到面臨更難堪的情況後才不得不分手，倒不如現在就和平分手，起碼分手的理由會是對於未來的規畫不同，經過一段冷靜期後，我們應該還可以繼續當朋友

「我只是覺得，若勢必得遠距離戀愛，你早晚會離開我，不如現在就分開。」我輕聲說。

「妳知道自己在說什麼嗎？」

我沉默以對，不敢抬頭看于誠的表情。

「妳真的想清楚了嗎？」

我眨了眨酸澀的眼睛，「我不知道，于誠，我只是覺得好累。我好累，你也很累，那我們爲什麼要繼續僵持下去？」

良久沒聽到他的回應，我終於忍不住抬眼，一下子撞上于誠蒙著一層淡淡水氣的眼眸。

他什麼都沒說，又好像什麼都說了。

我愣住了，忽然好想哭。

我們爲什麼會變成這樣？

我到底都做了什麼？爲什麼我會讓于誠露出這麼受傷的表情？

他只是想要實現自己的夢想而已，爲什麼我非要逼他在夢想和我之間做出選擇？

其實我現在應該要立刻向他道歉，說我不該講這種氣話，不該用分手威脅他，告訴他我只是很害怕會失去他，我會努力讓自己更成熟一點……

可是我做得到嗎？

在過往的每一次爭吵又和好後，我都沒有做到，我只是反覆地傷害他，沒有給予他需要的支持，還不斷讓他陷入失望和沮喪。

那憑什麼這一次我就能做到？

于誠沒有眞的哭出來，可我卻哭了。

在意識到自己只會爲他帶來傷害，以及我們好像眞的走不下去的那一刹那，不斷奔湧而出的淚水替我道盡了一切。

最終，我和于誠分手了，是我讓我們失去了彼此。

第九章

同居的情侶分手時，最尷尬的就是還得生活在同一個空間，或許是想免去尷尬，在分手的當晚，于誠就帶了幾件衣物和必備用品去大佑家暫住了。

除了分手的當下，其他時候我們都比想像中冷靜許多。

于誠說，他是男生，借住朋友家比較方便，房子就留給我繼續住，他之後再找過就可以了。

我沒有拒絕。

其實我覺得他根本是故意的，這不是貼心，而是報復吧。

那晚獨自面對空蕩蕩的套房就已經夠讓我難過了，睡前當我脫口而出一句「于誠，你去關燈」時，我直接淚崩在滿是于誠氣味的枕頭上。

我後悔了，我也想搬家。

我哭著打電話給茜茜，抽抽噎噎地把事情經過講述一遍，她氣得罵我：「妳該後悔的不是沒有搬家這件事吧！」

儘管升上大學後，我和茜茜的聯繫不比以前頻繁，但遇到這種時刻，我還是習慣第一時間向她求援，她懂我，更懂我和于誠之間的一切。

「後悔了就趁還來得及挽回之前跟于誠說啊，他又不知道妳在這裡哭，妳應該直接哭給他看。」

我語帶哽咽，「我不能一直對他撒嬌啊。」

「爲什麼不能？妳還喜歡他，他也喜歡妳，我不懂你們爲什麼要分手欸。」

「我解釋了半天，妳都沒聽懂？」我被氣了一下，連眼淚都收住了，「這是必然的結果啊，我只是讓這個結果提前到來而已。」

「我聽懂了，還聽懂了不管我現在說什麼，妳都不會收回分手的決定。」

我沉默了好一會才出聲：「其實，在于誠說要去住朋友家時，我就後悔了。可是，我提分手他可以拒絕啊，爲什麼他不挽留我呢？他就這麼頭也不回地走了……」

「妳都說要分手了，他能怎麼樣？死纏爛打嗎？」茜茜並沒有站在我這邊，「珂恩，妳也是時候該成熟一點了，儘管于誠很寵妳，但不該總是讓他一味地配合妳呀。」

我突然發現，連茜茜的想法都變成熟了，好像只有我一個人還沒有長大。

這讓我有些焦躁難耐，於是我應付般地告訴茜茜，我會再好好想想，便草草結束了通話。

我是不是眞的做錯了？

大家都說我太任性，都覺得我不該輕易放棄這段感情，可我的心情呢？爲什麼他們都沒辦法理解我患得患失的感受？

連續失眠了好幾天，時間終究還是來到了于誠正式搬出去的那天。

我們一起搬進這間套房的回憶仍歷歷在目，我甚至還記得當天我們吃了什麼來慶祝同居，可是現在我們居然分手了，他也要搬走了。

我大可以出門，不必親眼目睹這殘忍的一幕，但我還是選擇站在一旁，看著他將自己的東西一箱一箱整理好、搬下樓後再載去大佑家。

不曉得是不是我的錯覺，于誠收拾的速度並不快，就像是在等待什麼似的，我不禁懷疑他這麼做的原因，跟我選擇待在一旁看著他搬家的理由是一樣的。

有好幾個瞬間，我都想跟他說：我後悔了，你不要搬走，我們不要分手，好不好？

不過我都忍住了。

我們都在期待對方先開口，卻也都任憑那樣的期待落空。

終於，于誠放棄了。

我選擇放棄他，而他選擇放棄無止境的期待。

「我收拾好了，剩這箱，待會直接搬下去就好。」

「嗯。」我不知道該說些什麼，就這麼錯過他最後一次發出的訊號。

「好好照顧自己，記得按時吃飯，不要太常喝飲料……」他又絮絮叨叨叮囑了幾句，說得我的眼眶不知不覺已被淚水盈滿。

有好幾次我都想叫他不要再說了，再說下去我可能真的要哭了，但我卻怎麼都說不出口，怕這是最後一次聽到這些滿是關心的話語。

于誠的嘴總算停了下來，他安靜地將視線落在我身上，深深地看著我，彷彿要把這一眼定格在心裡。

那一刻，我告訴自己，如果他說不要分手，我會立刻答應他，還會哭著向他認錯。

然而，他並沒有那麼說。

他說：「許珂恩，我還是很喜歡妳，到現在仍沒有改變。可是，是妳選擇放棄我的。」

說完，他抱著最後一箱屬於他的東西，走出我們一起住了將近兩年的小天地，我們的家。

幾乎是他前腳一走，我就蹲在地上痛哭失聲。

從今以後，這個家不再有于誠，他也不再是我的于誠，我們更不再是「我們」。

我突然想起某一次爭吵後的夜晚，我躺在床上裹著被子背對著于誠，賭氣不願意看他。

「我們不是說好了嗎？吵架不吵過夜。」他的聲音平靜之下透出一絲無奈，像是在指責我怎麼說話不算話。

沉默許久後，我緩緩開口：「于誠。」

「嗯？」

「你喜歡我嗎？」

「嗯。」

「那你爲什麼能忍受和我分開呢？」

他沒有接話，只是從我身後抱住我，將臉埋進我的肩窩。他的氣息輕吐在我的頸側，癢癢的。

他輕輕嘆了一口氣，「許珂恩。」

「嗯？」

「我不只是喜歡妳，我想，我應該是很愛妳，但妳好像常常忘記這件事。」他說。

我忘了後來我們是怎麼結束那段對話的，不過他說對了，因爲習以爲常，我的確常常忘記他很愛我。

最悲哀的是，我居然在拋下他之後，才想起這段記憶，想起他是眞的眞的很愛我。

那天晚上，我好不容易哭累了睡著，卻夢見了剛和于誠在一起那時，夢裡的我信誓旦旦地對茜茜說，希望我的未來一直都有于誠。

午夜夢迴醒來後，對著只剩我一個人的雙人床，我又一次哭得不能自已。

我很努力地說服自己，分手是遲早的事，我只是把難過的過程提前罷了，我遲早得習慣沒有于誠的夜晚。

可是再怎麼爲自己做心理建設，還是抵擋不了我對他滿溢而出的想念。

從認識于誠以來，每一次我難過、委屈和心痛的時候，都有他陪在我身邊，所以我從來就沒有學會怎麼獨自面對這些情緒。

從此再也不能與他相擁入眠，也不能在睡醒第一眼就見到他，以至於我的淚腺幾乎像是被設定好鬧鐘似的，每天都準時在這兩個時間點淚如泉湧，我都懷疑不用幾天我就能把自己給哭瞎。

于誠要是看見這樣的我，想必會很心疼吧？然而我不能再向他撒嬌了，畢竟是我親手放棄了可以這樣做的資格。

✦

「我還是第一次見到主動提分手，卻看起來這麼慘的人欸。」李顏惠打量過我後，用她一貫尖利的口吻做出評論。

也不怪她，我早上出門前照鏡子也覺得自己看起來很慘，連續哭了兩天，眼睛哭腫了不說，還因爲睡眠不足、食慾不振而顯得憔悴不堪。

「提分手的人可能也有苦衷好不好。」我連跟她吵架的力氣都沒有了，只覺得眼睛很痛，「要不是今天要點名，我就不來了，好累。」

「什麼苦衷？不想遠距離戀愛嗎？」

「對，就是不想遠距離戀愛，不行嗎？」我就是壞人，這樣可以嗎？

「可以啊，沒什麼不可以的，但妳就別拿這麼任性的理由當成是苦衷了吧。」

我抿了抿唇，還是沒能忍住，出聲爭辯：「我就是沒辦法接受于誠可能會跟林易成一樣，因爲遠距離而背叛我啊。」

她挑了挑眉，「如果妳想讓全班同學都聽清楚妳分手的理由，妳可以再說大聲一點。」

好，我閉嘴。

可能是看我已經這麼慘了，李顏惠也不忍心繼續氣我，上課上到一半，我收到她傳來的訊息：「好啦，下課請妳吃鬆餅，就當是慶祝妳回歸單身的行列了。」

我微微勾起嘴角，被她不坦率的關心逗笑了。

一下課，我們便動身前往位於學校後門附近的鬆餅店。

「回歸單身這種大事，怎麼可以用一片六十塊錢的鬆餅打發？妳應該帶我去高級網美店，豪氣地對我說『隨便妳點，老娘請客』才對啊！」我蹬鼻子上臉地開口。

「就妳現在這副鬼樣子，高級網美店也不會想讓妳進去。」李顏惠沒好氣地翻了個白眼，「妳別得寸進尺，少說兩句我心情好搞不好會幫妳付掉飲料錢。」

我原本差點脫口而出「哪有人跟妳一樣小氣？說要請吃鬆餅就眞的只請鬆餅而已」，但想了想，我身邊也沒剩幾個朋友，還是不要把她也氣跑比較好。

多虧我沒有逞口舌之快，最後李顏惠請我吃了葡萄奶酥鬆餅和榛果拿鐵，作爲慶祝恢復單身的禮物。

「幹麼突然不講話？」她察覺我異常沉默，狐疑地詢問。

「我只是看到榛果拿鐵，就突然想起于誠。」我悵然地捧著那杯榛果拿鐵。以前不管去到任何一家咖啡館，只要有賣榛果拿鐵，于誠一定會在我開口前就先替我點好。

「妳可不要在這裡哭出來，我只會想罵妳，不會安慰妳的。」李顏惠冷血地扔下一句。

我剛剛是眞的有點想哭，拜她的無情所賜，我硬是把眼淚憋回去了。

我嚼著鬆餅，卻沒能嘗出奶酥該有的甜味。

「于誠搬走了。」我沒有大幅闡述自己的心痛和淚水是如何在夜裡潰堤，反正李顏惠應該能看得出來。「他說，是我選擇放棄他的。」

「這話沒錯啊。」她很快接話，一點面子都不留給我。「許珂恩，妳如果想要我溫柔地安慰妳，那是不可能的。我也不打算說服妳什麼，妳就是那種不撞得滿頭血就不知道痛的人，等妳痛到受不了自然會聽人勸了，要是現在還不想聽，就只能說明妳還不夠痛。」

我無從反駁，畢竟她說的都是對的。

「我只想告訴妳，做出決定就不要後悔也不要難過，因爲那都是妳自找的。」儘管不怎麼好聽，但此刻李顏惠的話裡並沒有帶著任何嘲諷意味，「妳還記得妳決定跟于誠恩表白時，我曾經對妳說過什麼嗎？做了決定後，不管要爲此付出什麼代價，妳都必須概括承受。」

我怔怔地點頭。

「現在這就是妳該付出的代價，也是妳必須承受的時候。」

是我決定要跨過友情的界線，也是我決定放棄我和于誠之間的愛情。

所以一切伴隨而來的痛苦，以及從此不再有于誠的生活，就是我該承擔的最壞結果。

我和于誠恩分手的消息很快在學校裡傳開了，還有兩種版本。

第一種版本是：許珂恩劈腿了，她看著就不是有定性的人。

第二種版本則是：于誠恩發現還是中文系的葉夏緹好，於是甩了許珂恩。

我可以忍受自己被誤解，反正也不是第一次了，但我不能忍受別人說于誠的不是，更何況這段感情會結束，始作俑者本就是我。

於是我親自回覆了學校討論板上那篇議論我和于誠的熱門文章：「分手是我提的，沒有誰劈腿也沒有誰無縫接軌，就是分手了，有好奇的事可以直接問我，會比在這裡妄自揣測清楚很多。」

自那以後，討論板上再也沒有以我們爲題的八卦文章，傳言也漸漸消止。

不過隨著傳言的消止，反而讓我深刻地意識到，我跟于誠正在慢慢成爲毫無關係的兩個人。

以前人們會議論我們是否會在一起、什麼時候會在一起，可現在提起許珂恩和于誠恩，就只剩下簡單一句話——喔，他們曾經交往過。

不會再有什麼後續，也沒有延伸討論的必要，因爲一切都已成了過往。

當初爲了排解于誠疏遠我的寂寞而參加的國際社，這時也起了另一種功效，讓我得以在這段失戀期間轉移生活重心。

雖然我並不能算是社團中的核心社員，但對他們來說我就是國際社的一員。何況跟我要好的李顏惠還是現任副社長，自家人有再多不是也不容許外人欺負，所以社團其他社員或多或少都曾替被傳言中傷的我打抱不平，這讓我頗爲感動。

李顏惠對終日魂不守舍的我說：「妳要是閒到有空整天哭，不如來社團幫忙吧，這是我卸任前的最後一次活動了。」

我無可無不可地答應了。

投入籌辦活動之後，我才深刻體會到，爲什麼人們總說忙碌是療傷最好的方式，一旦有事情在忙，就能大大減少胡思亂想的時間。

當然，那也僅僅是忙碌的時候可以不去想而已，每每回到只有我一個人的住處，我總忍不住想知道于誠現在好嗎？有沒有像我一樣想他？他還是不諒解我嗎？

好幾次我幾乎就要傳訊息問他過得好嗎，我懷揣著小心機，不想讓他輕易忘記我的存在，然而最後我還是忍住了，就連傳訊息給大佑或小暮的衝動都忍了下來。

在于誠面前，我一直是那個最任性的許珂恩，可既然已經選擇轉過身，這一次我想走得瀟灑一些。

舉辦社團活動當天，在一場邀請歷屆社團幹部回來參加的茶會中，我久違地見到了楊禹翔。

「學妹，好久不見啊。」許是進入職場的緣故，楊禹翔的穿著打扮與說話神態都添上了幾分成熟穩重。只是當他一笑起來，眼睛還是會瞇成一條線，就如同我記憶中的他。

「好久不見。」我勾起唇角，微微一笑。

上次見面已是一年前的社團送舊活動，當時他剛應徵上一間外商公司，還特別對我說，以後有什麼事隨時可以聯繫他，說不定還能引薦我入行。

但我從未找過他，畢竟當時我有男朋友，怎麼想都不太適合這麼做吧。

楊禹翔定定地看了我幾秒後說：「怎麼感覺妳瘦了很多？妳本來就滿瘦了，還學人家減肥？」

「失戀就是最好的減肥方式啊。」我自我解嘲。

他將手中的飲料一飲而盡，把紙杯丟進垃圾桶，「走嗎？」

「嗯？」

「反正不管是妳還是我都對茶會沒什麼興趣，要不要一起溜走？」

李顏惠會想殺了我吧？雖然我心裡是這麼想的，不過還是不由自主地點了點頭。

過去有一次楊禹翔也曾從說明會上帶走我，他好像總是會在我最迷茫且無法依靠于誠的時候出現，像個值得信賴的哥哥那樣伸手拉我一把。

倚在社團教室外的牆邊，我們沉默了一會，他在等我傾訴，我則是在思考該怎麼組織語言。

「他想出國留學，我不想遠距離，就先提了分手。」我輕聲開口，兩句話就說完了。原來我和于誠近六年來的一切種種，如此簡單就能做出結論。

「妳還記得我以前跟妳說了好幾次，要想想自己喜歡什麼、擅長什麼嗎？」

「嗯。」但我根本沒有好好想過。

「如果有自己的生活重心，要從感情上轉移注意力會容易很多。」

「看來這就是沒有好好聽學長的話的下場啊。」

他彎了彎嘴角，話鋒一轉：「假如感情的事已成定局，就從現在開始多愛自己一點吧！他有他想努力的未來，妳也應該著重在自己的事上，為妳的未來努力。」

「你們每個人都好成熟，顯得我好戀愛腦。」我苦笑道，「我會試試看，但對現在的我來說，光是要和各種想起他的瞬間對抗就已經夠痛苦了，我不知道我還有沒有力氣去想這些。」

「那以後在那些瞬間冒出來的時候，妳就向我訴苦吧，多說幾次總會有漸漸麻木的時候，我會不厭其煩聽妳說的。」

「你不知道剛分手的人都很盧嗎？我可能會一直講一樣的事喔。」

「我沒跟妳說過我滿擅長左耳進右耳出嗎？」

我們相視而笑後，又是一陣沉默，然而並不會讓人感到不自在。

不曉得過了多久，像是在對他說，也像是在對自己說，我打破靜默：「我一直在想，當初是不是不在一起會好一點？我徹底失去他了，不只是失去男朋友，而是連作為好朋友的他都失去了，我身邊再也沒有這麼懂我、包容我的人了。」

楊禹翔側過頭看我，臉上依然掛著爽朗的笑容，「重新找到這麼一個人，重新建立這樣的連結不就好了？」

「哪有這麼容易啊。」我嘟囔道，這世界上不會有第二個于誠了。

「如果妳願意的話，我很樂意當妳的好朋友喔。」

我一怔，頓時不知道要如何接話。

「雖然暫時沒有人能取代他對妳的重要性，但要找到那個理解妳的人，並沒有妳想像得那麼困難，不過還是得看妳願不願意嘗試信任他以外的人囉。」

我安靜地望著他，一時之間沒能從他臉上看出任何友情以外的意圖。

「你不是忙碌的上班族嗎？確定想聽閒閒的大學生不斷重複前男友的事？」

「照顧學妹不是應該的嗎？我就當靠著跟大學生接觸來確保自己不會太快少年老成囉。」

我忍不住笑了出來，「都已經是上班族了，還少年？」

「喂，禮貌呢？」

我們笑鬧了一陣子，在準備返回茶會會場前，楊禹翔突然叫住我：「珂恩。」

很久沒有男生直呼我為珂恩了，在那一剎那，他的聲音居然和我腦中于誠的聲音重疊。我因此僵在原地，動彈不得。

他並沒有注意到我的異樣，輕輕拍了下我的頭，「生活不是只有愛情，愛情只是其中的一部分而已，要過什麼樣的生活，選擇權在妳身上。妳會好起來的，別擔心。」

不知道是楊禹翔的動作讓我想起于誠，還是這句溫暖的話正是現在的我所需要的，我幾乎快要哭出來。

不過我終究還是忍住了，因為那個會將我攬進懷中、溫柔地哄著我的人，已經不在我身旁了。

我曾以為自己會有哭不完的眼淚，以為生活上會有無數時刻讓我因想起于誠而觸發淚腺，然而並沒有。

時間的治癒能力很強，人的韌性也很強，沒有好不了的傷，更沒有忘不了的人。

儘管我不可能眞的忘記于誠，也沒辦法在想起他時不心痛，但我還是漸漸找到了與之共處的方式。

所謂「不知道怎麼習慣沒有于誠的生活」，是因為我和于誠未曾分開過，才會認為自己不能沒有對方，可根本沒有人會因為失去另一個人而無法繼續過下去。

只要時間流逝得夠快，我們最終都能適應沒有彼此的生活，忘記曾經相伴的那段日子……對嗎？

自從和楊禹翔聊過之後，我才眞正開始思考未來。確實，即將升上大四的我，已經不再是能慢慢蹉跎的年紀。

我不知道自己喜歡什麼，只知道自己可能擅長什麼，都念了英文系，對外語多少還是有點天賦的，那就再努力加強一下自己的外語能力，至少對日後求職會有幫助吧。

這段時期，楊禹翔就像個心靈導師，給了我很多關於進修和求職的建議，也不厭其煩地聽我反覆訴說和于誠有關的事情。

我沒有在每一個想起于誠的瞬間都向他求援，我不想將對于誠的依賴轉移到他身上，于誠並不是能輕易被取代的人，楊禹翔也不該被當作排解寂寞的對象。

就保持這樣的距離吧，讓他作為一個我欣賞的學長，時不時鼓勵自己得像他一樣持續進步就好了。

✦

楊禹翔說的很多話都是對的，就如同他所言，一旦有了其他新的生活重心，想要轉移注意力確實容易許多。

我將跟于誠有關的事都存封在記憶的一角，只要不去碰觸，我就可以假裝傷口已經結痂，假裝自己不再疼痛，假裝我能回到認識于誠以前的日子。

一直到大四下學期收到于誠傳來的訊息前，我都是這麼想的。

分手後的這一年裡，我們沒怎麼聯繫，只有在生日或節日時，才會互相發送簡短的祝福。

祝福對方，在沒有自己的日子裡依然快樂。

不過這次的訊息並非祝福，而是于誠順利申請上美國某大學的財金研究所了，他想第一時間告訴我這個好消息。

雖然我有點以小人之心度君子之腹地想著，他是不是在暗示我：看！就算妳不支持我，我還是做到了。

但只要冷靜下來就知道于誠不可能會那樣想，所以我藏好自己的小心眼，以一個朋友的角色適當地祝賀他：「恭喜你呀，夢想即將實現了。」

「謝謝。」他簡單地回覆。

我本以爲對話到此就差不多結束了，沒想到又收到于誠的下一則訊息：「妳呢？畢業之後有什麼打算？」

「還能有什麼打算？乖乖找工作囉。」我沒有猶豫太久就將回覆發送出去，畢竟他都問了，我回答很正常吧。

而我沒想到的是，從那天起，我們開始會有一搭沒一搭地傳訊息聊天。其實也沒特別聊什麼，就是閒聊一些生活瑣事，我們不一定會在收到訊息的時候立刻回應，但誰也沒有已讀不回。

我不知道這樣究竟是好是壞，我的內心一直都很矛盾。

我會在某些瞬間冒出一些不該有的期待，想著于誠是不是還沒完全放下我，就和我的心裡依然爲他保留一個角落一樣，然後又在下個瞬間深切地意識到他即將出國的事已成定局。無論我們現在是否對彼此還抱有眷戀，終究會走到離別的那一天。

於是我時常猶豫著是不是不該繼續回覆于誠的訊息，這種與他若即若離的感覺比完全斷了聯繫還要令人難受。就像眼前出現自己很想要的東西，卻不能伸手握住，得強逼自己忍住心中的渴望。

既然如此，那就不要繼續了吧？我曾無數次這麼想過，可怎麼都捨不得將于誠從我的生活中徹底拔除，導致我只能被動等待他不再回覆訊息的那一刻到來。在那之前，我讓自己陷入了患得患失，把每一句對話都當作是最後一句。

某個夜晚，我又因爲于誠回覆訊息的速度好像有些變慢而失眠，便自虐地點開了那個存放著我和于誠所有回憶的雲端資料夾，裡面有我們的照片，也有過去的對話紀錄。

剛分手那時，我每天反覆點開手機裡的照片和對話紀錄，對著過往的種種濃情蜜意痛哭失聲。最後哭到我自己都倦了，不想再這麼折磨自己，便把這些統統上傳至雲端，並從手機裡刪除。

我告訴自己，等我比較好了，才可以再次打開這個資料夾。

我很慶幸在那之後，自己從未打開這些檔案，不然就會像此時此刻一樣心痛萬分，同時淚流滿面。

于誠啊于誠，要忘卻對你的感情怎麼就這麼難呢？

我哭著按下刪除鍵，想把整個資料夾都刪掉，最好能連同我心底的回憶和對于誠的感情一併刪除，可過不到半分鐘，我又著急地把刪除的資料夾還原。

算了，就把一切交給時間吧，如果一年不夠，那就兩年，總有一天我能放下他的。

反正于誠很快也要出國了，一旦他展開新的生活，就不會有空回覆前女友的訊息了，等到那個時候，我總能忘記從我生活中淡出的他。

我要更努力爲求職做準備，最好努力到沒有力氣再想其他的事情。

好不容易重建的生活不能再次崩塌，我不想再回到每天哭泣的日子，更害怕這一次崩塌的不只是我現在的生活，而是整個我。

大學最後一個學期，系上的必修課早就修完了，剩下的都是通識和選修，很多人不是蹺課，就是在課堂上打混摸魚，而我卻十分專心聽講。

李顏惠常常嘲笑我：「到了大四才認眞會不會爲時已晚？」

「就是以前不夠認眞，現在才要抓緊最後的機會啊。」儘管嘴上這麼說，但我心裡知道李顏惠很清楚我爲什麼會這樣。

我還去報名了日文補習班，打算再學一門第二外語，剩餘的時間則是拿來投履歷和準備面試。只有忙碌才能讓我感覺自己有在前進，而不是停在原地一事無成。

于誠已經快實現他的夢想了，我也應該要找到我的，再怎麼說我都是先提分手的人，我沒有過得比他不好的道理。

鄰近畢業前夕，我收到了國中同學會的邀約。

上次國中同學會是在高中時期舉辦，當時我和林易成已經分手了，我不確定他會不會去，也不想回答我們爲什麼分手這種問題，便沒有出席。

或許是覺得事情都過去那麼久了，也或許是想打發時間，一向對這種社交活動興趣缺缺的我，一下子就決定參加這次的同學會。

「那不是許珂恩嗎？她怎麼會來？」

因爲班長問我要不要來啊。

「她跟林易成分手之後，不是就不跟班上的人聯絡了嗎？」

因爲我國中時跟班上同學沒有特別熟，沒什麼聯絡的必要。

下略各種不小心被我聽見的私下討論，其實他們有什麼好奇的事大可以直接來問我，比方說如果有人問我跟林易成爲什麼分手，我一定會誠實回答自己當初被劈腿了。

只可惜比起當面詢問，人們更愛背後議論，特別是那些本就對我存有偏見的人。

唯獨康樂股長，一看見我就笑著朝我走了過來，「許珂恩，好久不見啊！還以爲妳這次同學會也不打算來了。」

「爲什麼不？有空就來啊。我揚起嘴角對他微笑，」

不曉得他是故意的，還是單純沒想太多，他大剌剌地說：「上次大家都在說，妳是因爲跟林易成分手，怕尷尬才不來的。」

總感覺周圍的其他人都表面上故作鎮定，實則偷偷豎起耳朵想聽八卦。

「沒有啊，就是剛好有事而已，需要覺得尷尬的人又不是我。」我滿不在乎地說，我本來就問心無愧。

「喔？那是誰要尷尬？」

「她說的是我吧？」

林易成的聲音從後方傳來，在場眾人不約而同回頭看向他。和幾年前相比，他似乎消瘦了一點，面部的輪廓也更鮮明好看。

他走到我身旁，神色自若地向我打招呼：「珂恩，好久不見。」

彷彿有一道隱形的聚光燈打在我和他身上，這下大家全都明目張膽將視線投了過來。

「嗯，好久不見。」我莞爾，既然都站上舞台了，演員總該好好配合演出。

「林易成，我們也很久沒見了吧！嘖嘖嘖，你這樣不行喔，就只跟許珂恩打招呼。」

「忽略你很正常吧？還是一如既往地白目。」

「白目？我哪有。不過爲什麼是你要尷尬啊？」

「你問這話不是白目是什——」

林易成的玩笑話還沒說完，我便不留情面地直言：「因爲當初劈腿的人是他，不是我啊。」

空氣霎時安靜，誰也不敢出聲。

最後還是林易成打破了沉默，笑著說：「對啊，不過妳還眞不給面子欸，當著同學們的面揭我的底。」

他看起來似乎不是很介意，所以我微微一笑，「反正你又不介意，而且難道大家都不知道嗎？」

他聳聳肩，「我上次同學會也沒來。」

「欸……你們的互動怎麼一點都不像分手分得難看的情侶？不說還以爲你們馬上要復合了。」啞口無言了好一陣子的康樂股長，總算找回語言能力。

林易成低聲詢問我：「妳是想繼續留在這裡被眾人盤問，還是想跟許久不見的前男友敘舊呢？」

「我可以說都不想嗎？」

他笑了笑，對正盯著我們看的其他同學說：「我跟許珂恩就應觀眾要求，私下去培養一下感情，看看有沒有機會復合吧！先走一步了。」

說完，他逕自拉起我的手就往店門口走。

我應該甩開他的手的，但我也不想留在那裡供人窺探，所以就默許了他的霸道。

「找個地方聊聊嗎？」出了餐廳，林易成放開我的手，臉上張揚恣意的笑容一如當年。

可能是從他的眼底看見了一部分曾經的自己，我沒有拒絕他的提議，在恍惚之間點了頭。

坐在附近一間咖啡廳裡，我從沒想過，自己和林易成還有機會如此平和地面對面聊天，彷彿久別重逢的老朋友。

我們隨意聊了點近況，他說他跟尤芷紜分手後，還交過兩個女朋友，但也都很快就分手了。

「可能是一直忘不了妳吧，哈哈哈。」

我無從分辨他這句玩笑話是否藏了幾分眞心，只是笑嘻嘻地回應他：「應該是因爲她們都沒有我漂亮吧？」

「這我倒是不否認。」他爽朗地笑出聲，接著話鋒一轉，「那妳呢？有找到比我帥的男朋友嗎？」

「他雖然沒有你帥，不過比你好幾百倍。」腦中隨即浮現出于誠的身影，我不自覺勾起唇角，下一秒一股酸澀卻從心上蔓延開來，「只是……最後我還是失去他了。」

「想跟我聊聊那個也跟我一樣，已經被妳歸類爲前男友的人嗎？」林易成單手托腮，一點都沒有要安慰我的意思。

「要跟你說這些，感覺好不爽。」我沒好氣地瞪了他一眼。

「怎麼會呢？讓我知己知彼才能百戰百勝啊。」

不理會耍嘴皮子的他，我逕自往下說：「你知道我爲什麼會跟你說這些嗎？因爲現在的我，就跟當時的你一樣過分，由於懼怕遠距離戀愛帶來的變化，而選擇拋棄了對方。最讓我難受的是，我成了自己當初最厭惡的樣子。」

原來我和林易成一樣懦弱，寧可讓喜歡的人難過，也不願讓自己有任何受傷的可能，甚至連嘗試努力都不願意。

「眞的不讓我送妳回家？」站在店門口，林易成雙手插在口袋裡問我。

我輕輕地笑了，「像國中時那樣？」

「是啊。」

「算了吧，不管是我還是你，早就離國中很遠了。」

「如果說我不是想回顧國中時的我們，而是想重新認識現在的妳，妳會讓我送妳回家嗎？」

我安靜地望著他，我第一個喜歡上的男孩、我的初戀，心中毫無一絲殘留的眷戀。

林易成之於我，早已是徹徹底底的過去式了。

既然如此，爲什麼要讓他影響我現在的感情呢？

啊，不對，我現在哪有什麼感情，我和于誠那段戀情也已經過去了⋯⋯

「珂恩？」

「抱歉。」我回過神來，揚起微笑，「我只想讓一個人送我回家。」

語畢，我轉過身準備離去。

「珂恩！」他突然出聲叫住我。

我回過身望向他，「嗯？」

「雖然我沒那麼善良，但還是想跟妳說，妳跟我不一樣。」林易成嘆了一口氣，然後笑了笑，「要跟我比爛妳還差得遠。當時我喜歡妳，卻還是能接受其他人的感情，可妳不一樣，妳不是非他不可嗎？這就是我和妳最大的差異。」

「林易成，你在安慰我嗎？」我忍不住笑了，總感覺說出這些話的他，和我印象裡的他有點出入。

「比起說這種裝好人的話，我其實比較想叫妳忘了他，和我舊情復燃。」

當然，他最後這句被我直接忽略了。

國中同學會結束後，我跟林易成並沒有恢復聯繫，他也沒有死纏爛打。

在我的刻意安排下，生活依舊很忙碌，這樣的忙碌很好，讓我沒有時間惆悵或是悲傷。

就連畢業典禮當天，我都不覺得離情依依，只找了班導和李顏惠拍照。

「沒想到妳這麼薄情，一臉恨不得馬上畢業的樣子。」李顏惠和我一同倚在活動中心的外牆上，有些事不關己地看著其他穿著學士服的畢業生相互擁抱。

「妳不也一樣嗎？」

「妳要是想找于誠恩合照就去啊，他又不會拒絕妳。」她看穿我內心深處的想法。

「用什麼立場？前女友還是好朋友？」

「都可以啊，那又不是重點。」李顏惠不以爲然地哼了一聲，「過了今天，你們就不再是同學了，他即將出國念書，想見他就沒那麼容易了。」

不再是同學，不再同時出沒在同一所學校裡，意味著從此失去了名正言順見于誠的理由。從高中到大學，我和于誠當了七年的同學，這樣的關係終究還是要在今天結束了。

我突然想起高中畢業典禮那天，在茜茜的慫恿下，我跟于誠一起拍了認識後的第一張合照。那一天的記憶依然如此清晰，卻又彷彿是很遙遠以前的事了。

最終我還是沒有聽從李顏惠的建議去找于誠合照，只傳了一則輕描淡寫的訊息給他。

「畢業快樂。」

✦

日子就這麼繼續向前。

八月中旬，我突然接到小暮的電話。

一開始只是一般的問候和閒聊，但我很清楚她不會無緣無故找我，於是主動點破：「小暮，妳找我應該有別的話想說吧？」

「被妳發現了，嘿嘿。」她乾笑了幾聲，「想關心妳是眞的啦，可又怕我的身分會讓妳有點尷尬，一直拖到有事不得不說，才鼓起勇氣打給妳。」

「沒關係，我理解。」就跟我和大佑現在也鮮少聯繫的理由一樣，「所以妳想說的是什麼事呀？」

她沉默了幾秒才開口，「珂恩，于誠恩後天就要出國了，下午一點的飛機。」

我一時怔住了。我知道這一天遲早會來，然而並不知道確切是哪一天，于誠不曾在訊息中提起，我也從未問過，就好像沒人談起，這件事就不會發生一樣。

「如果妳還有一點不捨，要不要試著再給彼此一次機會？不要讓自己後悔。」

我沒有正面回答小暮，也沒有表態到底會不會去機場送于誠，甚至沒有問過于誠細節，但接下來幾天，我都過得魂不守舍。

問還是不問？去送他還是不去？如果去了我應該跟他說什麼？

我一天換一個主意，不明白到底怎麼做才是對的，怎麼做才不會讓自己後悔。

撇除我個人的想法，于誠又希望我怎麼做呢？

到了于誠出國當天早上，雖然我還是沒想好，身體卻擅自替我做下了決定，回過神來我已經搭上了前往機場的客運。

小暮叫我不要讓自己後悔，如果有一點不捨都應該再給彼此一次機會，但她不知道，我的不捨才不只有一點點，我在與于誠分開後的每一天都感到無比後悔。

只是在今天以前，我還可以說服自己：既然話都說出口了，那就算了吧，我能放下他的，他也能忘了我的。

可是一旦意識到于誠真的要離開我前往另一個國度時，我就沒辦法繼續欺騙自己，假裝我的生活沒有他也沒關係。

我突然想起我和林易成上次分別前，他對我說的話。

是啊，我和林易成不一樣。

對我來說，那個陪在我身邊的人，非于誠不可。

所以我想……不，是我要挽回他。

我想告訴于誠，我會等他，就算要遠距離也沒關係，還想告訴他，我一直很後悔衝動提出分手，其實我根本就不想和他分開……有好多好多事，我都想讓他知道。趁還來得及以前。

第十章

儘管如偶像劇般夢幻的情節偶爾會在現實中上演，然而現實和偶像劇還是不一樣的，至少在我身上是這樣。

好不容易想通了，想學偶像劇那樣來場浪漫的機場追愛，可機場這麼大、人又這麼多，我憑什麼認爲只要知道航班時間，就能找到于誠啊？

估計是偶像劇給我的勇氣吧。

現實是我到了機場卻沒能見到于誠，即使發了瘋似的打了數十通電話給他，也不知道他是不想接還是沒空接，總之電話沒有被接通。

於是，許珂恩和于誠恩就這麼走散了。

大學畢業後，我進了一間外商公司，擔任副總祕書。

人資主管跟我說，副總對自己、對身邊的人要求都很嚴格，像我這樣工作資歷爲零的菜鳥，能在面試過程獲得他的青睞，已經是很難得的破格錄取了。

剛進入職場的我始終很戰戰兢兢，努力想做好每一件事，寧可多花點時間也不敢放過任何小細節，在筆記本上記滿了一頁又一頁副總工作上及生活上的種種習慣。

漸漸適應工作步調後，我也開始認真地好好過生活。

過去的我從未想過自己能像現在這樣習慣並且享受獨處，我一直都不怎麼擅長結交朋友，職場的社交更不比學校來得單純，再加上祕書這個職位的特殊性，我跟同事的交情大多僅限於公司。我不得不學會自己陪伴自己，學會怎麼過好一個人的生活。

儘管茜茜和小惠也在同一座城市工作，假日時不時會約出來吃飯，但大家平時都有各自的事要忙，與其總是期待能倚靠別人，不如學著找到自己的生活重心。

至於于誠，在他出國後，我們聯繫的頻率變得越來越低。我告訴自己，無論是我還是他都有新的生活要適應，也有很多事要忙，變成這樣很正常。

而我沒能來得及說出口的感情和悔恨就這麼擱置了，畢竟在我追到機場那天，于誠已經用拒接電話表明他的態度了。

偶爾我會從小暮那裡聽到于誠的近況，心情也從一開始的心痛逐漸轉為釋懷。

「老實回答我，」茜茜舉起還叉著一朵花椰菜的叉子，很沒禮貌地指著我，「妳還喜歡于誠嗎？」

我皺了皺眉，一把撥開她的手，「問這個還有意義嗎？都分手這麼久了。」

「就是因為都分手這麼久了，才問妳這個問題。」她眼神犀利，像是要把我看穿似的，「既然主動提分手的是妳，就不要提了分手又在那邊傻等，人家搞不好早就跟金髮洋妞打得火熱了。」

「妳講話怎麼這麼猥瑣？」

「猥瑣的人才會覺得別人猥瑣。」

我沉默了好一會才接話：「我沒有在等于誠，我只是還沒遇見一個讓我想打得火熱的對象，這樣可以嗎？」

「那第一個問題呢？妳還沒回答我。」

將視線落在桌上的玻璃水杯，我幽幽地開口：「我從來就沒能清楚分辨自己對于誠的情感，高中的時候分不清對他是友情還是愛情，分手之後也分不清對他是眷戀還是依賴。我對他的情感，無法簡單用『喜歡與否』來界定。」

我真的沒有在等于誠，我只是發現在學著忘記他的過程中，我越來越習慣只以自己為主的生活，也越來越能享受獨處。

我想我是喜歡現在的自己的，喜歡這個比以前更成熟的我，喜歡我現在的生活。

除了沒有于誠以外，現在的我，一切都很好。

✦

進入職場後日子過得特別快，時光在迷迷糊糊間轉瞬即逝。

有一天，我收到小暮約吃飯的訊息。

「之前總說要找時間一起吃飯，畢業一年了還沒約成！擇日不如撞日，這週六妳有沒有空啊？」

畢業一年了？對耶，都已經七月了啊。

出社會後常常會格外懷念學生時代的友情，儘管我和小暮還算不上無話不談的好姊妹，不過在繁忙的生活中，有個老朋友願意分出寶貴的週末時間給自己，還是滿令人感動的。

於是，我回覆她：「好啊，就這禮拜六吧！」

不過那份感動很快就被驚嚇取而代之。

週六下午，當我揚起笑容踏入餐廳，走到對我揮著手的小暮身邊時，立刻就被坐在大佑對面的于誠給驚呆了。

大佑要來我是知道的，前幾天小暮問我願不願意見見大佑，當時我想著怎麼說以前跟他也很熟，一起吃頓飯無妨。

可是我沒聽說這頓飯有于誠啊！我甚至不知道他回來了！

我故作鎮定地在小暮對面，也就是于誠身旁那唯一的空位坐了下來。

「小暮，妳怎麼沒提過于誠……恩也會來呀？」我即時補上那個「恩」字，畢竟「于誠」這個暱稱是過去我們關係很好時我替他取的，現在還這麼叫感覺有點奇怪。

「其實是我太晚告訴大佑今天要跟妳吃飯，他已經先跟于誠恩約好了，後來想說你們也很久沒見了，不如大家一起敘敘舊吧。」小暮神色自然道，話裡一絲破綻也沒有，但我怎麼聽都覺得也太剛好了吧？

「就當作給你們一個驚喜囉！」大佑笑著在一旁補充，「小暮怕事先告知，你們兩個就都不來了。」

原來于誠事先也不知道我會來嗎？我這個角度不好偷看他的表情，只能略帶僵硬地說：「你們確定這是驚喜不是驚嚇嗎？」

似是察覺到我的不知所措，大佑對著于誠說：「喂，你該不會沒跟許珂恩說你回國了吧？」

「還沒。」于誠突然側過頭看著我，我的心跳差點漏了一拍，「我其實也才剛回來，還在調時差，抱歉。」

他的這句抱歉，究竟是在抱歉什麼？

抱歉今天突然出現？還是抱歉沒跟我說他回國了？

「沒關係，你不用覺得抱歉。」他從來就沒有做過什麼需要對我感到抱歉的事，眞要道歉的話，也應該是由我來說。

在氣氛即將變得尷尬之前，大佑出聲救場：「好了，先點餐再聊吧！你們看一下想吃什麼，我跟小暮以前來過這家店，海鮮燉飯滿好吃的。」

這頓飯並沒有我想像中那麼尷尬，大佑和小暮一搭一唱控制著談話氣氛，話題多是圍繞著每個人的近況打轉，一旦稍微涉及從前，他們就會巧妙地帶過。

畢業後，大佑和小暮也選擇留在這座城市，大佑進入企業當上班族，小暮則是考上了C大的會計研究所。

相比我用兩三句話就能講述完的平凡社畜生活，于誠多采多姿的留學生活成了飯桌上最主要的話題。

他說得越多，感覺記憶裡的那個于誠就離我越是遙遠。

于誠有了新的生活圈，有了爲數眾多的新朋友，去了很多我聽都沒聽過的地方，短短一年間他變得好耀眼……不，可能是和我分開後，他總算能做自己想做的事，才會因此變得耀眼吧。

我曾以爲自己這兩年成長了不少，可是和他相較起來，我的改變根本不值一提。

看著自己曾經愛過的人，只有在離開自己之後才能變得更好，我心裡還是有點難過。

小暮他們聽得興致勃勃，頻頻提問，我則是埋頭吃飯、安靜旁聽，因爲我眞的不曉得該說什麼好。

「妳好像變了不少。」在店門口等待小暮和大佑結帳時，于誠主動和我搭話。

直到此刻，我才獲得了即使直視他也不奇怪的時機。

上一次離他這麼近，是什麼時候的事？我都快想不起來了。

我抬起眼睛，明目張膽地望向于誠，「有嗎？」

「妳以前沒那麼安靜吧。」他輕輕地笑了，我記得他以前不怎麼愛笑的啊，「還是妳覺得聽那些很無聊？」

「也不是，只是覺得那些事離我很遙遠……」我意識到自己不小心吐露了心聲，趕緊補上一句，「所以有點不知道該說什麼。」

「妳現在的生活也離我很遙遠啊，有時候我還滿羨慕你們的。」

我愣了愣，「社畜生活有什麼好羨慕的？」

「無論是妳還是大佑，感覺都變得很獨立成熟。」

「你這是在誇我嗎？」我忍不住笑了出來。

「妳終於笑了。」于誠這句話讓我的笑容瞬間僵住，「妳剛剛看起來一直都很不自在，可能是因爲我在場吧，抱歉。」

久別重逢的短短幾個小時內，他第二次對我說了抱歉。

「我只是沒想到你會來，沒做好心理準備。」也不知道你已經回國了，有點不爽，但這個我才不會告訴你！

「要做什麼心理準備？見前男友嗎？」

我詫異地看著他，「我怎麼覺得你變得比較多啊？」

「哪有？我有說錯什麼嗎？」

我在心中嘀咕：你是沒有說錯，你只是輕輕鬆鬆就說出了「前男友」這三個字。

然而也因爲于誠這樣的態度，談話的氣氛也跟著輕鬆許多，我們自然而然地聊起了近況，不過更多是在聊我的近況，畢竟他方才已經說了很多自己的事了。

也不知道是誰先提到感情話題的，他說分手後直到現在他都還是單身狗，我笑著說追我的人太多了，我這麼好不該只屬於一個人。

「等你交到下一任女友，記得帶來給我看喔。」我半開玩笑道，「不過你應該遇不到比我更可愛的女生了，除非你改交男朋友！」

他的嘴邊揚起淡淡的笑意，「好，我答應妳。」

我沒想到他會這麼回，一時愣住了。

原來于誠已經可以在我這個前女友面前笑談他的下一任對象了啊。

我拒絕了小暮他們叫于誠送我回家的提議，我不想在心底泛著異樣感受時，繼續跟他獨處。

一直到轉身走進捷運站，和他們三人揮手道別前，我盡可能讓自己看起來神色自然一些，好讓他們相信今天下午我過得很愉快。

事實上，我一點也不感到愉快。

剛才和于誠聊著聊著，一時之間讓我產生了一切仍然一如從前的錯覺。

然而，錯覺終究只是錯覺。

于誠顯然已經從情傷走出來了，如同我提分手時所設想的那樣，經過一段冷靜期後，我們還能繼續做朋友。只是那樣似曾相似的親暱互動，居然讓我抱持著一絲荒唐的期待，想著或許我們還有機會復合。

我都不曉得我這個率先提分手的人，怎麼還有臉去想復合。

分手後若是要想復合，除了對彼此的感情要依舊如初，還需要克服當初導致分手的主因。

我不敢去想于誠現在心裡對我還有沒有眷戀，就算有好了，于誠這次只是放暑假短暫回國，當初導致分手的主因依然存在。

過去我做不到克服這一點，現在又憑什麼覺得自己能做到？

我茫然地坐在月台的長椅上出神，眼角餘光瞥見一個男人在我右手邊坐了下來。

明明還有很多張長椅是空著的，幹麼坐我旁邊啊？不知道都市人的默契就是盡可能離對方遠一點嗎？

越想越不悅，我惡狠狠地瞪向身旁這個男人，想用眼神明示他換張長椅坐。

可一轉頭，迎向我的卻是一張無比熟悉的笑臉。

「嗨，學姊，好久不見啊。」阿信正眉開眼笑地看著我。

當年和他短暫交往又分手後，我們就沒聯絡了。
我眨了眨眼睛，詫異地問：「你怎麼在這裡？」
今天是怎樣？國際熟人團圓日嗎？
一天見到兩個前男友，感覺還滿微妙的，只要把林易成叫來，他們三個就可以開一場批鬥許珂恩大會了。
「方才總覺得有個正妹看著很眼熟，湊近一看發現是學姊，但妳好像很認眞在放空，我就想說坐到妳旁邊，看妳什麼時候會注意到我。」
「你一坐下我就注意到了，還以爲是什麼電車之狼呢。」
「難怪妳剛剛看過來的眼神這麼凶狠。」
「你應該慶幸我沒拿出防狼噴霧。」
一來一往開了幾句玩笑之後，我們相視而笑。
見到阿信和見到于誠，心情還是有些不同。
見到阿信，感覺就是和久未見面的老朋友相逢，又驚又喜，其中喜的部分居多；而見到于誠，則是混雜了訝異、震驚和其他難以一一辨明的複雜情緒。
我是想見于誠的，只是沒有做好心理準備，還不知道該怎麼面對他。
或許，我一直都沒整理好對于誠的情感，才會在重逢時感到無措。
「是社會人士的日常憂鬱嗎？學姊的心情好像不太好。」
我笑了笑，沒有多加解釋，「可能是吧，哈哈哈。」
阿信沒有追問，很自然地帶開話題，開始和我聊起近況，我才知道他也在這座城市念大學，暑假期間就在附近的咖啡館打工。

我突然想起他以前提過的那兩個好朋友，便問他們現在是否還有聯繫。

阿信說，後來芹芹逃跑了，逃離他們身邊，不願見他們，但他跟澄還是把她找回來了。

他說他很感謝我，分手時我對他說的那些話，讓他意識到自己真正喜歡的人是芹芹。

還好，還來得及，他在真正失去她以前，把她找回來了。

我不禁有點羨慕，也有點感慨。

當年阿信錯過了芹芹，卻在幾年後失而復得；當年我和于誠並沒有錯過彼此，卻在得到之後又失去了。

「學姊，那妳跟妳那個好朋友呢？」果不其然，他也問起了于誠。

「我們……已經不是好朋友了。」我悵然地說，「朋友變成情人，在分手之後，就不可能再回到朋友了。我們跟你們不一樣，不，甚至不能再說是『我們』了，就只是我跟他。」

說完我就哭了，再也止不住後悔、遺憾以及想念。

原來我一直都很想他，也一直都還喜歡著他，我只是不斷告訴自己，我沒有那樣的資格，想著或許時間久了，我就會忘記自己有多麼需要他。

可是我做不到。

分手兩年都做不到的事，再給我兩年就能做到嗎？

我和于誠之間那長達七年的回憶，難道需要花上整整七年才能徹底遺忘嗎？

「妳怎麼跟第一次和我見面那天一樣都在哭啊。」阿信笑了，從口袋中拿出一包面紙遞給我，「如果他對妳很重要，就去把他找回來啊！」

我愣愣地看著他。

「反正妳也沒辦法只跟他當朋友，如果最後的結果都是當不了朋友，至少妳有努力嘗試挽回，不是嗎？」

是啊，我才不想只和于誠當好朋友。像下午那樣與他如朋友般談笑風生，根本不是我想要的。

假如最終結果都是無法繼續當朋友，我爲什麼不試著把于誠找回來？倘若他無意回到我身邊，儘管傷心難受，我也就能告訴自己這次應該要徹底放下了。

面對于誠，我一直都很任性，那就讓我任性最後一次吧。

我想把于誠追回來，想告訴他一年前我來不及說出口的挽回。

我希望于誠恩仍然是許珂恩一個人的于誠。

✦

站在機場入境大廳乾等了半小時，我幾乎要失去耐心，才終於看見對方拉著登機箱朝我走過來，臉上洋溢著爽朗的笑容。

「楊禹翔，你就是出差而已，又不是出國比賽，下次再叫我來接你，你就完蛋了！」我一邊瞪他，一邊拍開他舉著不知道要幹麼的手。

「妳每次都這樣說，最後還不是會來？」楊禹翔笑嘻嘻地張開雙臂，「不給我一個歡迎的擁抱？」

「那是因爲只有過來接機，小氣學長才會請客啊。」我忽略他的明示，逕自朝出口走去，「擁抱就算了，等你哪天眞的出國比賽光榮歸國再說。」

「妳這樣說會讓我眞的想找個比賽參加一下欸。」

我們就這麼一路笑笑鬧鬧地抵達我事先訂好的義式餐廳，如同過去幾次我去機場接他的流程。

畢業後，我和楊禹翔始終保持聯繫。當初求職的時候，他確實幫了我不少忙，也曾提議要內推我去他們公司，只是我不想欠他人情，便婉拒了，但這不影響我心中對他的感謝。他很煩，每次出差都會用請客來賄賂我，叫我去接機，而雖然我嘴上抱怨，最後也還是會準時出現在機場。

這就是我和楊禹翔之間的友情，我覺得很單純，可他不一定這麼覺得，所以我時不時會刻意與他拉開一點距離。

「我前幾天見到前男友了。」吃完主餐，也聽他說了些這次出差的見聞，我在甜點送上桌後輕描淡寫地說。

楊禹翔抬頭看我，「喔？他回來啦？」

「嗯，回來過暑假。」

「這樣就沒了？」

我決定先裝傻，「什麼沒了？」

「妳想說的應該不只這些吧。」他微笑，很鎮定地繼續吃他的提拉米蘇。

「是啊，不只這些。」我單手托腮，「我發現我還是很喜歡他。」

楊禹翔握著叉子的手明顯抖了一下，表情也閃過一絲不自然。他放下叉子，喝了幾口咖啡，迎向我的目光：「對妳來說眞的非他不可？妳就沒考慮過我嗎？」

我一直都知曉楊禹翔的心意，儘管他沒有明說，然而暗示多少還是有的，我也不笨。只是過往我和他從未開誠布公聊過我們之間的可能性，他也未曾如此直白地坦露過心意。

「考慮過，而且考慮過無數次。」我輕聲開口，「卻也無數次體認到，我還是希望以後的日子，在我身邊的人能是他。」

楊禹翔對我很好，我們性格也合得來，所以才能成爲朋友。我當然也曾想過，如果我和他在一起會怎麼樣？他能不能取代于誠在我心中的位置？但無論怎麼想，我好像都想像不出楊禹翔陪伴在我身邊的樣子。

和于誠重逢後我才明白，之所以無法想像，是因爲我從來就沒有放下于誠，我的心根本沒有空位能夠容得下其他人。所以不管楊禹翔離我有多近、與我多談得來，即使是最寂寞的時候，我也從未試圖改變自己和他的關係。

楊禹翔直勾勾地盯著我看，安靜許久才淡淡一笑，「那他呢？他想的和妳一樣嗎？」

這下換我沉默了，這題我眞的答不上來，我不懂現在的于誠。

「要是他沒有想過要跟妳重新開始呢？」

「那也沒什麼不好，至少我就能重新開始了。」

重新回到那個沒有于誠的世界，開始只屬於自己的生活。

「喔？看來我還有機會囉？」

我笑了笑，不置可否。

對我來說，于誠和楊禹翔從來就不在同一道選擇題裡面，從頭到尾他們都各屬於獨立的是非題，只不過我一直卡在于誠那道題，始終沒能交出答案，才會無法回答下一題。

「妳需不需要我幫忙啊？」

「幫什麼忙？搞破壞可不算幫忙喔。」

「妳怎麼能這麼曲解我的好心呢？我是想早點讓妳知道結果，這樣我也好清楚自己到底有沒有機會啊。」他故作委屈地看著我，「比方說試探他一下啊，妳沒聽說過嫉妒最能檢驗愛情嗎？」

我笑著搖了搖頭，「我跟他之間的所有問題，都是我和他的事而已，甚至可能所有的問題都是我製造出來的，所以我會負責任地自己解決。」

「妳知道嗎？其實我還滿羨慕他的。」楊禹翔方才表情還略帶幾分玩笑意味，這時卻換上了落寞。

「我這麼難搞，他搞不好覺得遇上我很倒霉呢！你有什麼好羨慕的？」

「也是因爲妳把他當自己人，才會毫無保留地向他展現全部的自己，即便是最醜陋的部分，妳也願意讓他看見。」他有些頹喪地側趴在桌上，「妳就不會讓我看見那一面啊，我反而希望妳能再對我任性一點。」

「楊禹翔你是不是被虐狂？」

這個話題就這樣被我們笑著帶過，既然我們都還想要對方這個朋友，有些事暫時彼此心照不宣就好。

分別之前，楊禹翔又叮嚀了我一句，「這一次記得要坦率地面對他，不要讓自己後悔，不要給我還能趁虛而入的希望。」

對於這位始終如兄長般照顧我的學長，我心底爲他留存了一部分只屬於他的溫柔。

「好，我答應你。」

「當然，如果他拒絕妳，我會更開心。」他笑得開懷，像個惡作劇得逞的孩子，「只要妳願意，我很樂意成爲妳重新開始的契機。」

這一次我依舊沒有正面回應，只是笑笑地對他說：「你不要偷偷詛咒我會被拒絕喔。」

他不知道的是，他早就已經是讓我變得更好的契機之一了。

對分手後茫然若失的許珂恩來說，楊禹翔是給予前進方向的引路人，若沒有他，我絕對不會成爲自己所喜歡的樣子。

儘管他想要的，從來就不單單只是這樣的角色。

✦

「喂？」

一聽到電話那頭出現于誠的聲音，排山倒海的想念從我心底蔓延開來。

我好想他。

分手之後，我沒有一天不想他。

「怎麼了？打來又不說話，是想裝成惡作劇電話嗎？」他輕笑出聲。

回過神，我趕緊接話：「對啊，就想測試一下你有沒有把我的電話刪掉。」

「怎麼可能。」

他說得太理所當然，讓我不禁燃起了一絲希望，但也不敢讓自己過於樂觀，「你最近有空嗎？有些事，我想做個了結。」

沉默了幾秒，他說好，卻沒有追問我想了結什麼事，我同樣沒有主動接話。

在氣氛逐漸變得有點怪異的時候，他出聲救場：「怎麼聽著有點可怕？我做了什麼讓妳突然決定要謀殺我嗎？」

我終於笑了出來，一甩方才的緊張，「是啊，我找了幾個黑道大哥，打算把你做掉。」

「那正好，在被做掉之前，我也有話想告訴妳。」

我頓時就愣住了，同時想起上次見面時，我要他交到新女友得介紹給我認識。

他想告訴我什麼？難道他已經交到女朋友了？

我一度想開口問他，最後仍把話吞了回去，只約他明天晚上見。

「所以我們要約在哪裡見面？」

我們，他說了「我們」。

哎，許珂恩，妳不要再給自己過多的期望了！

期望落空是世界上最可怕的一件事，所以不如不要期望。

「明天再跟你說吧！你只要把時間留給我就好。」

可是無論怎麼澆自己冷水，都無法止住我的嘴角因那兩個字而上揚。

在動身前往見面地點的路上，我忍不住開始胡亂猜測，于誠到底要跟我說什麼，越想就越心慌。

於是，我撥通了李顏惠的電話，劈頭就對她說：「妳罵罵我或是鼓勵我一下吧。」

「啥？」

「我待會要去見于誠，我想告訴他，我還是喜歡他，就算要遠距離，我也想跟他在一起。」

「許珂恩，妳不覺得這些話妳早在一年前就該跟他說了嗎？」

「我知道現在說這些已經晚了，但如果我這次再不說的話，我將永遠活在後悔裡。」

無論結果如何，我都欠他一句道歉，欠他一次坦承，也欠自己一次奮不顧身。

「一年前的我，只有爲他前往機場的勇氣，他沒接電話我就卻步、把該說的話都放回心底。可是這一年來我每天都很後悔，比起面對他的拒絕，比起遠距離的不安，我更怕自己再也沒機會把這些心情告訴他。」

李顏惠的笑聲清晰地從電話另一頭傳來，「妳都說到這個份上了，哪還需要我罵妳或是鼓勵妳？」

「他說他也有話要告訴我，我怕他會跟我說，他心裡有別人了。」

「如果他眞的這麼跟妳說，那妳怎麼辦？我沒有要落井下石，不過做好最壞的打算，妳才不會太受傷。」

我停下腳步，望著前方只有十步之遙的車站。

就算于誠眞的有喜歡的人，我還是想把沒能對他說出口的話都說清楚。

「那就撲倒他吧！管他三七二十一，先把人拿下再說！」我說這話時，正好有個路人從旁邊走過去，狐疑地回頭多瞧了我一眼。

「許珂恩，妳眞的是一個很奇怪的人。」李顏惠笑了好一會，「看吧，妳根本就不需要我對妳說什麼啊。」

我被她的笑聲感染，不禁笑了出來。

雖然剛剛那只是一句玩笑話，但過往我不都是這麼面對于誠的嗎？只要走到他面前，我自然就知道該怎麼對付他了。

我比約定的時間提早了十五分鐘抵達，坐在火車月台的長椅上等待于誠的到來。

在抵達這裡之前，我曾想著我願意用一切來交換我們回到從前的可能性。

可眞正來到這裡，我才清晰地意識到那樣的可能性是不存在的。

無論于誠的答覆是什麼，我們都不可能再回到當時的自己，也不需要回去，因爲比起回到過去，我眞正渴望的是和他攜手一起走向有我們的未來。

「爲什麼約在車站月台見面？」伴隨著一抹身影靠近，于誠的聲音從我的頭頂落下。

我揚起頭，朝他微微一笑，「因爲這裡是我們的開始，如果要結束的話，也應該要在這裡呀。」

「爲什麼是結束？」他邊說邊在我身旁坐下。

「可能是結束，也可能是開始，總之要在這裡做個了結。」

他沒有應聲，安靜地和我一起看著月台上來往的行人。

「你還記得這裡嗎？」直到兩班區間車駛過，我才輕聲開口，「我不是說這個車站，是這張長椅。」

「嗯，那時候妳哭了，妳還趁機敲詐我一罐奶茶。」

「哼，你怎麼光記得我難看的樣子啊？」

「很好看啊。」

「嗯？」

「我是說，當時的妳很好看。」

于誠很少這麼直接誇我，讓我心裡有一股說不出的異樣，沉默了好一會，才鼓起勇氣開口：「其實我很感謝你當初沒有爲了我而放棄夢想，如果你那時候順著我，估計我們誰都不會太開心，最後也還是會分手吧。」

當時我天眞地認定，只要于誠不出國，只要我們不用遠距離，這段感情就能走得很遠。然而一段感情如果需要靠其中一方不斷忍讓，甚至得放棄最珍視的事物才能繼續走下去，那麼早晚會走向崩解。

「也因爲你，我才沒有繼續戀愛腦，現在才能成爲自己喜歡的樣子。」

過去我滿腦子只有戀愛，把男朋友當作全世界，才會沒辦法接受于誠並沒有像我一樣，將戀人放在第一順位。和過去相比，我比較喜歡現在的許珂恩，成熟了一些，也找到了自己的價值。

「但你知道嗎？儘管如此，我還是最喜歡身邊有你陪伴的時候。」說出這句話的同時，我轉頭直視他，「兩年的時間很長，長得足以放下對一個人的感情，可是我從來就沒有成功過。

「來這裡之前，我其實一直想著要告訴你，我有多想回到當年的車站月台重新認識你，或許重來一次，我就不會讓我們之間的故事進展成這樣了。」見于誠不發一語，我只能繼續說下去，把我想說的、該說的全盤托出，「但我想了好幾次，不管是在哪個環節重來，好像我們最後還是會變成現在這個樣子。如果沒有和你分開，我就不可能長大，更不可能跟你說這些話。

「我欠你的可能不只是一句對不起，我一直很後悔當年就那麼放棄你，放棄我們之間的感情。就算你今天來是想告訴我，你現在心裡有別人了，我還是要告訴你⋯⋯」深吸了一口氣，我定定望著他的眼眸，「我愛你，很愛很愛。我總覺得自己配不上『愛』這麼神聖的字眼，畢竟我是那個先放棄的人，我又憑什麼說那三個字呢？可是過了這麼久，我還是割捨不掉那份情感，除了『我愛你』以外，我不知道該用什麼話語去定義它──」

我話還沒說完，便被于誠吻住了。

他唇瓣的柔軟觸感，以及那久違的熟悉氣息，令我瞬間有些想哭，只能緊緊閉上眼睛，深怕這只是一場飄渺的夢境。

「各位旅客請注意，列車即將進站──」

驀地響起的車站廣播聲將我喚回現實，我們幾乎同時退開。

于誠清了清喉嚨，試圖掩飾尷尬，「許珂恩。」

我迎向他的目光，屏息以待他接下來要說什麼。

「從在月台目睹妳最狼狽不堪的那天開始，無論我多麼努力，從來就沒辦法徹底把妳從我的心底移除。」他微不可察地嘆了一口氣，「現在做不到的事，未來……妳也知道，如果沒有百分之百的把握，我不會輕易做出保證，可我由衷希望自己未來也無法做到。」

我在他的話裡雙眸漸濕，「這就是你之前說的，想要告訴我的話嗎？」

「不是。」

我一怔，「啊？」

于誠像是在強忍著笑意，「我想跟妳說的是，儘管遠距離的問題依然存在，但我也和妳一樣，最喜歡陪伴在妳身邊的時候。」

「許珂恩，和妳相比，我一直都不那麼擅長主動，就連妳說要結束，我也只是退到一旁，尊重妳的決定。」他邊說邊牽起我的手，「我沒有後悔堅持要去留學，不過我很遺憾沒有更努力地說服妳不要分開。我一直都想告訴妳，不管相隔多遠，我都很肯定自己會愛妳如初，就像這些年以來的每一天。」

于誠深吸一口氣，嗓音竟然微微顫抖，「妳知道的，我答應妳的事一定會做到，這樣妳願意再和我在一起嗎？」

于誠一直是個淡定又理性的人，他所有劇烈的情緒變化多半都是因我而起。

「于誠，怎麼有你這麼笨的人啊？」我撲進他的懷抱，淚水早已不受控地淌滿了整張臉，「我這麼難搞的人，你有什麼好念念不忘的啊？」

「估計我也是很難搞的人吧，才會覺得非妳不可。」于誠緊緊抱住我，笑聲透過胸膛的震動清晰地傳遞給我。

「你眞的好笨……」

「妳是要說幾次?」

「誰叫你就是那麼笨。」

「喂。」

七年前，同樣在這個車站月台上，當時我失去了林易成，換得了于誠來到我的身邊，現在我則是失而復得了一個我深深愛著的人。

我為此十分感激。

我叫許珂恩，你叫于誠恩，我們的名字裡都有個「恩」字。

或許早在相遇之初，就注定了我們會是彼此最無法割捨的執著。

與你相識後的每一天，你都是我最想擁有的以後。

全文完

番外
近在咫尺的遠方

許珂恩，這是她的名字。

當她站在講台上自我介紹報出名字時，原本正在走神的我，冷不防抬起頭，對上她笑得彎彎的眼睛。

我叫于誠恩，她叫許珂恩，我們的名字都有個「恩」字，也是挺巧的。

許珂恩很漂亮，但也很高傲，像朵難以接近的高嶺之花，平時只差沒把「我對你們這些男生都沒興趣」寫在臉上，因此從沒見誰敢眞的出手追她。

同班了整整一學期，我和她說話的次數屈指可數，沒想到第一次和她聊天，就碰上她最難堪的時候。

「于誠恩，你怎麼沒說過你跟許珂恩很熟啊？太不夠意思了吧！」

剛答應許珂恩要陪她去她男友的補習班堵人，一回到座位，等著我的就是準備興師問罪的喬書宇。

我故作漫不經心地隨口回答：「就之前在車站遇到聊了幾句。」

我沒有告訴他，我和許珂恩一起目睹了她男朋友的劈腿現場，也沒有告訴他，我之前就常常在車站遇到許珂恩，我同樣覺得她長得很好看。

更沒有告訴他，我曾經無數次想自然地向她打招呼，那天我好不容易才鼓起了勇氣。

這些，都是我的祕密。

不能告訴喬書宇，更不能告訴許珂恩，不能讓任何人知道。

從認識許珂恩的那天起，我就多了很多這樣的祕密。

我的祕密，全都和她有關。

比如說，我很慶幸那天陪在她身旁的是我。

又比如說，我其實一直都很喜歡她。

就連我都不清楚，自己到底是什麼時候喜歡上她的。

那樣的情感轉變，就像是水到渠成，無論我是否意識到都會發生。

「你又不是我的誰，有什麼資格管我到這種程度？」

當她對我說出這句話時，向來自以為理智的我，頓時喪失了一貫的冷靜。

是啊，我就只是她的「好朋友」，根本就沒有要求她的資格。

她要蠢到用糟蹋自己去報復討厭的人是她的事，我才懶得管她。

還有，不久之前她才因為劈腿的前男友哭得慘兮兮，現在又開始回覆他的訊息？

女生真是善變，好了傷疤忘了疼，就不要到時候又受傷了，再來哭著叫我陪她去做蠢事。

明明想著不要管她，隨便她想怎樣就怎樣，卻在她要求我不要喜歡上她時，不僅無法篤定地給出一個「好」字，而且竟然還……有點失望。

一碰上許珂恩，我好像就特別沒用。

我告訴她我沒有喜歡她，因爲這是她所希望的，只是我沒想到這還不夠。

我等來的，是她當眾接受學弟告白的消息。

原來對她來說，那個和她在一起的人是誰都無所謂，只要不是我就好。

我一邊想著才不要喜歡她，卻又越來越在意和她有關的每一件事，只能悄悄妥善藏好自己隱密的心思。

✦

她問我，會不會後悔爲了她更改志願。

其實關於那些因爲想待在她身邊而做下的每個決定，我從來都沒有後悔過。

她不也爲了我放棄了最想念的校系嗎？這樣就夠了。

哪怕她沒有爲我這麼做，只是給我一個眼神、一抹微笑，那也夠了。

許珂恩這麼想和我同校，我以爲上大學後我們的關係能有一絲轉機。

直到她在眾人面前，又一次說出她和我只是好朋友，我才深刻地意識到，我早就喜歡上許珂恩了，我只是不想也不敢承認。

還有，她永遠都只會把我當好朋友看待。

既然如此，那就試著疏遠她吧，我告訴自己。

像她這麼任性的女生有什麼好的？漂亮是漂亮，但長得漂亮、個性又比她好的大有人在，只要拉開距離，總有一天我能淡忘她。

我很努力地想淡出她的生活，可是她卻理直氣壯走到我面前，強迫我面對她，甚至告訴我，她不知道沒有我該怎麼辦。

那一刻，我所有的決心和僞裝統統瓦解了。

我可以騙得了自己，騙得了所有人，唯獨在許珂恩面前，我做不到。

我根本就無法狠下心來對她，只要對上她的眼神，看到她露出難過的表情，我就想棄械投降。

我不懂許珂恩。

她怎麼不乾脆把我當備胎就好，這樣我就能認分地告訴自己：放棄吧，你永遠都不可能得到她的愛情。

她的每一句話、每一個舉動分明都充滿著對我的在乎，那她爲什麼要一次又一次否定我們之間任何和愛情有關的可能性？

不過我最不懂的，其實是那個有著鴕鳥心態的自己，竟就此不再刻意疏遠許珂恩，任由事態肆意發展。

夏夏出現的時機很剛好。

雖然很對不起她，然而再次和她相遇時，我第一個念頭居然是：既然以前我喜歡過她，那或許她能讓我放下許珂恩。

夏夏是個很好的女生，溫柔又善解人意，性格比刁蠻的許珂恩不知道要好上多少倍，長相也一點都不輸許珂恩，要重新喜歡上自己的初戀，本來應該不是件太難的事。

至少，在認識許珂恩之前，不應該太難。

國中時的默契還在，重逢沒多久，我和夏夏就如我所願地越走越近。

儘管想過就這麼順勢從曖昧走向交往，卻還是被心思細膩的她發現，我心裡根本就還放不下許珂恩。

「我喜歡你，于誠恩。」夏夏用那雙清澈的眼睛看著我，語氣堅定，「這句話我國中時就該說了，只是當時的我沒有勇氣，但這次我不想再錯過你了。」

其實當時沒有勇氣的人不只是她，還有我，而且現在的我依舊沒有勇氣。

過去我不敢告訴夏夏我喜歡她，現在我仍然不敢讓許珂恩知道我有多喜歡她。

先前錯過了夏夏，那麼這次我還要錯過許珂恩嗎？

「對不起，我還是喜歡許珂恩。」我苦澀地笑了，「雖然她對我的感情，估計跟我對她的不太一樣，可是我還是騙不了自己。」

夏夏看起來並不是很訝異，「這些話你有跟珂恩說過嗎？」

「她不喜歡我，何必讓她知道？」

夏夏雖然沒說出口，但我看得懂她眼底寫著：既然這樣，爲什麼要拒絕我？

拒絕夏夏，是近乎直覺的反應。

我只是不想讓她成爲許珂恩的替代品，因爲沒有人能夠取代她，我也並非眞心想讓任何人取代她的存在。

我這才明白，原來我還是想賭賭看，賭一個我和許珂恩關乎愛情的可能。

在不得不放棄以前，我都想待在離她最近的地方。
儘管這個位置對我來說，其實才是遠方。

番外
妳是我最想留住的現在

「你說她到底有什麼毛病？」于誠恩將手中那瓶啤酒一飲而盡，「一副快哭出來的樣子，她有什麼好哭的？我才要哭吧。」

嚴佑銘笑了笑，「那你怎麼不哭？」

「哭不出來。」

于誠恩曾以爲自己會忍不住在許珂恩面前掉淚，這是最糟糕的情況，無論如何他還是想在她面前保有最後一絲尊嚴。沒想到眞的走到了分手這一步，他卻感覺自己的心像死了似的，想哭都沒有眼淚。

分手後喝酒是很頹廢沒錯，但酒精能讓他放鬆，能讓他說出一直憋在心頭的話，這正是今天這樣的日子所需要的。

今天，是搬出他和許珂恩的住處的日子。

他刻意放慢收拾的動作，就是希望她能開口挽留他，哪怕只是要賴說那句分手只是氣話，他都願意替她把剩下的話說完。

可是她沒有，從頭到尾她都只是咬著嘴唇站在一旁，看著他將屬於他的東西搬離不再屬於他的空間。

他最討厭她總是吃定他會心軟，認定每一次爭吵都應該由他來妥協。

所以這一次，他閉口不言，甚至報復般地說了幾句可能會令她感到懊悔的話。

安靜聽著酒後的于誠恩絮絮叨叨反覆說著和許珂恩有關的事好一陣子，嚴佑銘這時才發話：「所以你覺得她會後悔嗎？」

「我不知道，我只覺得自己像個白痴。」于誠恩又開了一瓶啤酒，「我希望她後悔，但眞的看到她快哭出來，卻又比她還後悔。」

其實他很想一把抱住她，對她說：我們不要分手好嗎？也別再吵架了。

然而不分手又能如何？只要他還想去留學，他們就不可能不吵架。

「夢想和愛情就一定要二選一嗎？」于誠恩的這個問句雖然是對著嚴佑銘問的，實則問的是自己，還有遙不可及的許珂恩。

「沒有一定啊，只是你家許珂恩這麼認爲而已。」

「我怎麼就喜歡上這麼麻煩的女生了？」于誠恩頹喪地趴在桌上，儘管嘴上埋怨許珂恩，腦海裡卻不受控地回想起她的一顰一笑、她的任性胡鬧，和她每一次笑著叫他名字的聲音。「最讓人不爽的是，即使她這麼可惡，我還是很喜歡她。我只是不懂，還沒發生的事就這麼重要嗎？爲什麼她就不能專注於現在？」

許珂恩只顧著擔憂未來不一定會成眞的隱患，並就此捨棄了他們可以很美好的現在。

「兄弟，最難的就是讓一個固執的人走出迴圈。」嚴佑銘拍了拍他的肩，「你只能等她哪天自己想通，或是等你放下她的那一天。」

放下許珂恩？這件事于誠恩嘗試了好多年，從來都沒有成功過，這次就能成功嗎？

這麼多年以來，她始終盤據在他的心上，他曾以為自己對她或許只是求而不得的執著，沒想到真正在一起後，感情卻是有增無減。

這麼說似乎有點俗氣，但他愛她或許比愛自己還要多很多吧。

于誠恩想著，幸好他現在趴著，否則溢出眼眶的那一滴淚應該會被嚴佑銘取笑。

「其實，我希望我的以後一直都能有她。」他悄聲對著空氣說。

不過那終究是無法實現的願望，所以誰都不必聽見。

他最希望能聽見這句話的那個人，已經不在他身旁了。

後記
一段如夢似幻的旅程

一直到要寫實體書的後記，我才有這個故事確實要出版的眞實感。

這個故事設定是我在好幾年前寫下的，當時我只是單純想寫一對異性好朋友從曖昧到在一起，不是什麼特別的題材，甚至可以說滿老梗的。

決定要寫完這個故事，也只是想逃避現實生活的低潮，順便練練筆，沒想到它就這麼帶著我，開始了一段如夢似幻的旅程。

無論是開始有人注意到我，還是獲得出版的機會，都是小時候的我夢寐以求的際遇，沒想到直到長大後連作夢的力氣都沒有了才經歷這些。

人生有時候眞的挺神奇的。

曾經很渴望的事，往往會在意想不到的時機點，以超乎想像的形式來到自己身邊。

這個故事原始的書名、故事大綱都跟現在這個版本不太一樣，唯一相同的只有許珂恩和于誠恩這兩個角色，許珂恩始終任性，于誠恩也始終這麼寵她。

最初的構想是讓故事停在兩人在一起的那一刻，一如大多數類似題材的作品，但眞正要動筆時，我突然覺得這樣的大綱也太無聊了吧！於是我決定，既然大家都寫好朋友在曖昧之後在一起，那我就寫好朋友在一起之後分開！

此外，我也想藉著兩人分開讓珂恩長大。故事裡她一直很任性，即便吃過苦頭，身旁也一直有于誠寵著，可我想讓她有機會成長，不再只是倚仗著于誠的寵愛，而是要找到自己的價值。

然而這種劇情發展，就會顯得提分手的珂恩格外任性。我知道有些讀者應該不是很喜歡公主病這麼嚴重的女主角，儘管許珂恩任性，面對于誠更是驕縱，但仔細想想，其實她也沒做過什麼不可饒恕的錯事。

所以即便她很難搞，甚至在現實中我應該也會討厭這種人，我依舊覺得她很可愛，不討喜卻又不普通得很可愛。

至於于誠，讀者們好像普遍都覺得他很可憐，被珂恩虐得死死的，不過在我眼裡，他並沒有大家想像得這麼完美。

他總是過於膽小，怕破壞現況而不敢主動。兩人感情中的關鍵一步都是由珂恩採取行動，無論是在一起還是復合，都是珂恩先開口。

其實于誠大可以直接向珂恩表白，他卻不敢，這也是為什麼國中時他和夏夏明明兩情相悅卻沒有在一起。只要對方沒有朝他走近一步，于誠絕對不敢當那個主動跨越界線的人，這就是他在感情中最大的缺點。

可能有人會覺得，于誠在行動上已經表現得很明顯了，但感情能夠順利發展不是只有單靠付出，有時候言語往往才是關鍵，倘若不直接將心意說出口，就不能指望對方能全然明白自己心中所想。

如果珂恩的個性也同樣不敢主動，如同國中時的夏夏，珂恩和于誠最後一定會錯過彼此。因此某種程度上來說，珂恩跟于誠很互補，就算于誠被虐得有點慘，那也是他自己的選擇啊。

小聲說，我一度想讓他們分開後就不復合了（或是來一幕欠打的相視而笑），畢竟有遺憾的感情最美，如此一來，兩人的成長幅度應該也會更大。

然而不管怎麼想，我還是覺得許珂恩和于誠恩就是應該在一起才對！人生或許有很多不圓滿，但在我創造的世界裡，我想給他們一份圓滿。

只是這份圓滿，得要等到珂恩學會獨立自主才得以實現，這也是這本書我想傳達的想法：兩個人在一起必須一起變得更好才有意義。

感情是很重要沒錯，可我認爲不應該將自己的重心全部擺在感情上，要先學會愛自己、找到自己的價值，才有辦法好好去愛另一個人。

只有等到珂恩學會了這項功課，她和于誠之間的愛情才有可能走得長久，這時候兩人再復合才會是我心中最好的結局。

這本書我寫了長達八個月，又經歷了痛苦的修稿過程，這次總算是眞的要劃下句點了。

我以爲我已經受夠了許珂恩和于誠恩，想趕快跟新的角色見面，沒想到眞的要跟他們道別時，還是有點捨不得呢。

我不是很習慣寫番外，但我知道由於第一人稱的限制，大家一直很想理解于誠是怎麼想的，希望這兩篇實體書限定的番外你們會喜歡！

在這裡想謝謝當初從茫茫書海中看見我的編輯，也謝謝總編馥蔓給我的鼓勵和信任，讓我能對這個故事更有信心。

謝謝我的文友落桑、宋諾諾和錦里，寫作這條路很孤獨，但願從今往後我們仍然能陪著彼此堅持。

還要感謝每一位讀者，不管是透過線上閱讀還是實體購書，謝謝你們給予我繼續寫下去的動力，下一個故事也請大家繼續陪伴我呀。

最後，我想謝謝那個決定開始寫這個故事的自己，沒有她就不會有後來的一切驚喜，是她帶我走上一條我想都沒想過的寫作之路，也希望未來的每一個我都能無愧那時的自己。

紫稀

國家圖書館出版品預行編目資料

你是我最想擁有的以後 / 紫稀著. -- 初版. -- 臺北市
：城邦原創股份有限公司出版：英屬蓋曼群島商家
庭傳媒股份有限公司城邦分公司發行, 2022.03
面；公分. --

ISBN 978-626-95625-8-9（平裝）

863.57 111002745

你是我最想擁有的以後

作　　者／紫稀
企畫選書／楊馥蔓
責任編輯／楊馥蔓、林辰柔
行銷業務／林政杰
版　　權／李婷雯

網站運營部總監／楊馥蔓
副總經理／陳靜芬
總　經　理／黃淑貞
發　行　人／何飛鵬
法律顧問／元禾法律事務所　王子文律師
出　　版／城邦原創股份有限公司
台北市南港區昆陽街16號4樓
電話：(02) 2509-5506　傳眞：(02) 2500-1933
E-mail：service@popo.tw
發　　行／英屬蓋曼群島商家庭傳媒股份有限公司城邦分公司
聯絡地址：台北市南港區昆陽街16號8樓
書虫客服服務專線：(02) 25007718・(02) 25007719
24小時傳眞服務：(02) 25001990・(02) 25001991
服務時間：週一至週五09:30-12:00・13:30-17:00
郵撥帳號：19863813　戶名：書虫股份有限公司
讀者服務信箱 email：service@readingclub.com.tw
城邦讀書花園網址：www.cite.com.tw
香港發行所／城邦（香港）出版集團有限公司
地址：香港九龍土瓜灣土瓜灣道86號順聯工業大廈6樓A室
email：hkcite@biznetvigator.com
電話：(852)25086231　傳眞：(852) 25789337
馬新發行所／城邦（馬新）出版集團 Cité(M)Sdn. Bhd.
41, Jalan Radin Anum, Bandar Baru Sri Petaling,
57000 Kuala Lumpur, Malaysia.
電話：(603) 90563833　傳眞：(603) 90576622
Email：services@cite.my

封面設計／Gincy
電腦排版／游淑萍
印　　刷／漾格科技股份有限公司
經　銷　商／聯合發行股份有限公司
電話：(02)2917-8022　傳眞：(02)2911-0053

■ 2022 年 3 月初版
■ 2024 年 8 月初版 3.3 刷
Printed in Taiwan

定價 / 320元

ISBN　978-626-95625-8-9
本書如有缺頁、倒裝，請來信至service@popo.tw，會有專人協助換書事宜，謝謝！

POPO城邦原創 www.popo.tw
城邦讀書花園 www.cite.com.tw